KB102466

춘천 사는 이야기

춘천 사는 이야기

전상국 산문집

초판 인쇄 2017년 07월 15일
초판 발행 2017년 07월 20일

지은이 전상국
펴낸이 신현운
펴낸곳 연인M&B
기 획 여인화
디자인 이희정
마케팅 박한동
홍 보 정연순
등 록 2000년 3월 7일 제2-3037호
주 소 05052 서울특별시 광진구 자양로 56(자양동 680-25) 2층
전 화 (02)455-3987 팩스(02)3437-5975
홈주소 www.yeoninmb.co.kr
이메일 yeonin7@hanmail.net

값 15,000원

ⓒ 전상국 2017 Printed in Korea

ISBN 978-89-6253-201-2 03810

춘천
사는
이야기

전상국 산문집

내가 지금까지 쓴 모든 글들이
내가 그처럼 소중히 끌어안고 산 소설 쓰기
그 즐거움의 뒤안길에 수줍게 숨어 있던
내 자신의 참 모습이었다는 일깨움이다.

연인M&B

쥐꼬리도 꼬리다

소설 쓰기가 본업인 내게 소설이 아닌 다른 글들은 모두 잡문으로 분류됐다. 이는 시나 소설이 다른 어떤 글쓰기보다 상상과 창의가 따라야 한다는 메타포 형식에 대한 가치 우위의 단순한 인식에 따른 것이다. 막말로 능청과 시치미떼기로 독자의 몫을 남기는 소설 쓰기의 그런 신명이 따르지 않는 다른 글쓰기를 그다지 즐기지 못했다는 고백이기도 하다.

솔직히 세상살이에서 보고 듣고 느낀 것을 민낯으로 드러내는 그런 글쓰기가 많이 쑥스러웠다. 누구나 다 헤아릴 수 있는 그렇고 그런 뻔한 세상사를 좁은 생각으로 다시 재단하여 남들에게 뭔가 대단한 것인 양 떠벌여 강요한다는 것이 결코 즐거울 수가 없었다는 뜻이다.

특히 대부분의 잡문 류가 독창적으로 지어내는 시나 소설의 미적 가치의 발견과 그것을 형상화하는 과정과는 다르게 뭔가를 '말해 달라'는 주문에 의한 것이라 글쓰는 신명이 따르지 않은 것은 당연할 수밖에 없었다.

그러나 어느 날 좁은 문이 열리면서 생각이 달라졌다. 그동안 소설이 아닌 네댓 권의 산문집을 독자들 앞에 내놓으면서 가졌던 짐짐한 마음이 이번 산문집 『춘천 사는 이야기』를 준비하는 과정에 마음이 바뀐 것이다. 그것은 소설이라는 허구의 진실 찾기 놀이에 취해 건성으로 지나쳐버린 현실 속의 나의 참모습은 어떠할 것인가 하는 의문으로부터 시작되었다.

그 답이 이제까지 내가 쓴 잡문 류의 글 속에 들어 있음을 알았다. 그들 글 속에서 내가 주장하고 설득하려는 당위명제들이 그 누구도 아닌 바로 나 자신이 이 세상을 어떻게 살아가야 할 것인가를 일깨워 주는 지침이며 그렇게 살지 못한 나를 준엄하게 꾸짖는 자성의 목소리였다는 것이다.

더 나아가 지금까지 내가 쓴, 소설을 포함한 모든 글들은 내가 나한테는 주술과 다르지 않았다는 생각이다. 그것이 신명나는 글쓰기든 그것이 아니든 내가 지금까지 쓴 모든 글들이 내가 그처럼 소중히 끌어안고 산 소설 쓰기 그 즐거움의 뒤안길에 수줍게 숨어 있던 내 자신의 참모습이었다는 일깨움이다.

쥐꼬리도 꼬리라는 위안. 고로 나는 내가 이제까지 남긴 내 글만큼 존재한다.

이번 산문집 역시 문학으로서의 에세이 격에는 많이 못 미치지만 그동안 세간의 생각을 모으고 소설 쓰는 '나'를 소설 아닌 다른 방법으로 찾게 만든 그 신명만은 제법 컸다는 자부를 갖는다.

이제 이 산문집을 끝으로 이런 류의 글쓰기는 더 이상 힘들 것 같다는 생각을 한다. 가능하면 남은 시간 모두를 소설 쓰는 신명에 바치고 싶은 바람이다.

2017년 여름
전상국

| 차례 |

작가의 말 _ 04

1부
╲
나 · 거푸집

춘천 사는 이야기 _ 12
사진 속에 없는 어머니 모습 _ 21
다시는 뵐 수 없는 그 어른들 _ 24
지워지지 않는 내 어린 시절의 기억들 _ 26
내 손가락에 장을 지져라 _ 33
등단 50년, 아직도 나를 못 찾다 _ 35
처음 시작할 때의 마음 _ 39
아베의 가족, 내 문학의 성전 _ 43
홍천(洪川), 내 문학의 원천 _ 46

2부
╲
글 · 신명

'剃製가 되어 버린 天才'를 아시오? _ 64
글쓰는 신명, 글 읽는 즐거움 _ 66
놀이로서의 내 글쓰기 _ 69
오늘도 꿈꾸다 _ 72
소설 속 언어의 생명성 _ 76
6.25 악령들과의 교접으로 빚은 내 소설들 _ 83
내 문학의 길 위에서 만난 _ 90
문예잡지의 황혼을 바라보며 _ 102

3부 고향 가는 길 위에서 _ 108

\ 고향이 그리워도 _ 112

길·마음 트래킹, 그 마음의 여유로 _ 115

삶의 오솔길 걷기 _ 118

가로수 터널 _ 121

경춘선, 내 인생의 링반데룽(Ringwanderung) _ 124

전철 타고 서울 간다 _ 128

사북면 인람리, 소설 「아베의 가족」의 무대 _ 131

영국, 벨기에, 네델란드 문학기행 _ 137

오, 행복한 파리의 가로수들 _ 145

4부 김유정의 그 '길' 을 걷다 _ 152

\ 강원도 춘천시 김유정면 _ 155

봄·유정 김유정의 홍길동전 _ 158

김유정의 동백꽃은 동백꽃이 아니다 _ 162

못 이룬 사랑, 작품으로 영원히 살다 _ 166

춘천 실레마을의 봄 _ 172

5부 자연에서 만난 '자연' 에게 _ 176

\ 고목 앞에서 _ 178

나무·글감 그 나무도 나를 기억하고 있을까 _ 181

잃어버린 나를 찾아서 _ 184

강원도가 뿔났다 _ 187

6부
＼
사람 · 탓

고령화 사회, 나잇값하기 _ 192
그 사람 그 이름 _ 195
내가 만난 청소년 두 사람 _ 197
눈으로 듣고 눈으로 말하다 _ 200
멋진 매너, 그게 쉽지 않아 _ 204
심심해서 걷어찬 돌인데 _ 208
양복 입은 뱀 _ 211
우리 아이들, 정보의 노예로 키울 것인가 _ 214
인간은 인간이다 _ 217
농악대의 그 신명으로 _ 221
학부모 등에 업혀 개울 건넌 이야기 _ 224
작은 것이 더 아름다운데 _ 227

7부
＼
안 · 밖

물방울은 예술이다, 눈물로 빛나는 순간 _ 232
한국전쟁, 그 악령을 만나다 _ 236
나는 왜 소설을 쓰는가 _ 248

1부

나 · 거푸집

봄이 그러하듯
봄내의 가을은 짧다.
그의 봄내의 봄도 여름도 물러간 저녁
실레마을에 '갈'날의 저녁 바람이
그의 옷깃을 스친다.

춘천 사는 이야기

―춘천 생활 연보를 통해서 본 '그'의 인문주의적 생존 방식

봄

1957년 봄, 홍천 시골 얼뜨기 아이의 춘천 입성은 썩 좋지 않은 기억으로 새겨진다. 아이 또래의 불량배들한테 두 손을 높이 쳐든, 완전 항복의 상태에서 주머니 뒤짐을 당한 것이다. 그리고 주머니에 돈도 없는 놈이 키만 더럽게 크다는 이유로 직사하게 얻어터진다.

아이는 중학교 때 종종 그랬듯 고등학생이 되어서도 학생입장불가의 영화관에 몰래 숨어들었다가 야한 영화를 함께 보던 학생부 선생님한테 직통으로 걸렸다. 그날 그 선생님이 잡아뗀 명찰을 아이가 다시 돌려받은 것은 학교 선배들 교실에 끌려가 양동이를 머리에 뒤집어쓴 채 몰매를 맞은 뒤였다.

1958년 봄, 아이는 학교 문예반에 들어간다. 열등감 체질이 본능적으로 선택한 생존 전략이었을 것이다. 중학교 때 탐정소설을 좀 읽었다는 그 위세만 믿고 들어간 문예반에서 아이는 절망한다. 시와 소설의 구별은 물론 문학의 문자도 모르는 아이는 그 문예반에서 이미 마빡에 피가 마른, 도덕적으로 매우 불량한 아이들을 만난 것이다. 허니, 서니, 그니, 후니, 경

이, 혜자, 명희 등등. 춘천의 **빡빡머리** 문사들의 거드름, 문학의 그 오솔길 초입에서 아이가 처음으로 만난 얼굴들이다.

그 나이 또래의 문학적 방종은 쉽게 전염되는 법. 자기 감추기와 부풀리기 매직에는 술이 최고였다. 효자동 삼거리의 풀빵 포장마차에서 사카린이 듬뿍 섞인 단팥의 풀빵을 안주로 양동이 하나 가득 받아 온 막소주를 물컵으로 마시는 객기의 세월 그 어느 날. 약사동 고갯길의 판잣집 식당에서 선짓국 한 뚝배기를 시켜 놓고 술 한잔에 한 숟갈씩만 먹기로 한, 피보다 비싼 그 선짓국을 '나는 뜨거운 국물이 좋다'(그 겨울 저녁 뜨거운 국물이 안 좋을 사람이 어디 있겠는가)면서 몇 숟가락씩 퍼먹던 후니를 아이들은 미워하기 시작한다.

질투였다. 그때 후니는 문예반 선생님의 총애를 한몸에 받으면서 백일장에 나가 입상을 도맡았던 것이다.

백일장 사건은 아이에게 치명적이었다. 아이는 문예반에 들어가 단 한 번 써낸 글을 통해 자신에게 어휘력은 물론 문장이 엉망이라는 것을 문예반 선생님을 통해 알게 된다. 게다가 두 번째 참가하는 백일장 날 '너는 나갈 자격도 없다'는 선언을 받으며 열외로 밀려난다.(그 봄날 함께 열외로 밀려났던 서너 명의 친구들은 누구들이었을까, 아이는 불현듯 그들이 보고 싶다)

아이는 그날 학교 철조망 개구멍으로 빠져나와 소양강 강둑에 앉아 울음을 터뜨린다. 그 봄날의 소양강 찬연한 물빛이 왜 그리도 슬펐는지. 열아홉 살 아이의 그 절절한 울음은 공지천 건너편 뱀산의 만발한 철쭉을 바라보는 순간 또다시 터져 나왔다.

그 봄날의 울음이 한순간에 열없어진 사건이 그날 있었다. 경춘선 철길 위에서 나환자 가족을 만난 일이다. 철길 밑에 움막 하나가 있고 그 속에서 나온 나환자 남자 어른이 어린 아들을 데리고 볕 쪼임을 하고 있는 풍경. 아이에게 그것은 새 세상의 발견이었다.

아이는 그날 이후 그 나환자의 어린 아들 마음이 되어 이야기 하나를 만들어 내는 즐거움에 빠진다. 「산에 오른 아이」란 200자 원고지 60장이 조금 넘는, 아이가 이를 악물고 평생 처음으로 써 본 소설이다.

그 작품이 제6회 학원문학상 고등부 소설 부문 350여 편 응모작 중에서 3등으로 입상한다. 그러나 월요 조회 대운동장의 문학상 트로피 전달식에서 아이 것보다 더 큰 트로피를 받는 학생이 있었다. 후니, 학원문학상 시 부문 1등.

아이가 다시 이를 악물고 쓴 소설 「황혼기」가 강원일보 학생신춘문예 현상응모에서 소설 부문 당선 없는 가작1석으로 입상한다. 그해 시 부문 당선은 후니였다.

「황혼기」가 강원일보 지면에 8회에 걸쳐 연재되었지만 가작 인생의 비애가 대학노트에 주절주절 적힌다. 연서 형식을 빈 그 일기의 수신자는 'S'였다. S는 『젊은 베르테르의 슬픔』에 나오는 여주인공 샤롯데의 이니셜. 아이가 짝사랑에 빠진 것이다. 초등학교 때는 여선생님, 중학교 1학년 아이의 짝사랑 대상은 읍내의 신문 배달하는 중3 소녀.

지금 문예회관이 있는 효자동 골목 맞은편 언덕의 작은 비탈 집에 사는 스물두어 살 안팎의 소녀가 아이의 마음을 사로잡았다. 쪽마루에 앉아 뜨개질을 하거나 닭장을 드나들며 닭들과 노는 그네의 모습을 보기 위해 자취방 창문에 구멍을 냈다. 짝사랑이 대체로 그러하듯 아이는 그네에게 말을 걸어 본 적도 연서 쪽지를 건넨 일도 없다. 그 대신, S여 내게 춘천의 봄은 아직도 춥기만 합니다, 뭐 이런 투의 글을 대학노트에 적는 일이 고작이었다.

자취방 앉은뱅이책상 밑에 감춰 둔 그 대학노트 두 권을 서울로 유학 간, 아이의 중학 시절 친구 하나가 찾아와 모두 읽어버렸다. "야, 너 참 솔직하더라." 아이의 일기장을 훔쳐 읽은 그 친구의 말이었다. 아이는 그 당장 자신의 일기장인 대학노트를 모두 불태웠다. 그 사건 이후 아이는 평생 일기를 쓰지 않았다.

1966년 봄. 그는 고등학교를 졸업한 지 꼭 6년 만에 다시 춘천에 돌아온다. 사립인 원주 육민관고등학교 국어 선생에서 공립인 춘천중학교로 자리를 옮긴 것이다. 어릴 때부터의 꿈이 선생님이었던 그의 춘천에서의 교직생활은 즐거웠다. 그때 춘천중은 강원도의 수재들이 들어오는 명문이었다. 가르치는 즐거움, 그 열성 탓인지 내리 7년 동안 3학년만 담임했다.

그때 그가 담임했던 학생들 중 문단에서 그 얼굴을 다시 만난 이들도 꽤 있다. 최수철, 최승호, 박찬일, 조성림, 정정조, 신현봉, 최현순 등. 문인뿐 아니고 춘천에서 늘 얼굴을 대하는 저명인사들도 여럿인데 그중 전임 시장님이나 강원대학교 총장님도 그 시절 그의 담임 반 학생들이었다.

그러나 그는 당시의 제자들을 만나는 일이 두렵다. 심심해서 걷어찬 돌인데 그 돌에 얻어맞은 개구리로서는 치명적인, 그런 마음의 상처를 결코 잊지 않고 있을 제자들에 대한 죄의식일 것이다.

아무튼 그는 춘천에서 결혼도 했고 아이들의 아버지가 되었고, 그 아이 중 하나를 땅에 묻기도 했다. 일과가 끝나면 학교 운동장에서 운동도 했고 닭갈비(요즘의 닭갈비가 아니다)를 안주로 소주를 마시며 희희낙락했다. 당시 그가 바랐던 유일한 꿈은 자신만이 홀로 쓸 수 있는 방 하나를 갖는 일이었다.

방 하나를 따로 갖고 싶다는 이 조짐은 이제 이쯤에서 슬슬 몸을 빼고 싶은, 이것이 아닌 또 다른 신명의 오솔길 하나를 걷고 싶다는, 그동안 가둬 뒀던 욕구의 꿈틀거림이었을 것이다.

1972년 이른 봄, 그는 대학 은사인 조병화 선생님으로부터 느닷없이 걸려 온 전화를 받는다. 그날부터 꼭 일주일 뒤 그는 만 6년 세월, 춘천의 봄을 뒤로하고 서울로 올라간다.

여름

1985년 3월. 그의 서울 탈출의 꿈이 춘천 귀향으로 이루어진다.

물론 12년 동안의 서울 생활에서 넘치게 많은 것을 얻었다. 1963년 등단한 지 만10년 만에 새로이 글쓰기를 시작한 일이며 그 결과물에 대한 평가도 그런대로 괜찮아 여러 개의 문학상을 수상하면서 작가로서의 지명도도 꽤 높였다.

그러나 즐거워야 할 가르치는 일에 대한 잦은 회의로 그는 번민한다. 처음부터 끝까지, 이건 결코 교육이 아니라는, 서울 교육현장에서의 불신과 자괴감은 가르치는 열정과 신명이 통하던 춘천 생활에 대한 그리움을 더하게 했다. 어쩌면 그 실의의 번뇌는 더 근원적인 데 있었는지 모른다. 글쓰는 일에 대한 조급증, 두 가지 길을 걸어서는 하나도 잡지 못한다는 어떤 강박의 쫓김 같은 거.

더 솔직히 말해 그것은 교과서적인 삶으로부터의 일탈을 원하는 자유분방한 작가로서의 새로운 길 찾기였을 것이다. 쥔 것 하나를 놓는, 전업작가의 길을 걷고 싶은 유혹이기도 했다.

전업작가의 길을 모색하는 중에 서울 탈출의 길이 열렸다. 마흔다섯 나이에 새로이 시작한 춘천 생활은 중앙로 로터리의 카페 오페라에서의 생맥주로부터 시작되었다. 고교 동창인 카페 주인은 춘천 사람들 모두를 꿰뚫고 있어 그의 춘천 통신, 그가 춘천을 아는 유일한 통로였다.

문제가 있었다. 귀향의 들뜬 마음으로 비롯된 만남의 보이지 않는 트러블. 그 나름으로는 사람들을 허심탄회하게 대하고 있었지만 느낌 그대로를 거침없이 표현하거나 때로 우스개로 눙쳐 말하는 그의 화법이, 또한 가능하면 상대의 좋은 점만 보려는 그의 사람 대하는 매너가 오히려 여러 사람들에게 상처를 주는 결과를 빚어낸 일이다. 사실은 자신이 춘천에 존재한다는 사실만으로도 많은 사람들의 몫을 빼앗거나 마음을 불편하게 했다는 사실을 그는 나중에야 터득한다.

춘천 생활 5년쯤이 지나서야 그는 비로소 사람 만나는 일에 조심한다. 사람과의 만남은 오직 뺄셈뿐이라는, 사람을 가려 만나는 염인 증세까지 살포시 찾아온다. 어느 때부터인가 그는 사람들과의 만남은 물론 글쓰기의 그 징그러운 집착으로부터 어느 정도 벗어날 수 있는 오솔길을 걷고 있었다.

자연은 그냥 바라보기만 해도 위안이었다. 그것은 확실히 사람들과의 밀고 당기기의 탐색과는 달리 온통 덧셈이었다. 그는 자연 속에서 두 개의 그가 아닌 온전한 하나의 자신을 느낄 수 있었다. 그가 아닌 그와 그가 되고 싶은 그가 완전한 화해를 하는 곳이 바로 자연이었던 것이다.

참 많은 산을 쏘다녔다. 산의 나무와 들꽃 이름을 많이 익히면서 애니미즘의 경지에도 이르렀다. 빈 땅에 나무도 많이 심었다. 평생 처음으로 하는 농사일을 흉내 내는 일에도 깊이 빠졌다. 그는 자연 앞에서 거침없이 감동했고 그 충만한 마음으로 사람들을 바라보면서 염인 증세도 사라졌다.

그러한 자연 친화가 그의 글쓰기를 부추긴다. 춘천 실레마을이 김유정

소설의 배경이듯 그의 작품 역시 춘천을 무대로 한 것이 꽤 있다. 아베의 가족, 동행, 지빠귀 둥지 속의 뻐꾸기, 실종, 소양강 처녀, 한주당 유권자 길들이기, 물매화 사랑, 음지의 눈, 유정의 사랑, 플라나리아, 남이섬 등등.

그러나 그의 오솔길 산책의 신명과는 상관없이 그는 이미 지역의 내 걸린 얼굴이었다. 지역의 여러 모임이 그의 얼굴을 필요로 했다. 소설 쓰는 작가로, 또 그 작품으로 알려지기보다 교수, 회장 등 어떤 조직의 라이선스가 더 많이 통했다. 그것이 스스로 자초한 일이긴 하지만 그는 가끔 자신이 쓴 작품으로 평가받지 못하는 일에 대해 허전한 마음을 감추지 못했다.

더구나 언제부터인가 그는 김유정에게 미친 사람으로 널리 알려졌다. 그의 아내는 자기 할아버지 제삿날도 잘 챙기지 못하면서 김유정 추모제를 준비하는 그를 향해, '김유정은 당신 같은 아들을 두어 참 좋겠다.' 고 비아냥댔다.

그리고 가을

2008년 가을, 그는 김유정 탄생 100주년 행사를 대충 끝낸 며칠 뒤 '봄·봄길, 동백꽃길, 금 따는 콩밭길' 등 자신이 직접 작가의 작품 이름으로 등산로 이름을 붙인 금병산 김유정 등산로에 혼자 오른다. 이미 이 세상 사람이 아닌 카페 오페라 주인과 함께 20여 년 전 처음으로 금병산에 길을 내던 기억이 새로웠다. 그 산길에서 그는 죽은 친구의 킬킬거리는 웃음소리를 듣는다.

누군가 해야 할 일을 하고 있을 뿐이라고? 이렇게 해야 이 고장의 문학이, 아니 우리 스스로의 무게를 잡아 제대로 대접을 받는 날이 올 것이라고?(그 친구 특유의 공격 화법은 계속된다) 내가 다 알지. 킬킬… 작가로서 그 명성을 알아주지 않으니까, 킬킬… 사실은 작품을 못 쓰니까 이런 일이라도 해서 작가 대접을 받겠다는 자네 속심.

물론 그는 알고 있었다. 집 하나가 세워지면 하릴없이 또 다른 공사장으로 실려 나가는 비계 혹은 거푸집 같은 자신의 역할, 자기 집 세우기와는 전혀 무관한 그런 일을 자신이 어느 때부터인가 즐기고 있다는 사실도. 모두 자기 집으로 돌아간 뒤의 그 빈자리에서의 허망함까지도 그는 즐기고 있었는지 모른다.

2008년 10월 3일. 서울 청량리역을 출발한 경춘선 열차가 11시 40분 춘천 실레마을 김유정역에 도착한다. 한국·일본·중국의 스타급 작가들이 타고 온 특별열차다. 이야기로 만나는 아시아의 작가들은 놀란다. 춘천은 아름답다. 이런 시골에 김유정역이라니, 도대체 역 이름이 생길 정도의 작가가 누구인가. 그날 저녁 한·일·중 작가들은 김유정문학촌 가설무대에서 춘천 실레마을을 '실레, 스토리 빌리지'로 선언한다. 이것이 춘천 문화예술의 한 획을 긋는 매우 큰 사건이라는 것을 아는 사람들은 많지 않다.

2008년 10월 25일. 춘천 실레마을 김유정문학촌 이야기로 만나는 강원 문인 큰잔치에 초대받은 출향 원로 문인 황금찬 시인은 자신의 서른여섯 번째 시집 출간을 기리는 자리에서 말한다. "내 고향 강원도 사람들에 대한 이제까지의 내 부정적인 생각을 오늘 이 자리에서 바꾸기로 했습니다." 앞서 이룬 선배에 대한 후배 문인들의 환대에 대한 뜨거운 감동이 그 말 속에 배어 있었다.

90세, 그 원로 문인은 춘천을 떠나기 전 그의 손을 잡은 채 서너 번이나 거듭 같은 뜻의 당부를 했다.

"물론 이런 일을 할 사람도 필요하지요. 허지만 글을 써야 해요. 큰 작품을 써야 합니다. 좋은 글 쓰겠다고 나하고 약속합시다. 구십, 이 나이까지 시를 쓰고 있는 내가 당신에게 간절히 당부를 하는 거요."

봄이 그러하듯 봄내의 가을은 짧다. 그의 봄내의 봄도 여름도 물러간 저녁 실레마을에 '갈' 날의 저녁 바람이 그의 옷깃을 스친다.

그는 이미 폐차된 무궁화호 기관차와 객차 두 대가 서 있는 구 역사 쪽을 무연히 바라본다. 신남역이란 역사 이름을 우리나라 철도 역사상 단 하나밖에 없는 사람 이름으로 개명할 즈음의 갖가지 일들이 감회 깊게 스쳐 갔다.

1938년 세워진 김유정역 구 역사 리모델링 공사가 끝나면서 그 공사 현장의 거푸집이 헐리고 있었다. 그는 제 할 역할을 끝낸 뒤 본디의 가설 형틀에서 한낱 철관이나 널판으로 나뒹구는 거푸집 자재들을 바라보며 입속말로 중얼거린다.

'거푸집도 집일까.'

사진 속에 없는 어머니 모습

─이 한 장의 사진

내 어렸을 때의 모습을 볼 수 있
는 유일한 사진이다. 세 살쯤 됐을
까, 할머니가 나를 안고 있는 그
옆에는 연년생으로 태어난 여동생
이 아버지 품에 안겨 있다. 가족사
진이 분명한데 당연히 그 사진 속
에 있어야 할 어머니 모습이 없다.

육순이 된 나이에 그 사진을 들
여다보다가 그해 팔순을 맞은 어
머니한테 사진 속에 왜 어머니가 없
느냐고 물어본 적이 있다.

"할머니가 아범을 안고 계신데
내가 거기 어떻게 들어가나."

할머니 품에 안겨

어머니의 대답은 명료했다. 그 시절의 며느리라면 대개 그런 대답을 했을 것이다. 요즘과 달리 그 시절에는 아무리 자기 자식이라고 해도 어른들 앞에서는 자식 사랑을 함부로 내색하지 못했다는 얘기이다.

아무리 그렇다 해도 어찌 며느리를 그렇게 돌려놓고 사진을 찍을 수 있었을까. 할머니나 아버지가 그렇게 완고한 사고를 가졌기 때문이라기보다 어머니가 아예 그 장소에 얼씬도 하지 않았을는지 모른다는 생각이 든다.

'할머니가 아범을 안고 계신데……' 라는 어머니의 말이 그것을 시사하고 있다. 할머니에게 있어 맏손자인 나는 좀 더 각별한 존재였다는 뜻이기도 하다.

내가 태어나기 몇 년 전 젊은 할아버지가 시앗을 보았다. 할아버지가 시앗으로 들인 그 작은댁이 우리 할머니와 같은 마을에 살았다. 동네 우물에서 물을 길어 오려면 그 작은댁 앞을 지나가야 했는데 그 집 댓돌에 가지런히 놓인 고무신 두 켤레가 보기 싫어 할머니는 개울물을 퍼다 먹었다고 한다. 장마 때는 흙탕이 된 개울물을 퍼다 가라앉혀 먹었다는 얘기도 들었다.

내가 태어나고 두 돌이 지날 무렵 할아버지는 얼마 되지도 않은 가산을 모두 정리해 소실 식구들은 물론 할아버지 형제 모두를 이끌고 만주로 이민을 갔다.

지금 남아 있는, 할머니가 나를 안고 있는 그 사진도 그때 할아버지가 만주로 떠나기 전 사진사를 시골까지 불러 우정 찍어 간 것이 아닌가 싶다. 그 사진을 내가 찾아낸 것이 해방 뒤 만주에서 돌아온 할아버지네 가족 사진첩에서였기 때문이다.

고향에 남겨진 것은 할머니를 비롯한 우리 식구뿐이었다. 할머니는 할아버지를 시앗한테 영영 빼앗긴 것이고 아버지는 당신 아버지한테 버림을 받은 셈이다. 그런 내막을 알 턱이 없는 나는 할머니의 지극정성 그 사랑에 흠뻑 취해 행복한 나날을 보냈을 것이다.

그러나 어릴 때부터 나는 할머니가 가끔 발작처럼 일으키는 가슴앓이 진통을 곁에서 속수무책으로 지켜보곤 했다. 진통이 올 때면 할머니는 가슴을 움켜쥐고 이를 악문 채 방 안을 설설 기었다. 진통이 쉬 멎지 않으면 당신 스스로 마당에 심은 양귀비 열매를 따다가 칼로 금을 그어 진을 낸 다음 화롯불 위에 국자를 얹어 놓고 그것을 끓여 마시곤 했다.

할머니의 고질병인 가슴앓이 그 진통의 원인을 어렴풋이 알기 시작한 것은 조금 나이가 든 뒤였다. 당신을 비롯한 외아들 식구가 당신 남편한테 버림받았다는 그 치욕과 울분에다 외아들이 먹고살기 위해 동분서주하는 모습을 바라보는 할머니의 심정은 어떠했겠는가. 원래 소식인 할머니의 위장은 그런저런 울화로 오그라졌다가 어느 날 느닷없이 경련이 일어나곤 했던 것이다.

그런대로 할머니의 유일한 위안은 손자 돌보기였을 것이다. 특히 연년생으로 여동생이 태어나 젖이 일찍 떨어진 탓에 나는 온전히 할머니의 차지가 되어 그 젖을 빨면서 컸다고 한다. 어쩌면 그것은 당신 시어머니의 처지를 누구보다 가까이에서 지켜본 며느리의 속 깊은 배려였다고 해도 틀리지 않을 것이다.

2008년 5월 여든여섯으로 세상을 뜨신 어머니가 '이 한 장의 사진' 속 할머니의 모습 위로 겹쳐 떠오르는 것은 무엇 때문일까.

다시는 뵐 수 없는 그 어른들

그것이 어떤 형태이든 자기 글쓰기의 결과물에 대한 반응은 즐겁다.

1979년 「아베의 가족」으로 제6회 한국문학작가상과 대한민국문학상 자유문학 부문 수상에 이어 1980년 「우리들의 날개」로 제16회 동인문학상을 수상한 일은 내게 여러 가지로 의미가 컸다.

특히 1980년 12월 30일 오후 5시 세종문화회관 세종홀에서 있었던 동인문학상 수상식 자리에서 뵌 당대의 큰 어른들과의 만남을 잊을 수 없다.

백철, 김동리 선생님의 수상식 인사말씀과 선우휘 선생님의 심사평, 그리고 황순원 선생님이 제자의 손에 직접 상장을 주셨고 마지막 축하의 말씀을 이희승 선생님이 해 주셨다.

전광용, 이헌구 선생님도 함께하셨던 그 자리, 이제는 그 귀한 어른들의 존안을 다시는 뵐 수 없는, 37년 전 그 어른들 그 연세를 넘은 나이로 내가 아직 구차스런 모습으로 남아 있다.

왼쪽부터 전광용, 김동리, 이희승, 백철, 필자, 이헌구 선생님

지워지지 않는 내 어린 시절의 기억들

이 나이까지 잊혀지지 않고 있는 내 최초의 기억은 무엇일까. 네 살쯤이었을 것이다. 한밤중에 오줌이 마려워 잠이 깬 나를 할머니가 요강이 놓인 대청마루로 데리고 났다. 그 순간 나는 우리 집 행랑채가 칠흑 같은 어둠 속에 불붙어 타오르는 것을 보았다. 뒷날 들은 이야기로는 불길을 보고 놀란 내 울음소리로 잠이 깬 어른들이 안채로 번지는 불길을 막을 수 있었다는 것이다.

꿈에 불장난을 하면 오줌을 싼다는데, 행랑채의 그 불길 때문일까, 나는 늦은 나이까지 잠자리에 오줌을 쌌다. 어느 날 아침 나는 어머니가 시키는 대로 머리에 키를 뒤집어쓰고 장거리 어느 집으로 소금을 얻으러 간다. 그것이 바로 내가 잠자리에다 오줌을 쌌다는 것을 온 마을 사람들한테 알리는 일이라는 것을 알 턱이 없었다.

어른들의 말에 의하면 그날 아침 마을 사람들한테 망신을 당하고 돌아온 이후 나는 더 이상 잠자리에 오줌을 싸지 않았다고 한다.

남의 물건을 내 손으로 훔친 어린 시절의 기억 하나. 그것이 내가 이 세상에 태어나 지은 최초의 죄였을는지도 모른다.

시골 마을에서 읍내로 이사를 나온 여섯 살 무렵이었을 것이다. 동네 골목대장의 명령에 따라 읍내에 하나 있는 잡화상에 가 아무 물건이나 하나씩 훔쳐 오는 놀이였다. 나는 두어 번의 실패 끝에 드디어 남의 물건에 손을 대는 일에 성공할 수 있었다.

잡화상 앞 진열대에 벌여 놓은 물건 중에서 하나를 손에 쥐고 냅다 뛴 것이다. 그것을 손에 얼마나 꽉 움켜쥐고 뛰었는지 대장이 무엇을 가져왔는지 내놓으란 얘기를 듣고서야 겨우 손을 펼 수 있었다. 빨간 물감 봉지였다. 종이 봉지 속의 물감이 뜯어지면서 손에 난 땀으로 해서 손바닥이 온통 새빨갛게 물들어 있었다.

새빨갛게 물든 내 손바닥을 내려다보며 울음을 터뜨렸던 기억. 그러나 그 울음에도 불구하고 나는 며칠 뒤 다시 그 잡화상에서 물건 하나를 훔쳐 와야 했다. 이번에는 잡화상 진열대 위에 있는 셈베란 과자 한 개였다. 그것 역시 어쩌나 꽉 쥐고 뛰었는지 과자는 다 부스러져 있었다.

그녀, 내 첫사랑이었을까. 얼굴 하나가 떠오른다. 우리 집에 이웃집 할머니가 손녀를 데리고 놀러왔다. 잘 익은 사과, 그렇게 볼이 유난히 붉고 고운 여자애였다. 내가 여덟 살, 나보다 한 살 아래인 여자애의 눈길이 나를 유심히 바라보고 있다는 느낌 때문에 나는 공연히 안절부절못했다. 바로 그때 우리 할머니가 내게 새 옷을 갈아입히고 있는 중이었던 것이다. 나는 짐짓 심통을 부리며 할머니 손길을 거부한 채 내 멋대로 옷을 아무렇게나 걸쳐 입었다. 그러자 여자애가 나한테 다가와 내가 되는대로 입어 뒤틀린 팔소매를 곰살가운 손길로 바로잡아 주는 것이 아닌가.

나는 지금까지도 옷을 갈아입을 때면 가끔 천연덕스레 내 뒤틀린 팔소매를 펴 주던 그때의 그 여자애 얼굴을 떠올리곤 한다.

어린 시절 내 억지나 엄살로 해서 피해를 본 아이들도 많았을 것이다. 개울가에서 동갑내기 아이와 싸움이 붙었다. 나보다 작은 애라 내가 그 아이를 더 많이 때렸지만 그 애 형이 나타나는 바람에 징검다리를 건너 도망치다가 미끄러져 물에 빠졌다. 내 잘못으로 물에 빠진 그 일이 너무 창피해서 큰 소리로 울기 시작했다. 마을 어른들이 수십 명 몰려나올 정도로 크게 울었다. 내 엄부럭 울음으로 해서 졸지에 가해자가 된 그 아이들이 자기 아버지한테 야단을 맞으면서도 별다른 변명을 하지 않던 일이 지금도 잊혀지지 않는다.

이런 식의 비겁했던 일이 또 하나 생각난다. 겨울 피란 때 남의 집에 며칠 머물 던 어느 날 밤이었다. 칠흑 같은 밤이라 뒷간(화장실)을 찾을 수 없는 내가 그만 방문 앞 봉당 위에 실례를 하고 말았다. 아침에 잠이 깬 나는 밖에서 일어나는 일에 그만 어리둥절해졌다. 지난밤 내가 봉당에 싼 변을 밟은 주인집 여자가 내 또래 사내아이 하나를 세워 놓고 고래고래 야단을 치고 있었던 것이다. 분명히 내가 한 짓인데 엉뚱하게도 다른 아이가 야단을 맞고 있었다.

그때 야단을 맞으면서도 아무 소리도 안 하던 그 아이가 혹시 말을 할 수 없는 농아였거나 저능아가 아니었을까, 나는 가끔 그런 생각을 한다.

내 등에 업혀 있던 갓난아기가 어쩌다가 방바닥에 떨어졌다. 며칠 뒤 그 갓난아이가 경기를 일으켜 죽었다. 내가 일곱 살 때였는데 그날 이후 어른들은 내가 동생을 등에 업었다가 방바닥에 떨어뜨렸다는 얘기를 단 한번도 입에 올린 적이 없다.

그러나 나는 평생 동안 동생의 그 죽음으로부터 자유롭지 못했다. 차라리 그때 어른들이 내가 잘못해서 동생을 죽였다고 야단이라도 쳤더라면 어땠을까 하는 생각을 해 본다.

여름전쟁이 터지기 직전의 봄이었다. 읍내 경찰서에 빨갱이들이 잡혀 왔다고 했다. 그때 열 살이었던 나는 읍내 경찰서 담벼락에 달라붙어 어른들의 입을 통해서만 듣던 빨갱이들을 직접 내 눈으로 볼 수 있었다. 그때의 실망을 나는 지금도 잊을 수 없다. 손이 뒤로 묶인 채 경찰서 뒷마당에 꿇어앉아 있는 빨갱이들 모습이 우리와 너무 똑같은 모습이었기 때문이다. 정말 놀라운 것은 우리 아랫집에 사는 아저씨의 얼굴도 빨갱이 속에 끼어 있었던 일이다.

사람은 평생 동안 얼마나 많은 거짓말을 하고 살 것인가. 내가 기억하고 있는 내 유년 시절의 거짓말은 어떤 것들이었을까 더듬어 본다.

겨울 피란을 갔다가 시골 고향 마을에 돌아와 보니 그냥 마을에 남아 있던 애들이 겪은 일이 너무 부러웠다. 중공군이 타고 왔던 말이 주인을 잃은 채 산을 헤매는 것을 보았다든가 유엔군 폭격기가 중공군 수천 명을 죽이던 폭격 얘기만 해도 너무 흥미진진했다.

아이들은 전쟁놀이를 했다. 어른들이 총을 들고 하던 그런 놀이였다. 그 놀이 중에는 담력 테스트 같은 것이 있었는데 한밤중에 중공군이 떼죽음을 당해 아직도 시체가 불에 탄 채 그대로 썩고 있다는 솔치골까지 올라가 중공군이 지니고 있던 물건 하나씩을 전리품으로 주워 오는 일이었다. 그때 나는 죽은 중공군으로부터 전리품을 챙기는 그 일을 해내지 못했다.

그러나 시골 마을을 떠나 읍내로 이사를 나와서는 상황이 달라졌다. 시골 아이들이 전쟁 속에서 직접 보고 겪은 이야기들이 모두 내 것이 되어 읍내 아이들한테 전해졌다. 너무 무서워 그 근처에 다가가지도 않았으면서도 중공군이 떼죽음을 당한 그 골짜기에서 내가 무슨무슨 전리품을 챙겨 왔다는 이야기를 신명나게 하고 있었던 것이다.

그 현장에 없었던 열등감이 그런 식으로 나타났을 것이다. 내가 작가가 된 것도 어쩌면 내 어린 시절의 이런저런 열등감을 감추기 위해 만들어 낸 거짓말이 문학적 상상력으로 모습을 바꿔 간 것일 수도 있다는 생각이다.

어른들이 한 일이 황당했던 유년 시절 기억도 있다. 그곳이 읍내 무슨 기관이었는지는 기억나지 않지만 고목 벚나무가 몇 개 있었던 것으로 미뤄 꽤 오래된 건물인 것만은 분명했다. 벚꽃이 피었다가 진 뒤 그 열매가 새까맣게 익었다. 봄이면 진달래 꽃잎, 여름이면 버찌가 그 당시 아이들의 유일한 군것질이었다.

나는 나보다 큰 아이들이 시키는 대로 버찌가 많이 열린 나무로 올라가 나뭇가지를 꺾어 내렸다. 내가 버찌 달린 나뭇가지를 꺾어 내릴 때마다 아이들이 박수를 쳤다. 그렇게 신나게 벚나무 가지를 꺾어 내리다 보니 나무 밑이 조용했다. 아이들 대신 어른 하나가 나무 위를 쳐다보고 서 있었다. 내가 잔뜩 겁을 먹고 나무를 내려와 보니 아이들은 물론 나를 올려다보던 그 어른 모습도 보이지 않은 채 내가 꺾어 내린 벚나무 가지만 어지럽게 널려 있었다.

내가 벚나무 밑에 벗어 놓고 올라간 검은 고무신이 보이지 않았다. 밤이 꽤 깊어서야 내가 고무신도 신지 않은 맨발로 집에 들어온 것이 밝혀졌다. 당시만 해도 고무신 하나를 사 신는 일이 그렇게 쉽지 않던 때라

나는 할머니와 함께 그 벚나무 밑으로 가면서도 계속 울고 있었다.

할머니가 벚나무가 있는 그 건물 뒤쪽에서 내 고무신을 찾아냈다. 그러나 그것은 이미 고무신이라고 할 수 없었다. 석유가 반쯤 든 양동이 속에 몇 시간 동안 담겨져 내 고무신은 고무가 흐물흐물 녹아 있었던 것이다. 벚나무 가지를 꺾은 어린아이에 대한 응징치고는 좀 황당한 것이었다는 생각이다.

심한 위통의 속병을 앓고 있던 할머니는 당신이 가꾸는 화단에 서너 그루 양귀비를 심었다. 할아버지의 가족들이 사라진 뒤 할머니의 유일한 즐거움은 손자 키우는 일과 마당의 꽃 가꾸는 일이었다. 손자를 데리고 꽃을 가꾸면서 할머니가 가끔 혼잣소리처럼 하던 말이 있다. '꽃을 좋아하면 천당에 못 간다고 하더라만…' 나는 오랜 세월이 흘러서야 그때 할머니가 하던 그 말의 의미를 알 수 있을 것 같았다. 이렇게 아름다운 꽃을 바라보고 있는 바로 이 시간이 천국이 아니겠느냔 그런 뜻은 아니었을까 하는.

아버지가 시골에서 다람쥐 한 마리를 얻어 왔다. 나는 할머니와 함께 다람쥐 집을 만들기 위해 하루 내내 뚝딱거렸다. 집에서 쓰는 쳇바퀴 하나를 망가뜨려 다람쥐가 돌릴 바퀴부터 만들었다.

아침 일찍 시작한 다람쥐 집 만들기는 저녁이 다 되어서야 끝났다. 나는 빈 쌀자루 속에 들어 있는 다람쥐를 할머니와 내가 만든 통 속에 옮겨 넣기 위해 쌀자루 주둥이를 다람쥐에게 물을 주는 구멍으로 조심스럽게 들이밀었다. 그 순간 쌀자루 속의 다람쥐가 제 집 속으로 들어가는가 싶더니 후다닥 밖으로 도망쳐 버렸다. 할머니가 잠깐 자리를 비운 사이나 혼자 여봐란 듯 해내려다 일어난 일이었다.

허망. 어쩌면 그때 나는 일찌감치 사는 일의 허망을 맛보고 있었는지 모르겠다.

유년 시절의 기억은 뒷날 얼마나 다른 모양으로 굴절되어 나타나는 것 일까. 어쩌면 그것은 오랜 세월이 지나는 동안 내가 기억하고 싶은 쪽으 로만 편집이 되었을는지도 모른다.

그러나 아직까지 줄기차게 지워지지 않고 있는 유년 시절의 몇 토막 마 음 꺼림칙한 기억들의 정체는 무엇일까. 내가 한 행위에 대한 옳고 그름, 그 판단을 했던 내 생애 최초의 도덕적 양심은 아닐는지.

슬그머니 손바닥을 펴본다. 남의 물감 봉지를 움켜쥐었던 어린 시절의 그 손바닥보다 더 새빨갛다.

내 손가락에 장을 지져라

어렸을 때의 기억은 세월이 흐르면서 상당히 다른 모습으로 굴절되기도 한다. 어떤 일을 몇이서 함께 겪었더라도 나중에 기억되는 모습이 전혀 다를 수가 있다는 것이다. 그러나 사람들은 대부분 자신이 기억하고 있는 것이 그 원형이라고 믿고 있다.

오랜 세월 동안 잊혀지지 않을 정도의 기억이라면 다 그만한 사연이 각인되었기 때문일 것이다.

졸업을 며칠 앞둔 중3 교실. 학과 담당 선생님 대신 다른 선생님이 들어온 자습시간이었다. 그 자습시간에 나는 전날 어느 여학생한테서 받아낸 졸업기념 사인지를 친구들에게 자랑하다가 걸렸다.

"야, 너, 키 큰 새끼 이리 나와!"

압수한 사인지를 읽어 본 자습 감독 선생님이 나를 교탁 앞으로 불러내 머리통을 쥐어박으며 긴 훈화를 했다. 그때 교실 뒤쪽에서 누군가 장난기 섞인 말을 불쑥 던져 왔다.

"걔, 장래 문학가가 될 거라구요."

문학가. 중학생이 되면서 책을 좀 읽긴 했어도 문학가가 무엇 하는 사람인지 알 턱이 없었던 내게 그때 그 아이의 말은 꽤나 생소했다. 그러나 그 아이의 장난말에 대한 선생님의 반응은 더 놀라웠다.

"문학가? 이 새끼가 그런 거 되면 내 손가락에 장을 지져라."

반 아이들 앞에서 공개적으로 당한 그 수모가 어떠했는가 하는 기억은 전혀 없다. 어쩌면 문학가, 그런 거 되는 것이 그렇게 대단한 거구나, 하는 생각을 했는지도 모를 일. 어떻든 그때 벌을 받는 내 태도가 얼마나 불손했으면 선생님이 그런 심한 말을 했을까 싶은 생각만은 가끔 했다.

60여 년 전의 그 기억이 얼마나 변형된 것인지 알 수 없다. 그러나 그때 내 가슴에 박힌 몇 개의 어휘만은 지금까지 잊혀지지 않는다.

문학가. 그리고 자습 감독으로 들어왔던 그 젊은 선생님의 말씀. 내 손가락에 장을 지져라.

이제 와서 되게 궁금하다. 내가 문학가가 될 것이라고, 내 앞날을 예견했던 그 아이는 누구였을까.

등단 50년, 아직도 나를 못 찾다

　지난 세월을 오르락내리락 뒤적여 보노라니 내가 걸어온 삶의 그 행로가 너무 순탄 평범해 겸연쩍기까지 하다. 다행히 그 밋밋한 길 위에 평생 즐기며 걸을 수 있는 오솔길을 갖긴 했지만 그 글쓰기마저 여봐란 듯이 내세울 게 없다.

　무엇을 잡아 쥐기 위해 아등바등 애쓴 기억이 별로 없는데다 자칫 궤도라도 일탈할까 싶어 조심조심 걷다 보니 그것이 남들 보기에 얼마나 따분해 보였으면 국정교과서가 걸어간다는 말에다 내 인생을 빗댔을까. 넘어져 상처받는 일이 겁나 낙법부터 익히며 산 소시민 근성이 몸에 밴 것일까, 남들처럼 내 목소리를 낼 일이 별로 없었다.

　그러나 이렇게 무색무취 심심한 인생이지만 그 안속은 사뭇 달랐다. 늘 어디론가 도망치고 싶은 충동에 시달리는가 하면 막상 그 출구쯤에 섰다고 생각되는 순간 지레 그 끝자락이 보여 속절없이 주저앉곤 했다. 허망…….

　먹고살기 위한 방편으로 선택한 길이 교직이었다. 다행히 어릴 때의 꿈이 학교 선생님이 되는 것이었으니까 40년간의 교직생활이 그런대로 즐거왔다. 교실에 들어가는 일이 즐겁지 않으면 그것이 바로 학생들에게 죄를 짓는 것이라는 최면에 걸려 살았으니 그런대로 후회는 없지만 이쪽에서도 어떤 간힘으로부터 벗어나고 싶은 충동만은 어쩔 수 없었다.

자유분방한 욕구의 분출에 최적인 글쓰기와 음충맞은 내 내면의 갈등과 방황을 감추는 보호색으로서의 교직생활을 함께하면서 겪어야 하는 피할 수 없는 알력이었을 것이다.

긴절한 바람이 하나 이뤄졌다. 1985년 3월, 꿈꾸던 서울 탈출로 내 인생의 새 막이 열린 것이다. 고향으로 돌아와 대학 강단에 서게 된 일인데 엄밀히 따지고 보면 그것은 은근히 전업작가에 무게를 두고 있던 내게 결정적인 덫이었다. 제대로 된 작품은 뭔가 절실할 때 써지는 법인데 이제 글쓰는 신명이 몸에 익을 만할 때 배부른 돼지가 됐으니 좋은 글을 쓸 수가 없었던 것은 당연하다.

오랜 세월 무보수로 30년대 작가 김유정을 기리는 일에 미쳐 많은 시간과 열정을 쏟아 온 일을 후회하지 않는다. 봉사는 누구를 위해 자기를 버리는 것이 아니라 지금까지 잃어버리고 산 자기를 찾는 일이라고 볼 때 김유정을 위한 일은 내 문학의 길에서 글쓰기의 신명을 잃고 헤매는 잃어버린 내 얼굴 찾기와 다르지 않다는 생각 때문이다.

물은 스스로 길을 낸다.

이 말을 자주 마음속에 다지며 살았다. 물이 고여 넘칠 때까지 기다리지 못한 채 바닥부터 파헤치는 무모한 욕심을 가진 나를 경계하는 말이었다.

그리하여 쓰고 싶을 때 썼다. 지금까지 원고 청탁을 받고 거기에 쫓겨 허둥거리며 글을 쓴 경우가 많지 않은 것도 그것과 무관하지 않을 것이다. 쓰고 싶을 때 쓰는, 즐김으로서의 글쓰기이고 보니 과작일 수밖에 없지만 그런 글쓰기를 통해서만 쓰는 글 한 편 한 편이 모두 내 마지막 작품이란 생각으로 열정을 쏟을 수 있었는지도 모르겠다.

그런 면에서 내 글쓰기는 게임으로 선택된 것이 아니라 하나의 놀이와 다르지 않았다는 자조도 없지 않다. 반드시 승부가 있고 어떤 룰에서 자유롭지 못한 게임으로서의 문학은 생각만 해도 숨이 막혔다. 내 문학의 길에서 어떤 계파에 묶이거나 편파적 문학주의 집착을 멀리한 것을 보면 나는 처음부터 전업작가의 체질이 아니었구나 하는 생각이 들기도 한다.

그러나 실제에 있어 내 문학 행위는 생명 현상과 다르지 않았다. 때로 문학이 나를 구원했다는 생각을 한다. 열등감 체질이 그 열등함으로부터 벗어나는 일이 글쓰기를 통해 얻어진 것도 그것과 같은 맥락에서 생각할 수 있다. 글쓰기가 아니었으면 교직생활도 오래 하지 못했을 것 같은 생각, 그만큼 문학은 내가 선택한 최선의 길이었다는 생각만은 분명하다.

무엇을 쓸 것인가를 탐색할 때도 그랬다. 어릴 때 멀찍이서 구경만 한 전쟁의 그 각인된 잔상들이 내 문학의 실마리가 된다. 그리고 교실을 프리즘으로 한 내 상상의 알레고리가 불꽃처럼 피어올라 글쓰는 신명으로 이어졌다. 즉 유년의 각인된 기억과 교단 체험이 내 문학의 밑천이 되었다는 것이다.

돌아보면 많은 격랑에 떠밀려 살았다. 동족상잔의 6.25전쟁도 4.19로부터 비롯된 민주화·산업화 과정의 험난한 세월도 무탈하게 살아남았다. 어렸을 때 겪은 전쟁은 물론이고 나이가 들면서 겪게 된 그 격변의 파고 속에서 나는 한낱 구경꾼으로 살았다는 생각이다. 겁이 많은 데다 돌아가는 세상사가 모두 정치놀음으로 보이는 것이 문제였다. 여북하면 정치꾼을 성공한 악으로 규정지으면서 그 반대편 성공하지 못한 악을 내 소설의 모티브 혹은 등장인물들로 설정하는 일을 글쓰기의 즐거움으로 삼았겠는가.

그리하여 당장 나서서 말하기보다 본 것을 그려 내는 일이 더 진실에 가깝다는 생각이 글쓰기의 전략이 된다.

1963년에 등단해 만 10년 동안 작품을 쓰지 못하고 지낸 그 소비의 세월까지 합하면 50년간의 글쓰기가 내 인생에서 가장 값진 오솔길이었다.

더 이상 달라질 것도 새로울 것도 없다. 지금까지 남들 앞에 애써 내보인 평범 순탄의 그 길에 분신처럼 따라다니던 허망마저 모습을 감춘 지금 무엇을 더 탐하랴.

처음 시작할 때의 마음

단편소설 「동행」은 1963년 조선일보 신춘문예에 소설 부문에 당선된 내 등단작품이다. 이 작품으로 내 문학의 길이 열리고, 글쓰기의 신명이 시작되었던 것이다.

「동행」이 구상되기 시작한 것은 대학교 1학년 겨울방학 때였을 것이다. 나는 그해 서울에 처음으로 올라온 촌놈 대학생으로 난생처음 새 구두 하나를 사 신었고 그 새 구두를 신고 4.19혁명의 현장인 신설동에서부터 광화문까지 주로 뒷골목으로 잽싸게 뛰어다니는 구경꾼 역할을 하느라 발뒤꿈치가 움푹 파일 정도의 상처를 입었던 것이다.

그 구두를 신고 그해 겨울방학 고향에 내려갔고 고등학교 때 문학써클을 함께하던 친구들을 만나 춘천 근교의 장학리라는 시골 마을의 밤 산길을 걸었던 것이다. 눈이 발목을 넘게 내린 그 밤, 죽이 잘 맞는 우리 몇 사람은 술을 몇 잔 걸친 그 호기로 장학리 마을에 사는 1년 선배 집으로 쳐들어가는 길이었던 것이다.

그날 밤 우리는 신작로마저 잃어버리고 생눈길을 헤매야 했던 것이다. 어쩌다 길을 잘못 들어 산으로 올라가게 됐고 그 야산 눈길을 엎치락뒤

치락 넘던 그 즐거움을 어찌 잊을 수 있겠는가.

그 눈길을 배경으로 뭔가 그럴싸한 얘기를 하나 만들어 보고 싶었다. 그것은 다분히 감상적인 톤을 갖게 될 것이고 좀 더 서구적인 소설 분위기를 연출할 수 있는 이야기면 더 좋았다. 당시 전쟁이 끝난 지 얼마 되지 않았을 때라 내 생각을 지배하고 있는 것은 6.25 전후의 상황을 통해 내 머리에 각인된 몇 개의 사건이었다.

그래, 동족상잔의 그 비인간적 갈등을 모티브로 하되 6.25 이야기 그 이상의 어떤 인생 문제를 다루는 것으로 하자!

자정이 된 깊은 밤, 눈이 내리는 산 고개를 두 사람이 함께 간다. 「동행」. 이 제목이 떠오르면서 글쓰기의 신명이 생겼다. 애인과 함께 혹은 아버지와 아들이, 어머니와 딸이 그 눈길을 함께 걸을 수도 있을 것이다. 그러나 그들이 왜 그 깊은 밤에 그런 험한 눈길을 걸어야 하는가 하는 당위가 잘 주워지지 않아 며칠 동안 고민을 했다.

그러다가 번뜩 짚이는 것이 있었다. 그래, 함께 걸어서는 안 되는 그런 운명의 사람들이 함께 가는 이야기. 이 생각을 떠올린 뒤 밖으로 뛰쳐나가 거리를 헤매면서 미친 사람처럼 헤헤 웃었던 기억도 있다.

춘천에서 살인을 한 남자가 눈 내리는 밤, 자기 고향을 찾아간다. 그는 6.25때 부역자로 10년 징역을 마치고 나온 날 범행을 한 것이다. 그 범인을 잡기 위해 폐병3기인 형사가 역시 그 눈길에 나서고 두 사람은 드디어 동행하게 된다.

내 평생 글쓰기의 신명은 바로 이 순간에 얻어진 것이 아닌가 싶다. 마음에 맞는 소설 제목에 남들이 전혀 예상하기 어려운 낯선 공간 속에서의 함께 갈 수 없는 사람들의 함께 가기.

문제는 여기까지 구상된 이야기를 어떻게 표현해야 할 것인가, 그 생각이 잘 풀리지 않았다. 그때 고등학교 문예반 선생님이 내 글을 읽고 일깨워 준 말이 떠올랐다. "너는 어휘력이 형편없어. 문장은 더 엉망이고." 작가의 꿈을 꾸는 소년에게는 이 말이 치명적이었다. 게다가 백일장에 두어 번 나가 한번도 입상을 하지 못한 열패감까지 있는 내게 아무리 좋은 이야기라고 해도 그것을 형상화까지는 결코 쉽지 않은 길이었다.

사람은 자기의 열등한 것을 감추고 싶어 한다. 키가 작으면 굽이 높은 구두를 신고 얼굴이 검으면 희게 화장을 한다.

다행히 나는 문예반 선생님을 통해 글을 쓰려는 내게 무엇이 부족한 것인가를 분명하게 일깨움을 받았던 것이다. 좋은 낱말을 찾아 쓰기 위해 남보다 더 노력했고 구문이 잘 맞는 좋은 문장을 만들기 위해 남의 글을 열심히 찾아 읽었다. 어휘력 기르기와 문장 만들기에 정성을 쏟다 보니 내가 어느새 그 일을 즐기고 있었다. 모든 것은 내가 쓰는 낱말과 문장에 의해 결정된다는 생각이 문학을 처음 시작할 때의 내 초심이 되었음은 두말할 것도 없다.

「동행」이 완성되는 마지막 즐거움은 이제까지의 문법을 파괴하는 일로 얻어냈다. 눈길 속을 걷던 두 사람이 헤어지는 장면에서 키 작은 사내가 키 큰 사내를 향해

"하루에 꼭 한 개씩 피우라구요? 꼭. 한 개씩. 피. 우. 라. 구 요?"
그러면서 그는 느닷없이 웃음을 터뜨렸다.
ㅎㅎㅎㅎㅎㅎㅎ

웃음소리를 모음이 없이 ㅎ 자음만으로 만들어 본 것이다. 내 작품에는 지금도 암울하고 참담한 상태에서의 조소 섞인 웃음소리를 ㅎㅎ으로 쓰

고 있다. 요즘 젊은 세대들이 이모티콘이나 채팅 언어에서 쓰는 그런 웃음소리를 50여 년 전에 내가 처음 만들어 썼던 것이다.

지금도 신춘문예 철만 되면 마음이 설렌다. 아마 대부분의 문인들이 신춘문예 모집공고를 보거나 당선작이 발표된 지면을 보면서 그런 설렘을 가질 것이다.

서점에서 문학잡지만 봐도 가슴 두근거리던 문학소년 시절을 생각할 일이다. 아직 등단과는 아랑곳없이 글쓰기의 신명에 빠져 있을 때의 그 치열성은 또 어떠했는가. 드디어 등단을 결심하고 등용문을 두드릴 무렵의 그 기대와 절망의 긴 시간들도 잊을 수 없으리라. 응모했던 작품이 당선작으로 뽑혔다는 통고를 받았을 때의 그 황홀한 전율을 어찌 잊을 수 있겠는가.

나는 글쓰기의 신명을 잃을 때마다 출세작 「동행」을 쓸 때의 그 초심을 떠올린다.

왜 쓰려고 하는가, 왜 쓰지 않으면 안 되는가—하는 고문 같은 물음으로 자기 단련을 하던 작가 지망생 시절의 그 마음 설레던 초심 속에 문학을 향한 때 묻지 않은 순수와 열정의 집념이 숨쉬고 있었다는 것을 알기 때문이다.

아베의 가족, 내 문학의 성전
—나의 서재

그 시절 내 방 하나를 갖는 게 소원이었다. 그런 여유 있는 삶의 갈망을 결정적으로 부추긴 것은 우리 집에 세든 어느 초등학교 선생님이었다.

1973년 셋방살이 서울 생활에 적응하지 못해 귀향만 꿈꾸고 있는 나를 위해 아내가 무리를 해 장만한 자그마한 우리 집의 방 두 개를 얻어 세든 그 선생님은 방 하나를 자기 서재로 썼다. 온 가족이 방 하나에서 복작대고 사는 나로서는 새벽녘까지 불이 꺼지지 않는 그 선생님의 서재가 그렇게 부러울 수가 없었다.

나중에 알고 보니 그 선생님이 『영자의 전성시대』의 작가 조선작이었다. 그이는 1971년 《세대》지로 등단한 뒤 전업작가의 꿈을 가지고 우리 집 그 서재에서 그렇게 밤늦은 시간까지 소설을 쓰고 있었던 것이다.

등단하고 만 10년간 소설 한 편 쓰지 못한 채 소비의 세월을 살고 있던 나로서는 조선작 작가와의 만남은 정말 충격이었다. 얼마 뒤 나를 알아본 조선작 작가가 내게 소설 쓰기를 권유했고 나는 이제 내 방 하나만 가지면 모든 것이 다 될 것 같았다.

다행히 조선작 작가가 집을 짓고 이사를 가면서 그 방이 내 것이 되었다. 그이가 글쓰기 신명을 그 방에 남기고 간 것일까, 나는 내 인생 최초의 내 방에서 「전야」란 단편소설을 썼고 그 작품이 1974년 《창작과 비평》 가을호에 발표됨으로써 등단한 지 만 10년에 새로이 작가의 길을 걷게 됐다.

그리고 서울 탈출의 꿈이 이뤄진 1985년부터 2005년까지 만 20년 동안 강원대학교의 연구실이 내 서재 역할을 했다.

학교 정년을 반년 앞두고 유도 선수가 낙법을 익히듯 직장을 떠나는 충격을 완화할 생각으로 나만의 공간 하나를 마련했다. 사실은 학교 연구실과 집의 방방이 가득이 쌓인 수천 권의 책들을 어딘가 한군데 모아놓는 일이 시급했던 것이다.

개인 서재를 마련하면서 가장 큰 얼음은 그동안 이곳저곳에 처박아 둔 채 깜깜 잊고 지냈던 이 시대의 작가·시인 등 글쓰는 신명을 가진 모든 이들의 그 결과물을 하나하나 정리하는 과정에 그네들의 가치를 새삼스레 확인하게 된 일이다. 내 서재 서가에 꽂힌 작가·시인들의 책을 통해 나는 그 작가 시인들과 비로소 소통하는 느낌이었고 지금까지 그네들의 이름을 소홀히 하고 산 내 자신에 대한 부끄러움을 느꼈다.

또한 내 서재를 방문한 많은 사람들의 눈길 속에서 나는 비로소 내 본업이 글쟁이임을 알게 된다. 그것은 곧 내가 평생을 끌어안고 산 문학에 대한 준엄한 각성이었으며 결코 버릴 수 없는 글쓰기에 대한 미련 확인이었다.

'아베의 가족'이란 좀 별난 서재 이름이 많이 낯선 이웃들이 수군대는 소리를 전해 들었다. 아베의 가족이라니, 저기가 뭐하는 데예요? 그 물음에 누군가 대답하더란다. 이상한 사람들이 많이 들락거리는 걸로 봐 아마 무슨 사이비 종교집단인 것 같아요.

그렇다. 내 서재는 나만의 밀교가 칠칠하게 살아 있는, 글쓰기의 신명을 모신 내 문학의 경건한 성전이다.

홍천(洪川), 내 문학의 원천

　홍천, 홍천강. 우리나라에서 고을 이름과 강 이름이 같은 곳은 홍천이 유일하다. 이를 추어올리는 내 고향 홍천 지형지세를 몇 줄 운문으로 읊조린다.

　금수강산 한반도의 중심에 강원도 있네/미래의 땅 강원도의 중심에 홍천이 있네/중심의 중심으로 태백준령의 우람한 산맥/가지를 뻗었다/산 높고 골이 깊으니 물도 좋아라/넓을 홍 내 천 홍천강이 되었네/강이 넓어 홍천, 길고도 길고나/내면 명개리 열목어 헤엄치는 개울물/서석 검산리 내촌 답풍리 기암절벽 굽이돌아/두촌 화천 동면 땅 고루고루 적시며/홍천읍과 북방면에서 명경지수로 고였다가/남면 용숫골 용의 굼틀거림으로 넘친 뒤/서면 어유포리 팔봉산 자락 휘감아 돌다가/북한강에 합류하기까지 장장 4백여 리!

　홍천강은 길다. 홍천 내면과 서석면 경계의 응봉산(1,156m)에서 발원한 홍천강은 한 개 읍, 아홉 개 면을 하나도 빼놓지 않고 굽이굽이 적시며 빼어난 강안을 이뤄 흐르다가 경기도 청평호에서 북한강에 합류하기까지 장장 150㎞의 거리다.

강의 길이만큼 홍천 땅은 넓고 길다. 동쪽 끄트머리인 오대산 자락 내면 명개리에서부터 서쪽 끝인 서면 동막리까지 무려 110㎞로 길게 누웠다.

홍천강을 끼고 인류가 그 삶의 터전을 잡아 정책해 왔음을 증명하는 유적이 홍천에도 여러 곳 있다. 화천면 군업리에 있는 여러 개의 지석묘가 그렇고, 우리나라 상고사의 잃어버린 고리라고 할 수 있는 중석기시대의 유물이 북방면 하화계리에서 다량으로 발굴됨으로써 강의 흐름이 곧 우리의 역사요, 삶의 흔적임을 입증한다.

홍천군은 동서로 길게 강줄기를 따라 형성된 홍천 땅 아홉 군데 좋은 경치를 골라 홍천 구경(九景)이라 이름하여 관광명소로 내세우고 있다.

내친 김, 내가 작사한 〈홍천구경가(洪川九景歌)〉를 앞세워 홍천 땅 동쪽부터 서쪽 끝까지 400리 물길 이곳저곳을 둘러보자.

홍천의 내면 살둔계곡, 살둔계곡이 있구나/계방산의 계방천 자운산의 자운천이/사이좋게 어우러져 내린천으로 흐른다/야호, 절경 중의 절경, 물길도 넓어라/명예 부귀 뒤로하고 새 생활 살둔이라/율전리 살둔계곡 난세에도 피해 없어 피란처였다네

홍천의 내면 삼봉약수, 삼봉약수가 있구나/물중의 물, 가칠봉의 삼봉 약수로구나/몸에 좋아 약수요 마음의 병도 고친다/야호, 약수터 오르는 길 풍광도 수려해/약수 한잔에 구룡령이 눈앞이로다/날개 다친 학 찾아오는 태고의 신비 삼봉약수라

아홉 절경 중 두 군데가 강원도에서 가장 오지인 내면 땅에 있다. 내면은 우리나라 면 중에서 그 면적(447㎢)이 가장 넓은 곳으로 해발 600m 이상의 고지대에 위치하고 있어 고랭지 채소와 산나물 등 청정 농산물로 농가 수익이 비교적 높은 편이다. 계방산, 삼봉자연휴양림(약수터), 칡소폭포, 살둔산장 등 전국 어느 곳과 견주어도 전혀 손색이 없는 관광명소가 많다. 특히 그 눈의 열기를 식히기에 최적이라는 차고 많은 물을 가진 내면 명개리 계곡은 열목어 서식환경이 가장 좋은 곳으로 알려져 있다.

내면은 춘천 소양강의 한 지류인 내린천의 발원지로 율전리 등에서 시작된 물길은 상남·기린을 거쳐 인제 소양강에 합류하는, 우리나라에서 유일하게 남쪽에서 북쪽을 향해 흘러내리는 강으로 급류타기 래프팅 코스로도 유명하다.

내 어린 시절 우리 할머니는 시앗 식구들과 함께 만주로 이민을 간 할아버지에 대한 한 때문인가 속앓이(속병)를 많이 하셨다. 할머니의 맏손자인 나는 당신의 빼앗긴 지아비를 대신해 그 품에서 자랐다. 당신의 속앓이를 고치기 위해 인제 기린의 방동약수터를 찾아가는 할머니를 따라 굽이굽이 아홉 살이 그 험한 고개를 넘어 내린천 물길을 걷던 기억이 이 나이까지도 생생하다.

향리 동창마을에서 새벽에 출발하면 저녁 늦게야 도착하는 그 약수터 험한 길이 지금은 451번 지방도로로 뻥 뚫린 데다 그 옆으로 서울에서 동홍천을 거쳐 양양으로 통하는 고속도로 공사가 한창이다.

내면을 거쳐 양양으로 가는 구룡령 길의 삼봉약수터는 몇 년 전 발표한 중편소설 「지뢰밭」에도 잠깐 언급된다.

"내가 포로수용소에서 석방된 뒤 가장 먼저 찾아간 데가 바로 삼봉약수터였습네다. 그 약수터 깊은 골짜기 바위 밑에 대충 덮어 놓고 온 김명자 시신을 찾아 제대로 거둬 줘야 할 것 같아서였습네다."

홍천의 서석 미약골. 미약골이 있구나/기기묘묘 바위가 아름다워 미약골이라/선녀가 내려와 목욕했네 신선도 노닐어 암석폭포./야호. 울울창창 원시림. 미약골의 사계절 아름답구나/샘이로구나 콸콸 용천수 400리 홍천강의 시작이다/태기왕이 퉁소 불던 피릿골 피릿소리 그윽하구나

소양강의 지류 내린천의 발원지가 홍천 내면이듯 내면과 서석면에 경계한 응봉산 일대는 홍천강의 발원지기도 하다. 56번 국도를 따라 구룡령을 넘는 양양 쪽으로 올라가다 보면 내면 창촌을 14km 앞둔 지점에 홍천강의 발원지를 표시한 표지석이 서 있다.

서석면 생곡리 미약골이다. 옛날 이곳을 지나던 풍수가 미약골 지세를 둘러보고 삼정승 6판서가 나올 명당자리가 있다고 했다. 선녀가 하강하여 목욕을 했다는 암석폭포 등 미끈 흰칠한 바위들이 각기 아름다운 형상을 이루고 있어 미암동 또는 미약골이라 불리는 곳이다. 미약골은 원시림의 자연생태계의 보고로서 맑고 깨끗한 용천수가 샘솟아 400리를 흘러가는 홍천강의 발원지답게 골이 깊다.

비교적 부촌인 서석면은 옥수수를 원료로 빚은 옥선주를 생산하는 지역으로 서울 강릉으로 통하는 최단거리 지역이다. 넓은 뜰을 가진 풍암리 일대는 동학 농민군이 관군과 겨뤄 싸웠던 마지막 전적지로도 유명한 곳이다.

이 고장 민초들의 현실 불만은 1894년 11월 동학 농민군이 내촌면 물

걸리에 진을 치고 서석면 풍암리 진동에서의 마지막 항거로 폭발한다. 70년대 동면 풍암리의 자작고개에서 새마을 사업을 하던 중 발견된 수많은 유해가 바로 그 당시 토벌군과 맞싸우다 죽은 800여 명 동학 농민군들의 떼무덤이었다. 지금도 풍암리 일대에는 같은 날 제사를 지내는 집들이 여럿 있다.

할머니가 물레질을 하면서 어린 손자에게 당신이 직접 보고 겪었다는 동학 농민군 이야기가 내 소설 속 여러 곳에 나온다. 화자인 할머니는 언제나 관군에게 쫓겨 도망 다니던 동학 농민군들의 모습에 초점이 맞춰져 있었다. 그것이 어린 내게 심어진 역사 인식의 한 계기가 되었는지도 모른다. 차가운 주먹밥 한 덩어리를 씹으며 아미산과 고양산 굴속에 숨어 밖의 기척을 살피던 동학 농민군의 눈이 가끔 가위눌림으로 나를 찾아오곤 했다.

홍천에서 가장 교통이 좋은 서석면 풍암리 동학 농민군 위령탑이 있는 진동 언덕에서 다섯 군데로 뻗은 포장도로를 내려다보며 이제 이만큼 변한 세상 앞에 지난 세월 그 이야기에 새삼 감회가 깊다.

홍천의 내촌 가령폭포 가령폭포 있구나/우르릉 쾅쾅 폭포 소리 어디 숨었나 가령폭포/천혜자연 가령폭포 신비롭구나 절경이구나/야호, 백암산 가래나무 밑에 산골샘이 퐁퐁/약수로구나 홍천강의 발원이구나 시원도 해라/기미년 동창마을 만세 소리/충절의 혼으로 우르릉 쾅쾅

나는 1940년 3월 홍천군 내촌면 물걸리 동창마을 1102번지에서 태어났다. 어릴 때의 이름은 일랑.

탑둔지, 은장봉, 복골, 가루고개, 왜갈봉, 된재, 작은솔치, 큰솔치, 구든

차…….

들기만 해도 가슴이 설레는 내 고향 물걸리 동창마을을 둘러싼 산과 고개 이름들이다. 홍천읍에서 44㎞, 읍에서 동북쪽 방향의 결운리, 외삼포리로 뻗은 44번 국도와 나란히 흐르는 홍천강 물줄기를 거슬러 오르다가 두촌면 철정에서 국도를 버리고 451번 지방도로로 들어서서 지르매재 너머 화상대리, 답풍리, 그리고 내촌면 면소재지인 도관리를 거쳐 와야리의 말무덤이고개를 넘어서면 널찍한 들판이 그림처럼 펼쳐지는 곳, 그곳이 바로 물걸리 동창마을이다.

읍에서 물걸리로 통하는 또 하나의 길은 화천 구성포에서 서석 풍암리를 거쳐 양양 혹은 영동고속도로 소사로 통하는 56번 지방도로를 이용해 솔치재 터널과 구든치고개를 넘어 새말로 들어서면 된다.

물걸리의 중심이 되는 곳은 동창마을이다. 이 마을은 조선 시대 교통의 요충지로서 서석, 내촌, 인제군 일부 지역의 산물과 대동미가 이곳에 보관되었다고 한다. 읍의 동쪽 창고라는 뜻에서 동창(東倉)이란 이름이 붙여진 이 마을에는 조선조 중종 때에는 수백 가마의 대동미가 쌓여 있었다고 한다.

물걸리 동창마을 탑둔지에는 사지(寺址)가 있어 문화유적 관광객들이 많이 찾아온다. 발굴된 삼층석탑이나 불상 등으로 미루어 통일신라 시대의 상당히 큰 절이 이곳에 있었을 것으로 추정하고 있다.

홍천군에는 국가에서 지정한 문화재로 보물 8개가 있는데 그 보물 중 5개가 물걸리 사지에서 발굴된 것들이다. 석가여래좌상, 비로사나불좌상, 불대좌 및 광배, 삼층석탑 등.

사지가 있는 탑둔지 마을은 내가 태어날 때만 해도 전(全)씨 집성촌으로 동창초등학교 아이들 삼분의 일이 전씨 성을 가지고 있을 정도였다. 사지가 발굴되기 전만 해도 삼층석탑이 기울어진 채 땅에 묻혀 있어 그 탑 위에 올라가 놀던 기억이 새롭다.

동창마을 내촌천 건너에 왜갈봉이 있고 그곳에 옛날 마방이 있었다고 한다. 이곳 마방에는 장수한 노인이 많았다고 해서 장수원(長水院)이란 마을 이름이 생겼다고 한다.

6.25가 일어난 뒤 이 장수원 마을에 2년 반을 살면서 동창초등학교를 졸업했다. 이 무렵 내 머릿속에 각인된 동창마을 이야기가 뒷날 분단 문제를 다룬 내 소설의 주요 모티브가 된다.

내 생애 최초의 기억은 네 살 때쯤의 것이다. 해방이 된 그해 가을이었을 것이다. 새벽녘 오줌이 마려워 할머니와 함께 대청에 나왔을 때 우리 집 행랑채에 불이 붙어 타오르던 기억이다.

세월이 많이 흐른 뒤에야 마을의 어떤 어른에게서 우리 집에 났던 그 불 이야기를 듣는다. 우리 할아버지한테 원한을 가진 마을 사람 누군가가 우리 집에 일부러 낸 불이라는 것.

1919년 4월 3일 동창마을 만세운동이 일어났을 때 마을 사람 여덟이 일본 헌병의 총에 맞아 죽었다. 당시 장터에 모인 천여 명 군중들 앞에서 독립운동 선언문을 낭독하는 등 그 일에 앞장을 선 우리 할아버지가 그때 순직한 분들의 유족들한테 원한을 살 수밖에 없을 것이란 얘기다.

동창마을에는 팔열공원이 있고 그 공원에 여덟 분의 열사 모습을 새긴 조각상이 서 있다. 그리고 강원도에서 처음으로 세워진 사립중학교가 동창마을에 있다. 현재의 팔렬중학교는 기미년 만세운동 때 목숨을 잃은 열사들의 구국정신을 기리기 위해 이화재단에서 세운 학교로 현재는 대안학교인 팔렬고등학교도 함께 운영되고 있다.

현재 동창마을 일대는 만세운동을 기리는 유적지 조성사업으로 그 어느 곳보다 유서 깊은 마을이 됐다. 당시 만세운동을 주도한 김덕원 의사의 후손 한 분이 오랜 세월 사재를 들여 유적지 조성과 함께 민족정기를 바르게 세우는 일에 헌신하고 있기 때문이다.

나는 여섯 살 나이에 동창마을을 떠나 홍천읍으로 이사한다. 그리고 홍천초등학교 4학년, 열 살 나이, 전쟁이 나기 몇 달 전으로 기억한다. 읍내 경찰서 뒷마당에 잡아다 놓았다는 '빨갱이'를 보기 위해 아이들과 함께 경찰서 담벼락에 매달렸다. 어른들이 말하는 빨갱이란 도대체 어떻게 생긴 괴물인가.

그러나 우리는 그날 경찰서 뒷마당에 포승에 묶인 채 앉아 있는 대여섯 명의 남자 어른들을 보았을 뿐이다. 더 맥 빠지는 일은 그 빨갱이 속에 우리 이웃집 아저씨가 끼어 있었다는 사실이다.

유엔군 비행기 폭격을 피해 읍내에서 멀리 떨어진 향리 물걸리로 피난을 갔다. 그러나 고향 마을도 전쟁의 소용돌이 속에 인심이 흉흉했다. 무서웠다. 밤은 밤대로, 낮은 낮대로, 낯선 사람은 낯설어서, 아는 사람은 알기 때문에 무서웠다. 다른 세상을 만나 살기 띤 눈으로 기세등등하던 어른들이 그해 9월쯤에는 그동안 모습을 감추고 있던 마을 청년들한테 잡혀 죽임을 당했다.

아들이 마을 사람들 칼에 찔려 빠져나온 창자를 끌어안고 신음하다가 죽자 그 시신을 끌어안고 밤새 절규하던 그 어머니의 울음소리가 지금도 생생하다.

그해 가을 퇴각하는 인민군 패잔병을 잡기 위해 길목을 지키고 숨어 있던 어른들의 살기 띤 눈만 봐도 우리는 오줌이 마려웠다. 마을 사람들한테 붙잡힌 인민군 하나가 품속에서 꼬깃꼬깃한 태극기를 꺼내 만세를 부르면서 살려 달라고 애원하던 모습도 기억난다. 우리 집 부엌에 숨어들었던 인민군 병사가 마을 청년들한테 잡혀 나가면서 나를 바라보던 그 절망적인 눈빛도 잊을 수 없다.

데뷔작 「동행」에서부터 나는 내가 만드는 이야기 속에 어렸을 때 직접 보았거나 아니면 그냥 전해들은 죽음을 그려 내는 일에 탐닉했다. 그렇게 하지 않고는 이야기가 잘 풀리지 않을 것 같은 강박에 쫓기기도 했다.

어쩌면 나는 내 유년 시절에 각인된 그 죽음의 기억들을 소설 만드는 밑천으로 삼았는지도 모른다. 나는 그렇게 6.25전쟁의 악령에 사로잡혀 있었던 것이다. 악령들은 내 영혼의 밑바닥에서 낄낄거리며 나를 유혹했다. 그러할 때 나는 기꺼이 마음을 열고 6.25의 악령들과 교접했다.

때로는 가슴 답답함, 절망, 혐오, 울분이 따르는 그 악령들과의 교접은 언제나 그 고통에 값하는 신명을 가져다 주었다. 그런 의미에서 작가는 무당일 수밖에 없다.

내가 한때 6.25 적 소재의 동어반복에 신명을 낸 것도 결국은 내 속에 깃든 악령들의 시킴에 의한 것이라고 봐도 좋을 것이다.

지금도 나는 내가 선택한 문학의 길 위에서 내 삶을 돌아보게 하는 악령들의 소리를 듣고 있다.

작가의 고향 인식은 그 문학의 시작이요, 중심원리를 이루게 된다. 그것은 또한 근원으로부터 일탈하여 소외된 삶 혹은 반모랄의 도시적 감성으로 뒤덮힌 채 메말라 가는 작가의 상상력을 되살려 내는 갱생의 샘이라고 할 수 있을 것이다.

「동행」, 「물걸리 패사」, 「악동시절」, 「하늘 아래 그 자리」, 「외등」, 「지뢰밭」 등의 소설이 고향 홍천 물걸리 마을을 배경으로 하고 있다.

수구초심이라, 향리 이야기가 길어질 수밖에. 내가 다닐 때만 해도 360여 명이 넘던 학생들이 지금은 겨우 10여 명에 불과한 동창초등학교 운동장이 유난히 넓어 보인다.

홍천 두촌에 가면 가리산, 가리산이 있구나/산 중의 산 가리산 1봉 2봉 높고도 높아/석간수 졸졸 1봉이요, 소양강이 번쩍 2봉이라/야호. 연분홍 철쭉 방실방실, 봄이로구나/가을이라 만산홍엽 울긋불긋 아름다워라/가리산 줄기줄기 명당이라 천자가 났다네

홍천의 두촌 용소계곡 용소계곡이 있구/삼십리길 기암괴석 홍천의 내설악이구나/철쭉 만발 봄이요 만산홍엽 가을이구나/야호. 여기가 용이 승천한 용담이로다/옛 절터 천년 세월 불경 소리 아련하구나/광암 괴석 천현 삼십리 기암괴석 내설악이 따로 없네

홍천읍에서 속초로 이어지는 44번국도 변 장남천과 용수계곡이 있는 경수천 두 물길이 합류해 비로소 홍천강이 되는 지점이 두촌면이다. 국도를 따라 형성된 마을이지만 그 안쪽은 높은 산이 많아 내면이나 다름없는 산간벽촌이다.

이곳 역시 분단 1번지답게 전쟁의 상흔이 많은 곳이라 위령탑이 많다. 장남리 길가에는 1950년 한국전쟁 때 프랑스군 의무대장으로 참전했다가 장남리에서 한국군 부상병을 구출하고 34세 나이로 죽은 줄 쟝루이 소령을 기리기 위한 기념비와 공원이 있어 매년 5월 7일 이곳에서 추념식이

열린다.

춘천과 홍천 경계를 이루는 가리산(1,051m)은 산 정상에 서면 탁 트인 시야에 소양호가 번쩍, 발 아래로 펼쳐진 겹겹 산줄기로 홍천이 80% 이상이 임야라는 것을 새삼 실감하게 된다. 1봉 정상 아래 바위틈에서 솟아나는 석간수를 홍천강의 발원으로 보기도 한다.

두촌의 용수계곡은 내촌면 광암리에서 발원하여 두촌면 괘석리를 거쳐 천현리에 이르는 10km의 계곡으로 맑은 물과 기암괴석이 조화롭게 펼쳐져 내설악에 버금가는 계곡으로 찾는 이들이 많다.

국도변 자은리의 1억만 톤 이상이 매장된 철광석의 부존자원은 이곳 사람들의 자부심이기도 하다.

두촌면 그 아래쪽 화촌면 구성포는 서울 춘천간 고속도로 동홍천인터체인지가 있어 앞으로 이 고속도로가 양양까지 이어지는 2017년에는 44번 국도의 피서 차량이 대폭 줄어들 전망이지만 도로변에서 영업을 하는 사람들에게는 그 피해가 크지 않을 수 없다.

춘천에서 잼버리도로 느랏재를 구불구불 넘으면 곧장 홍천 땅 가락재다. 가락재 터널을 빠져 비교적 완만한 계곡길을 한창 따라 내려가노라면 홍천 구성포에 이르게 된다. 서울에서 홍천과 인제를 거쳐 속초에 이르게 되는 44번 국도와 새로 뚫린 경춘고속도로 홍천I.C와 서로 만나게 되는 구성포는 일제강점기 항일 독립운동가요 해방 직후 이승만, 김구와 함께 자주적 통일국가 수립운동에 앞장섰던 큰 정치가인 우사(尤史) 김규식(金奎植)의 고향이다.

김규식은 청풍(淸風) 김씨 중방파 23세손으로 1881년 아버지 김지성이 부산 동래에서 잠시 관리로 있을 때 그곳에서 둘째 아들로 태어났지만 네 살 때 아버지가 일제의 불평등 무역을 보고 그 부당함을 지적하는 상소를 올렸다가 귀양을 가게 되자 그 충격으로 어머니마저 돌아가시면서 불의에 고아가 되자 자신의 뿌리를 찾아 고향 구성포에 와 머물던 이야기가 마을에 전해진다.

홍천의 동면 공작산 수타사 공작산이 있구나/공작 날개 공작산 춘하추동 절경이구/기암절벽 노송 군락 여기가 선경이구나/야호, 백대 명산 공작산에 천년 고찰 수타사요/원효대사 발자취에 월인석보 보물도 있다네/백대명산 공작산 수타사의 동종 소리 두웅 둥

강을 사이에 두고 홍천읍과 인접한 동면은 공작산 계곡과 그 기슭의 천년 고찰 수타사로 널리 알려진 곳이다.

수타사는 대한불교조계종 제4교구 본사인 월정사의 말사이다. 이 절의 효시는 신라 708년(성덕왕 7)에 원효가 우적산에 창건한 일월사로 전한다. 1457년(세조 3)에 지금의 위치로 옮긴 뒤 수타사(水墮寺)라고 절 이름을 바꾸었다. 임진왜란 때 소실된 것을 1636년 공잠(工岑)이 재건하는 등 여러 스님이 불사를 이어 오다가 숙종 9년(1644)에 현재의 이름을 갖게 되었다. 현재 남아 있는 당우로는 대적광전·홍회루·봉황문·심우산방·요사채 등과 동종, 월인석보, 소조사천왕상, 영상회상, 삼층석탑, 홍우당 부도 등이 남아 있다.

강원 영서 지방의 유일한 고찰로 이곳 사람들은 외지인들의 방문 때 반드시 수타사를 내보인다. 수타사를 건너다보며 걸을 수 있는 산소길이며 생태숲으로 인해 공작산 계곡은 여러 개의 소와 암반이 어우러져 장관을 이뤄 사람들이 가장 많이 찾는 곳으로 유명하다.

홍천을 관향으로 하여 세계를 이어 가는 우리나라 성씨에 홍천 용(龍)씨와 홍천 피(皮)씨가 있다.

홍천 피씨는 고려 충렬왕 때 원나라에서 금오위상장을 역임하고 우리나라에 귀화하여 병부시랑을 역임한 피위종(皮謂宗)을 시조로 하고 있다.

동면 덕치리 수타사로 들어가는 입구에 홍천 용씨의 사당이 있다. 홍천 용씨의 시조 용득의(龍得義)는 고려 때 시어사를 거쳐 1241년(고종 28) 문하시중에 올라 팔만대장경을 만드는 불사를 총지휘하였으며, 홍천 북방면 금학산 자락에 용수사를 창건하고 학서루를 세워 불전 전수와 불교 전파에 여생을 바친 것으로 전한다. 그 후손들이 홍천에 정착 세거하면서 홍천을 관향으로 삼아 세계를 이어 왔다.

동면과 인접한 화촌면 굴운리나 남면 시동에는 지금도 홍천 용씨 집성촌이 있다.

오룡산, 이괄산성, 닭바우, 작고개, 송학정 등 이 지역을 무대로 중편소설 「형벌의 집」을 썼다. 이 작품 외에도 홍천읍에서 강을 건너 동면으로 가는 갈마곡리 여우고개 등을 무대로 6.25를 전후해 이 지역에서 실제로 있었던 이야기를 모티브로 단편소설 「드라마 게임」도 작품으로 남겼다.

남산 밑으로 흐르는 홍천강을 따라 홍천읍이 길게 이어진다. 이곳에서 중학교를 나오기까지 내 유소년 시절은 썩 밝지 않은 색깔이다. 읍내에 단 하나뿐인 서점에 서서 서점 주인의 눈치를 봐 가며 읽은 여러 권의 탐정소설들이 내게 작가로서의 상상력과 이야기 구성의 추리력을 키워 주었다는 생각이다. 열등감 체질의 한 소년이 책 읽기를 통해 구원의 길을 찾고 있었던 것이다.

햇살을 담뿍 받으며 홍천강을 유유히 흘러가는 뗏목을 향해 돌팔매질을 하다가 뗏목꾼한테 쫓겨 달아나던 기억도 새롭다. 장마로 범람하는 홍천강 그 탁류 속에 헤엄쳐 들어가 상류 쪽에 주둔한 군부대에서 떠내려오는 휘발유 드럼통을 건져내던 어린 시절의 그 무모한 짓도 돌이켜보면 아름다운 추억이다.

홍천의 북방 남면에 금학산 금학산이 있구나/울긋불긋 비단 병풍에 학이로구나 학 금학산/노일강변 홍천강이 영원무궁 무궁화로 피어나네/야호, 태극문양 강줄기로 넘실넘실 물도 맑아라/어화둥둥 강물 줄기 사뿐사뿐 신명의 춤사위로 흐른다/어화둥둥 제곡리 세계 무희 최승희의 고향이로다

강원도 홍천군 북방면과 남면 경계에 솟아 있는 금학산(652m)은 홍천 남면과 북방면 경계에 걸쳐 있는 산으로 정상에 서면 사방으로 펼쳐지는 전망이 썩 좋다. 특히 정상에 '홍천강 최고의 태극무늬 전망대'가 있어 이곳에서 남동쪽 아래로 굽어보는 태극선 모양으로 휘돌아 흐르는 홍천강의 절경에 탄사가 저절로 나온다. 사방으로 가리산, 구절산, 공작산, 봉미산, 팔봉산, 좌방산 등이 우줄우줄 솟아 있는 모습이 또한 좋다.

홍천강 줄기 그 태극무늬 위쪽 남면 제곡리는 한류의 원조, 동양의 진주, 한국 신무용의 개척자 최승희(1911~1967)가 태어난 마을이다. 근래 친일 논란으로 홍천의 최승희 춤축제가 중단되고 있어 아쉬움이 크지만 남면 제곡리 마을 사람들이 추모제 등 최승희를 기리는 일을 계속하고 있어 큰 위안이다.

몇 년 전 최승희 태어난 100주년 행사를 하면서 그이는 이념을 넘어 춤

의 전설, 춤의 역사, 실험과 창조 춤의 여신이라는 것을 새삼 확인할 수 있었다.

홍천 서면에 가면 팔봉산. 팔봉산이 있구나/홍천강이 수반이네 나란히 나란히 여덟 봉우리/물속에 산이 있네 산속에 물이 있구나/야호, 사시사철 등산객들 기암절벽 오른다/물고기가 산으로 펄쩍. 산에서 강물로 철벙/무궁화꽃이 피었다 한서 남궁억의 나라 사랑이로다

홍천 서면 모곡리(보라울)에는 한서 남궁억(1863~1939) 묘역이 있다. 독립운동가요 언론인이며 교육자였던 남궁억 선생은 1918년 홍천군 모곡에 교회와 학교를 세우고 나라꽃 무궁화 보급운동을 전개하는 등 활발한 항일 애국 활동을 펼친 분이다. 홍천이 무궁화의 고장이 된 것도 선생의 나라 사랑 무궁화 보급운동 정신을 기리기 위한 것이다.

홍천강, 하면 서울 사람 모두가 서면 어유포리의 팔봉산을 휘감고 도는 그곳을 머리에 그린다. 그리하여 팔봉산은 홍천강의 아이콘이다.

장장 400리 홍천강은 팔봉산을 휘감아 도는 홍천 서면의 노일리·어유포리·반곡·모곡리 일대에서 절정을 이룬 뒤 마곡리 소남이섬을 적신 뒤 청평호에 합류한다.

홍천강의 절정 어유포리의 팔봉산(302m)은 삼림청 선정 한국의 100대 명산으로 명산 중 높이가 가장 낮은 산으로도 유명하다. 비록 산은 낮지만 기암괴석 여덟 봉우리를 오르내리며 사방팔방의 경관을 둘러보노라면 산행의 즐거움이 그 어느 산 못지않은, 갖출 것은 다 갖춘 매력 만점의 산이다.

『신증동국여지승람』에 보면 팔봉산의 다른 이름이 '감물악'이다. 강물이 여덟 개 험한 바위 봉우리를 굽이굽이 감아 돈다는 데서 연유한 옛 표기인 듯.

3봉에서 4봉 오르는 중간쯤에 해산굴 혹은 장수굴로 불리는 10미터 길이의 바위가 갈라져 생긴 굴을 통과해야 한다. 몸집이 큰 사람들은 쉽지 않다고는 하지만 이리저리 몸을 뒤틀며 위에서 잡아끌고 밑에서 엉덩이를 받쳐 주는 등 정말 해산하는 고통을 즐거움 삼다 보면 어느 순간 환호성을 내지르게 될 터.

여덟 봉우리 모두 그 정상에 정상석이 서 있고 기암괴석 암반 위에 수십 성상을 견뎌 온 노송이 산에 올라 환호하는 이들을 그윽이 바라보며 미소 짓는다.

홍천강 굽이굽이 아름답구나
자아, 홍천의 아홉 절경, 구경 가세 구경 가!

2부

글 · 신명

소설 첫 문장은
소설 쓰기 신명의 첫걸음이다.

'剝製가 되어 버린 天才'를 아시오?

—이상 「날개」 1936년 9월 《조광》

박제가 된 천재를 아느냐?

이런 생뚱맞은 물음의 첫 문장으로 이야기를 시작한다. 「날개」의 이 첫 문장에 담긴 작가 이상의 꿍꿍이셈이 기차다.

> 당신은 지금 박제가 된 천재를 주인공으로 한 소설을 읽으려 하고 있다. 기대하시라. 천재성을 잃은 천재가 벌이는 이 괴이쩍은 이야기를 읽으면서 당신이 놓쳐서는 안 되는 것이 있다.
>
> 박제가 된 천재가 바로 나 이상이라는 것. 나는 지금 '정신분열자'를 자처하여 '위트'와 '패러독스'를 얼굴에 분칠한 채 '낄낄거리며', '19세기 버리오. 도스토예프스키를 뛰어넘어 '내 비상한 발육을 회고하여 세상을 보는 안목'으로 이 이야기를 시작할 것이다.
>
> 거듭 강조하건대 당신은 이 이야기의 화자이며 주인공인 '나'의 어리석은 행동거지 그 이면의 심리 흐름의 디테일에서 눈을 떼어서는 안 될 것이다.
>
> 비록 박제가 되었지만 '나'는 여전히 천재이고 천재가 박제가 될 수밖

에 없는 이 절박함 속에서도 나의 크리에이티브한 예술혼은 신명의 춤을
추고 있었음을.

이상의 글쓰기 신명은 '박제가 된 천재'를 아느냐 설의법 첫 문장에 이어
쓴 말에서 답이 나온다. '나는 유쾌하오. 이런 때 연애까지도 유쾌하오.'
　굳이 부연하자면 이상은 「날개」의 표면구조를 넌지시 하나의 '연애기
법'으로 하여 '매사가 싱거워서 살 수 없는' 독자들을 박제가 된 천재가
사는 '삼십삼 번지', '유곽이라는 느낌'의 거리로 끌어들이는 데 성공하
고 있다.(ㅋㅋ 웃으며)

　그리하여 천재성의 부활, 작가 이상이 남긴 '인공의 날개'는 오늘도 '희
망과 야심'을 꿈꾸는 우리 모두의 날개로 퍼덕이고 있다.

　　첫머리의 실패는 소설 실패의 첫걸음이다.

　E.A. 포우의 이 말에 덧붙여 「날개」의 첫 문장을 쓴 뒤 작가 이상이 했
음직한 말 하나를 생각한다.

　　소설 첫 문장은 소설 쓰기 신명의 첫걸음이다.

글쓰는 신명, 글 읽는 즐거움

글 읽는 이와 쓰는 이가 그 작품을 통해 가장 가까이 만날 수 있는 것이 문학작품 낭송일 것이다. 특히 운율적 언어 사용을 바탕으로 하는 시가 그것을 쓴 사람의 육성에 의해 독자들에게 전달될 때 그것을 듣는 사람들은 그 작품과 시인이 온전히 하나가 되는 현상을 확인하면서 감동하게 된다.

그러나 우리는 시 낭송회에서 가끔 그 작품과 시인이 하나가 되지 못하는 경우를 만나게 된다. 시인이 자작시 원고를 들고 나가 자신 없는 목소리로 '읽는' 일도 그렇지만 몇 행 안 되는 짧은 시 한 편을 낭송하기에 앞서 그 작품의 발상에서부터 만들어지기까지의 구구한 이야기를 길게 늘어놓을 때 우리는 뭔가 개운치 않은 느낌을 떨쳐 버리기 어렵다.

이 짐짐한 느낌의 정체는 무엇일까. 그것은 그 작품이 아직 완성에 이르지 못했다는 것을 감추기 위해 뭔가를 열심히 독자한테 강요하고 있는 글쓴이에 대한 안쓰러움일는지도 모른다. 어쩌면 그것은 작품보다 몇 배긴 말을 하고 있는 글쓴이의 그 사족에 의해 그 작품과의 만남이 방해를 받고 있음에 대한 반감은 아닐는지. 즉 자신의 작품을 온전히 독자에게 넘기지 않은 채 끝까지 그 작품에 대해 여러 주문을 하고 있는 글쓴이에 대한 불만이라는 것이다.

이러할 때 우리는 그가 쓴 글을 놓고 뭔가를 따지고 싶은 마음이 일게 마련이다. 독자들이 작품을 읽기도 전에 글쓴이가 미리 안겨 준 어떤 선입견과 싸우기 위한 은연 중의 무장이다.

이것은 프랑스의 문예비평가 에밀 파게가 말한 독서의 적 중 "비평하는 기쁨은 우리에게 매우 아름다운 것에 의하여 생생하게 감동받는 기쁨을 박탈한다."는 말과 통한다.

물론 따져 읽는 경우도 없지 않지만 대부분의 문학작품 감상은 온전히 그 작품 속에 몰입할 때 큰 감동을 얻게 된다. 그러나 그 글을 쓴 이가 자신의 작품에 대해 이런저런 말로 미련을 떨고 있을 때 그 작품에 대한 온전한 몰입은 결정적으로 장애를 일으킨다.

나 또한 지금까지 독자들을 상대로 내 작품에 대해 얼마나 많은 말을 어쭙잖게 늘어놓았을 것인가. 말이 한번 시작되면 그 작품을 쓸 때 몰래 숨겨 둔 비밀이나, 시치미떼고 능청떨던 그 신명의 여백들을 낱낱이 까발리게 마련이다. 그러나 말을 하고 많이 하고 난 뒤의 그 허망감이라니!

그러할 때 나는 황순원 선생의 말을 생각한다.

일단 활자화된 내 작품에 대해 나는 이야기하지 않기로 하고 있다. 이유는 아주 간단하다. 작품으로 하여금 독립된 생명을 스스로 지니게 하기 위해서요. 작품에 대한 독자의 자유스러운 감상을 작가로서 방해하지 말자는 생각에서다.

작가는 오직 자신이 쓴 작품으로 모든 것을 말할 수 있을 정도의 완성도 높은 작품을 쓰라는 말일 것이다. 이것은 또한 문학작품은 일단 활자화되는 순간 작가를 떠나 독자의 몫으로 온전히 남겨져야 한다는 것을 뜻하고 있다.

이것은 독자들이 그 작품을 생산한 작가와 연관된 그 어떤 선입견에도 장애를 받지 않은 채 읽기에 몰입함으로써 비로소 얻게 되는 독서의 즐거움을 말한다고 할 수 있다.

독자의 몫이 많이 남겨진 작품일수록 좋은 작품이라는 이 평범한 진리가 오늘 이 시간 새삼스러운 것은 그동안 내가 부질없는 말로 독자들을 현혹한 일에 대한 반성이라고 할 수 있다.

독자의 몫을 남긴다는 것은 그 작품을 읽는 독자들을 두려워한다는 뜻이기도 하다. 사실 글쓰는 이들은 독자를 어렵게 생각하는 마음으로 몸을 잔뜩 움츠린 가운데 글쓰기의 신명, 그 즐거움을 찾고 있다. 이러한 능청과 시치미떼기로 이야기를 만들어 가는 그 긴장이 독자들에게 글 읽는 즐거움이 된다는 것을 알고 있기 때문이다.

글을 쓰는 이나 그 글을 읽는 이들이 바라는 즐거움은 다음과 같은 황순원 선생의 말에서도 그 답을 찾을 수 있다.

자기 속에 최상의 독자를 키우는 것이 작가가 해야 할 의무의 하나다.

작가가 자기 속에 키우고 있는 '최상의 독자'야말로 독자의 몫이 제대로 남겨진 최상의 작품을 쓰고 있다는 신명, 그 자부가 아닐까 싶다.

놀이로서의 내 글쓰기

놀이

1980년대 초 나는 한때 전업작가를 꿈꾼 적이 있다. 온전히 글쓰기 하나만을 끌어안고 살다 보면 정말 괜찮은 글이 써질지도 모른다는 욕심이었다. 그러나 나는 글쓰기를 전업으로 하기에는 내 체질이 너무 맞지 않다는 것을 알게 된다. 글을 써서 먹고살아야 한다는 생각만 해도 나는 겁이 났다. 허둥허둥 뛰어다니는 내가 보였다. 나는 결국 세상 앞에 무릎을 꿇고 말리라.

그런 의미에서 문학은 내게 한판 신명나는 놀이였을 뿐이다. 나는 그 놀이를 내기 근성으로 이어 가지 못했다. 놀이는 그저 즐길 뿐 게임처럼 승부를 위해 모든 것을 걸지 않아도 되었기 때문이다. 게임은 승부가 전제되어 있기 때문에 일정한 규칙이 있고 그 상대를 이기기 위한 작전이 필요하다. 내가 전업작가가 되지 못한 결정적인 이유이기도 하다.

놀이는 가끔 내가 지금 무슨 짓을 하고 있는가 하는 반성에 이르는 나름의 제어장치만 있으면 된다. 놀이로 선택된 내 문학이야말로 내가 이 세상을 걸어가는 길 위에서의 가장 분명한 신명일 수밖에 없다.

신명은 어떤 것에의 몰입이며 동시에 그 어떤 것으로부터의 해방을 통한 자기 증대이기도 하다. 작심한 도박꾼이 자기 손가락을 자르듯 나 역시 글쓰는 즐거움에 회의를 느낄 때가 많았다. 세상을 바라보는 뒤틀린 심사만큼이나 글쓰는 행위 또는 그 결과물에 대해 냉소적이었다는 얘기다. 사실 소설 쓰기야말로 삶의 방식 중 가장 야비하고 던적스러운 광기의 소산이라는 생각이 불쑥 치밀 때가 많았다. 그러할 때 나는 아무런 미련이 없이 문학을 버리곤 했다. 신명이 나지 않는 글쓰기는 내 자신은 물론 독자들에 대한 죄악이라는 생각 때문이었다. 그러나 손가락을 자른 도박꾼이 다시 도박장으로 돌아오듯 나는 어느새 글쓰기를 즐기고 있었다.

종이 씹기

나는 담배를 피우지 않기 때문에 글쓰는 사이사이 생각의 줄이 끊어질 때마다 버려진 원고지에다 쇠발개발 낙서를 한다. 같은 글자를 수십 번 거듭 쓰는가 하면 갖가지 도형의 추상화의 숲을 이룬다.

집중의 정도가 심해지기 시작하면서 정말 고약한 버릇이 나타난다. 책상 위에 있는 종이를 아무것이나 찢어 이빨로 잘근잘근 씹어서 뱉는 일이다. 어떤 때는 씹던 종이를 그대로 삼켜 버리기도 한다. 버려진 원고지는 물론이고 국어사전 등 찢어서는 안 될 책장들이 무의식중에 찢겨나간다. 그 버릇을 고치려고 오징어나 쥐포 등을 책상 위에 놓기도 하는데 그런 것은 단 몇 분 사이에 흔적도 없이 사라지기 때문에 별 효과가 없다.

무의식중에 하는 그런 종이 씹기는 때로는 다 써 놓은 원고지를 씹기도 하고 런닝이나 셔츠의 팔소매에 구멍을 내놓기도 한다.

그 버릇이 어디 가랴. 컴퓨터를 이용해 글을 쓰기 시작하면서도 종이를 뜯어 씹는 버릇은 고쳐지지 않았다. 오히려 원고지를 쓸 때보다 책상 주변의 종이를 뜯어 입에 무는 일이 더 잦아졌다. 눈이 모니터에 가 있는 동안 손이 제멋대로 종이를 찾아 나서는 것이다.

문제는 내가 종이를 씹고 있는 사실이 불현듯 느껴지는 순간의 불쾌감이다. 매우 역한 종이 냄새가 느껴지면서 내가 왜 이 버릇을 못 고치고 있는가 하는 자괴심으로 씹고 있는 종이를 얼른 뱉어 버린다. 그리고 나도 모르게 종이를 뜯어 입에 무는 순간 그 사실을 알 때도 있는데 그럴 때도 여지없이 그것을 버리며 내가 다시 이 짓을 하면 사람도 아니라는 생각을 굳히는 것이다.

그러나 그 어떤 결심도 굳어진 버릇 앞에서는 속수무책이다.

어떻든 나는 담배를 피우는 대신 종이를 씹어 대는 버릇을 가진 덕에 누구보다 종이 맛을 안다고 하겠다. 그 빛깔이 희고 질이 좋아 보이는 종이일수록 맛이 고약하다는 것도 알게 되었다. 가장 맛이 괜찮은 종이는 석유 냄새가 적당히 나는 신문지로서 씹을수록 단맛이 난다.

남들이 맛보지 못하는 종이 씹는 맛까지 알게 된, 글쓸 때의 종이 씹는 이 버릇은 내가 글쓰기를 그만두지 않는 한 영원히 버리지 못할 내 삶의 한 부분이라는 것을 언제부터인가 서서히 받아들이기 시작했다. 이제는 글을 쓰기 위해 책상 앞에 앉을 때는 맛이 괜찮은 종이부터 준비한다.

남은 세월 얼마나 더 많은 종이를 씹을는지 모른다.

나는 2005년 가을에 펴낸 창작집 『온 생애의 한순간』 작가의 말 끝머리에 이런 말을 남겼다.

아껴 둔 얘기가 좀 있다. 쥔 것 모두를 놓아 버려야 하는 시간인데 글 욕심은 부끄러움을 모른다.

글 · 신명

오늘도 꿈꾸다

용문(龍門)은 중국 황하 상류의 빠른 물결을 이루는 곳으로, 고기가 이 곳을 오르면 용이 된다는 고사에서 등용문이란 말이 생겼다. 즉 입신출세에 연결되는 매우 어려운 관문이나 시험을 비유하는 말이 등용문인 것이다.

사람은 태어나 자기 이름을 얻으면서부터 그 이름값을 하기 위해 모든 노력을 기울인다. 이름에 걸맞은 높은 지위와 귀한 일을 얻기 위한 온갖 경쟁을 벌이는 것이다.

옛날 사람들에겐 과거를 보아 급제하는 것이 출세의 가장 빠른 길이었다. 장원급제하여 금의환향하는 꿈을 안고 그들이 학문에 정진하던 그 인고의 세월은 생각만 해도 비장하다. 과거를 보아 출세하는 형태의 등용문은 오늘에 이르러 매우 다양한 모습으로 바뀌었다. 사법고시 등 각종 고시제도가 등용의 문을 열어 놓고 있어 자기 능력과 취향에 맞는 길을 찾아 모든 것을 건다.

좋은 대학에 들어가기 위해 수학능력고사를 치르는 학생들의 그 치열한 경쟁 또한 용문을 오르기 위한 한 과정이다. 각종 면허증을 따는 일이나 일자리를 얻기 위해 치르는 갖가지 시험이야말로 자기 이름값을 하기 위한 관문 통과의식일 것이다.

꿈이 큰 사람일수록 그것을 이루기 위한 관문의 벽이 높을 것은 당연하다. 우리가 무엇을 꿈꾼다는 것은 선택한 그것에 대한 가치 두기라고 할 수 있다. 이것이라면 내 모든 것을 걸 수 있다는 마음의 심지가 섰을 때 비로소 그 꿈이 현실로 나타날 수 있기 때문이다.

어른들은 아이들을 만나기만 하면 심심풀이하듯 장래의 꿈이 무엇인가를 물어본다. 아이들 입에서 대통령이나 장군이라는 말이 나와야 어른들이 그 아이의 머리를 쓰다듬어 주던 그런 시절도 있었다.

그것이 크던 작던 사람이 무엇을 꿈꾼다는 것은 새가 알을 낳아 품는 일과 같을 것이다. 그런데 그 알이 아무리 커도 무정란일 때 새 생명은 태어나지 않는 법. 처음부터 허황한 꿈은 그것이 실현되기가 어려운 법이다.

그리하여 요즘 아이들의 꿈은 옛날과 달리 매우 구체적이고 현실적이다. 간호사, 게임 그래픽디자이너, 소설가, 카레이서, CEO 등.

어릴 때의 내 꿈은 학교 선생님이 되는 것이었다. 집안의 삼촌 한 분이 학교 선생님이었는데 교단에 서는 그분의 모습이 어린 눈에 꽤 괜찮아 보였던 것이다. 대학 다닐 때 교직과목을 이수해 중등학교 국어 선생 자격증을 땄던 일도 어릴 때의 꿈이 있었기 때문에 가능했으리라는 생각이다.

대학을 졸업하고 어느 고등학교 국어 선생으로 발령이 났다. 꿈꾸던 일이긴 해도 교실에서 학생들을 가르치는 일이 그렇게 쉽지 않았다. 선생님으로서의 준비가 덜 되었기 때문에 겪게 되는 어려움이었다. 준비가 덜 되었다는 것을 학생들에게 들켜 버리면 치명적이라는 것을 알기 때문에 교단에 서면서부터 공부를 다시 하기 시작했다. 정말 밤새워 공부를 한 날은 교실에 들어가는 시간이 은근히 기다려질 정도로 가슴이 설레었다. 실상 그렇게 준비를 많이 하고 학생들 앞에 서면 가르치는 일이 정말 즐거웠다.

가르치는 일이 즐겁지 않으면서 학생들 앞에 서는 일은 나 자신이나 학생들한테 죄를 짓는 일이라는 생각을 한 적도 여러 번이었다.

그러나 사람을 가르치는 일이 늘 그렇게 즐거울 수만 없었다. 가르치는 일에 대한 회의가 주기적으로 찾아왔다. 아무래도 내가 교육자로서 자격이 없다는 회의에 빠지곤 했다. 그것은 사람을 가르치는 일이 즐거움만 가지고는 안 된다는 깨우침이었다. 아무나 교육자가 될 수 없다는 것을 알게 되면서부터 학생들 앞에 서는 일이 두렵기까지 했다.

이것은 내가 교육자로서의 꿈을 꾸기 시작할 때의 마음가짐, 그 설렘과 두려움을 어느 때부터인가 잊어버리고 산 때문이다. 그리하여 나는 교육자로서의 가르치는 즐거움을 제대로 찾아보지도 못한 채 40년 교직생활을 마감했다.

성공한 교육자가 되지 못한 때문일까, 나는 내가 선택한 또 하나의 오솔길에서 아직도 꿈꾸는 시간이 많다. 따지고 보면 가르치는 일만큼 글 쓰는 일에서도 큰 성취를 못 이룬 미련 때문이리라.

어떻든 교직의 길 그 옆에 가슴 두근거리며 마련했던 오솔길이 아직 내게 열려 있다는 것만 해도 다행한 일이 아닐 수 없다.

열등감 체질이 하나의 구원처럼 선택한 작가의 길이었다. 사실은 교직의 길은 작가의 길에 비해 그런대로 평탄한 편이었다.

어렵게 등용의 문을 통과해 놓고 만 10년 동안 단 한 편의 작품도 쓰지 못했던 시절이 있었다. 그때의 절망과 좌절은 지금 돌아봐도 너무나 생생하다. 평생의 즐거움으로 삼겠다며 선택한 글쓰기의 길에서 멀어지면서 나는 고통스러운 세월을 살아야 했다.

글쓰기를 너무 가벼이 생각하고 덤빈 죄였다. 즉 용문을 헤엄쳐 오르기까지의 과정이 너무 허술했다는 뜻이다. 우선 용문부터 오르고 볼 일이란, 겁 없는 욕심으로 해서 당연히 거쳐야 하는 진통의 고통 같은 것을 거치지 않았던 것이다. 그렇게 젊은 혈기의 객기로 선택한 그 문학으로부터 내가 버림받은 그 10년의 각성 속에서 나는 비로소 문학을 꿈꿀 때의 그 초심을 되찾을 수 있었던 것이다.

지금도 신춘문에 철만 되면 가슴이 설렌다. 글쓰기를 꿈꾸던 그때의 때 묻지 않은 경건함, 뭔가 그 일이라면 평생 살아가면서 신명이 날 것 같은 그런 떨림의 기대 같은, 초심이 아직 남아 있기 때문일 것이다.

이쯤 나이에서 돌아보면 뭔가를 이루기 위해 온몸을 던져 달려가던 그 열정, 그 열정에 불을 붙인 그 어느 날의 꿈꾸기의 시간이 그립다. 용문에 올라 정말 용이 된 고기가 어디 있겠는가. 그런 꿈을 안고 그 거센 물살을 헤엄치던 그 시간이 중요하다는 말이다.

나는 오늘도 꿈꾼다. 대표작으로 내세울 만한 그런 작품 하나를 쓰고 싶다는.

소설 속 언어의 생명성

자신의 등단 작품에 대한 작가들의 생각이 남다를 것이 당연하다. 그것이 처음이고 끝일 수도 있는 글쓰기의 완벽한 사랑이 바로 그 첫 작품 창작 과정에 고스란히 담겨 있기 때문일 것이다.

나는 대학 재학 중이던 1962년 소설 구상 중에 불현듯 '동행'이란 작품 제목부터 생각해 낸다. 지난해 겨울 친구들과 함께 한밤중의 눈 내리는 산길을 걷던 생각이 떠올랐던 것이다. 함께 간다는, '동행'이란 낱말의 그 말맛이 어찌나 흔감한지 당장 대단한 작품 하나를 써낼 것 같은 흥분에 휩싸였다.

당시만 해도 그런 제목의 문학작품이 없었기 때문이기도 하겠지만 아무튼 '동행'이란 낱말 하나를 얻어낸 그때의 즐거움을 지금도 잊지 못하고 있다.

더구나 '함께 갈 수 없는 사람들이 함께 가야 하는' 그런 이야기를 쓰자는 쪽으로 작품 구상이 잡혀 가면서 내 글쓰기의 신명에 불이 붙었다. 눈이 내리는 겨울밤의 깊은 산속 두 사람이 함께 걸어간다. 10년 만에 교도소에서 나온 그날 곧바로 살인을 하게 된 사람과 그 범인을 잡으러

나선 형사가 서로의 정체를 모른 채 눈이 내리는 겨울밤의 깊은 산속을 함께 걸어간다…….

신명은 여기까지였다.

나는 지금도 작품의 얼개가 어느 정도 짜여진 뒤 그 이야기를 어떤 말로 어떻게 풀어가야 할 것인가 하는 서술의 단계에서 그 어느 때보다 긴장한다. 이것은 이제부터 작품의 내용이 글로 구체화한다는 데 대한 두려움일 것이다. 문제는 문장이다. 내가 구사하는 문장이 모든 것을 좌우한다는 이 생각이 글쓰기의 긴장으로 나타나는 현상이다.

글 표현에 대한 일종의 열등감이다. 내게 어휘력과 문장이 형편없다는 것을 맨 먼저 일깨워 준 분은 고등학교 국어 선생님이었다. 그 국어 선생님은 내가 과제로 써낸 글 중 몇 개의 낱말을 예로 들면서 낱말 선택이 적절치 못함은 물론 문장의 주술관계가 엉망이라는 사실을 꽤 호된 말로 지적을 했다. 그 순간 두어 번 참가한 백일장에서 입상하지 못한 것도 내 부족한 어휘력이 원인일 것이라는 쪽으로 생각을 하게 되었다.

내게 결정적으로 부족한 것이 어휘력과 문장력이라는 것을 다시 한 번 확인하는 시간이 있었다. 내가 대학에 들어와 처음으로 쓴 소설 한 편을 황순원 선생님께 건넨 것은 2학년 가을쯤이다. 한 달이 좀 더 지난 어느 날 나는 선생님으로부터 그 소설을 돌려받았다. "잘 썼드구만." 작품을 건네주시며 하신 이 한마디로 나는 하늘을 얻은 기분이었다. 그러나 자취방에 돌아와 흥분된 상태에서 원고를 펼쳐본 나는 그만 그 자리에 털썩 주저앉고 말았다.

원고 곳곳이 선생님의 연필 글씨로 고쳐져 있었던 것이다. 주술관계가 맞지 않는 문장은 줄이 쳐 있었고 적절치 않은 낱말 하나하나가 지적된 뒤 모두 다른 말로 고쳐져 있었다.

작품을 쓸 때마다 국어사전을 수없이 뒤져 보고 정확한 문장 구사를 위해 나름의 노력을 기울이게 된 것도 선생님의 그 가필정정 사건의 교훈이라고 할 수 있다.

황순원 선생님은 모든 원고를 노트에 연필로 쓰셨다가 다시 원고지에 옮겨 쓰셨다. 수없이 지우고 다시 고쳐 쓰는 그 연필 작업을 통해 우리말 우리글이 선생님만의 소설 언어로의 생명력을 갖게 되었다는 생각이다.

선생님은 잡지사에 넘긴 당신의 원고를 초교는 물론 재교까지 손수 보시는 일을 한번도 어긴 일이 없다. 작품 전집이 만들어질 때도 선생님은 오랜 시간 동안 손수 교정을 보시면서 개작까지 하셨다. 그 일을 두고 그렇게까지 하실 필요가 있느냔 내 물음에 대한 선생님의 답변은 명료했다.

그렇게 하는 것이 자기 작품에 대한 애정이지. 그리고 독자에게 그 내용을 명확히 전달하기 위한 작가로서의 책임이자 의무라고 생각하네.

3인칭 대명사 '그' 대신 되도록 등장인물 이름을, 여자의 경우는 '그네'로 통일해 쓰시는 등 황순원 선생님은 나름의 맞춤법이나 띄어쓰기 등 어떤 원칙을 가지고 글을 쓰셨다.

열등감은 일종의 자기 인식 과정이다. 모처럼 구상된 이야기가 원고지만 펴놓으면 캄캄 막혀 버리는 현상이 바로 그것이다. 막상 쓰는 일에 몰입하고도 뜻대로의 문장 구사가 되지 않아 파지를 수없이 내는 현상도 바로 그 현상이라고 할 수 있겠다.

그런 절망의 상태에서 어느 순간 글쓰기의 신명이 슬며시 고개를 다시 내민다. 그 이야기 전개에 딱 들어맞는 낱말, 그럴싸한 문장이 만들어졌을 때다. 쓰려는 작품의 내용에 걸맞은 말투와 이야기의 분위기를 지배할 수 있는 적절한 낱말들이 어금니에 지그시 물리는 순간이다.

등단작품 「동행」을 쓸 때의 기억이 생생하다. 그 작품 쓰기의 신명은 눈길을 걷는 두 사내를 실감나게 그려 내기 위한 적절한 어휘 찾기로부터 시작되었다. '의성 의태어로 이야기 흐름에 생동감을 줄 것, 방언과 표준어를 대비시켜 캐릭터 부각'.

아마 이런 정도의 생각이 글쓰기의 신명으로 찾아왔지 않나 싶다.

발목까지 빠져드는 눈길을 두 사내가 터벅터벅 걷고 있었다.(첫문장) 꺼져 가는 얼음 위를 철벅철벅 걸어가며, 얼음조각들이 흐르는 물에 쳐르르…… 씻겨 내리고, 거뭇거뭇 솔림이 우거진 고갯마루. 그 걸음걸이가 터덜터덜, 언 바짓가랑이를 데걱거리며, 파득파득, 흠흠 웃었다. 쏴르르, 엉기엉기, 푸슴푸슴, 비척비척, 잔기침을 몇 번 쿳쿳… 하면서 등등, 당시 국어사전을 갖지 못한 나로서는 그런 어휘를 찾아 쓰는 일이 그렇게 즐거울 수가 없었다.

"하루에 꼭 한 개씩 피우라구요? 꼭, 한 개씩, 피, 우, 라, 구 요?"

그러면서 그는 느닷없이 웃음을 터뜨렸다.

ㅎㅎㅎㅎㅎㅎㅎㅎ

요즘 젊은이들이 통신언어로 이모티콘과 함께 흔히 쓰는 웃음소리 ㅎㅎ, ㅋㅋ 등을 그 당시 처음 '자음만의 표기'를 실험적으로 써 본 것이다. 풀피리 소리를 ㅍㅍㅍ으로, 뻐꾸기 소리를 워꾹워꾹, 제기랄을 제기ㄹ—로 쓰는 등 일종의 이러한 문법 파괴는 그때부터 오늘까지도 내 글쓰기의 한 즐거움으로 작용한다. 이것은 그러한 낱말들이 내 작품에 생명을 불어넣는 결정적 역할을 한다는 믿음에서 비롯된다.

소설 속에 작가들이 구사하는 언어는 시어처럼 함축미는 그리 많지 않지만 선택한 언어에 의한 암시와 연상의 내포성은 크게 다르지 않을 것이다.

특히 모국어의 특성을 최대한 살릴 수 있는 소설 언어의 맛깔스런 활용은 구어와 문어를 적절히 구사하는 가운데 서술하는 그 이야기의 무늬가 되고 작품의 혼으로 살아나게 될 것이다.

창조되는 것은 모두 그 나름의 스타일을 통해 구체화한다. 소설에서의 화자 혹은 작가가 말하는 투의 문체야말로 그 작품에 생명을 불어넣는 데 결정적 역할을 한다. 이러한 자기만의 목소리는 자신이 살아오면서 체득한 우리말 우리글의 매력을 유감없이 발휘하는 일에서 비롯될 것이다. 특히 토박이말이 많이 쓰이는 대화를 통해 등장인물들의 캐릭터 보여 주기는 물론 작가의 의도를 넌지시 전하는 데 크게 이바지하게 될 것이다.

작가가 구사한 그 언어들은 행간의 여백을 독자 스스로 찾아내는 즐거움을 갖게 하는 열쇠 역할을 한다고 생각한다. 즉 독자의 몫을 많이 남길 수 있는 그런 언어 선택이 필요하다는 뜻이다.

소설 언어 표현에 있어 독자의 몫을 남긴 가장 흥미 있는 현상은 30년대 작가 김유정의 작품에서 많이 드러난다. 우리의 정조를 살리기 위한 우리말의 적절한 구사, 이것이 김유정의 소설 언어 선택의 비결이었다.

「소낙비」, 「노다지」, 「떡」, 「솥」, 「봄·봄」, 「안해」, 「땡볕」, 「가을」 등의 순우리말 소설 제목도 그렇거니와 자신이 창조한 소설 인물을 다잡아 제목으로 삼은 「만무방」(염치가 없이 막된 사람), 「따라지」(보잘것없거나 하찮은 처지에 놓인 사람이나 물건을 속되게 이르는 말)야말로 김유정의 우리말, 우리글에 대한 남다른 관심을 탁월한 언어감각으로 보여 줬음을 확인하는 일에 부족함이 없다.

더 놀라운 것은 김유정의 소설은 발표 당시 그 어떤 작품에도 한자를 쓰지 않았다는 것이다. 만무방과 따라지의 삶을 실감나게 그리기 위해 당시 그들이 쓰는 말(속어, 비어, 사투리 등)을 사용했기 때문에 한자가 가당치도 않았던 것이다.

떨닙(낙엽), 가을할 때(추수기), 돌림성(융통성), 낯짝(얼굴) 등의 낱말을 쓴 것이나 살매들린, 걸삼스럽게, 맷맷한, 고리삭은, 겨끔내기, 히짜, 빙그레하다, 산드러지게, 개신개신, 말조짐(말단속), 허벙저벙, 수근수근, 쪼록 찌르쿵! 등의 우리말 어휘 선택이야말로 김유정 소설이 아직도 많은 독자를 가진 이유 중의 하나일 것이다.

「봄봄」이란 생동성 있는 말 사이에 가운뎃점(·)을 넣어 「봄·봄」이란 제목을 만들 때의 그 능청이 바로 작가 김유정의 소설 쓰기의 한 즐거움이 아니었을까 한다.

'언어는 존재의 집'이란 하이데거의 말처럼 이 세상의 모든 사물은 언어를 통해 실체가 드러나고 그 인식이 가능해진다.

문학작품은 형식과 내용, 표현과 의미를 유기적으로 관계 맺고 그것의 균형감을 통해 독자로부터의 정서적 감동을 얻어내기 위한 언어 다루기를 통해 모든 것이 결정한다고 해도 지나친 말이 아닐 것이다. 특히 이야기꾼들의 장인정신이 빚어내는 언어의 선택과 그것의 적절한 조합이 그 작품의 격과 때깔은 물론 성패를 가름할 수도 있다.

작가는 말하는 사람이라기보다 그 말을 사용하는 편에 속한다는 견해에 동의한다. 말하는 사람은 말의 의미 전달에 전념할 뿐 그 말의 운용과 형태에 대해서는 별 관심이 없기 때문이다. 말을 사용하는 작가는 말이 담고 있는 의미보다는 부단히 변용하는 말의 마법에 스스로 빠져들기를 선택한 사람들이란 뜻이다.

글쓰기의 신명은 자신이 사용한 말이 조화를 부려 다른 사람의 마음이 움직이기를 기대하는 그 즐거움에서 생겨나는 것이다. 이런 경우 말의 사용은 단순히 정보 제공자가 그 말을 사용하는 경우와는 확연히 구별됨으로써 말 자체가 그 본질이라고 할 수 있다.

말을 사용해 자신의 철학적 담론을 문학작품으로 형상화하는데 성공한 작가로 사르트르나 까뮈 등을 들 수 있다. 사르트르에 의하면 작가는 어떤 것들을 말하기 위해 선택했다기보다 바로 그 사물을 '어떤 방법'으로 말하는 것을 선택했기 때문에 작가라고 말한 바 있다. 사르트르가 선택한 그 '어떤 방법'의 성과가 바로 소설 쓰기였던 것이다.

사르뜨르나 까뮈에게 있어 소설 쓰기는 그들의 철학을 관념의 방에서 들판으로 끌어내 꽃피우는데 가장 적합한 '말의 사용'이었다고 본다.

말의 사용, 즉 언어와의 사랑놀이를 벌이는 중에 시와 소설이 만들어진다. 이 과정에서 작가들은 언어의 창의성과 임의성을 최대한으로 살려 새로운 말, 새로운 문장을 만들어 내며 그 언어가 지닌 사회적 약속이나 역사성까지를 그 작품의 형상화에 구석구석 활용한다.

머리끝에서 발끝까지, 우리의 영혼 속속들이 밴 모국어로 내 이야기 내이웃의 이야기를 그려 낸다는 일은 생각만 해도 가슴이 뛴다. 내가 선택하여 갈고 다듬은 우리말 우리글을 통해 세상이 그려지고 내 의식의 안쪽 어둠까지 환하게 드러내는 일에 어찌 신명이 나지 않을 수 있겠는가.

6.25 악령들과의 교접으로 빚은 내 소설들

초등학교 4학년, 열 살 나이에 여름 난리가 터져 피란을 나가는 중 북쪽 병사들이 타고 온 트럭이 우리를 앞질렀다. 여름 햇살은 따가웠고 흙먼지가 풀풀 날리는 신작로 위에서 나는 휘발유 냄새와 함께 북쪽에서 내려온 병사들의 낯선 군복에서 후끈 풍기는 땀 냄새를 맡았다.

북에서 내려온 병사들이 피난민 대열을 가로막고 좋은 세상이 왔으니 이제 안심하고 집으로 돌아가라고 했다. 나는 여름날 신작로 위에서 이제까지 눈에 익숙했던 풍경들이 느닷없이 달라져 보이는, 그 생경스럽고 섬뜩했던 느낌으로 전쟁 냄새를 맡았던 것이다.

전쟁의 공포 중 가장 구체적인 것은 소리부터 들려오는 폭격기의 출현이었다. 어느 날은 읍내 상공에 비행기가 나타나자 아이들은 그전처럼 삐라를 뿌리는 줄 알고 비행기를 따라가다가 혼비백산했다. 그날 비행기에서 던져진 것은 삐라가 아니라 읍내 다리를 끊기 위한 폭탄 세례였다. 그 폭격으로 일제 시대 놓은 읍내 다리가 두 동강이 났다.

그날부터 시작된 유엔군 비행기 폭격을 피해 읍내에서 멀리 떨어진 향리 물걸리로 피난을 갔다. 거기서 태어나 여섯 살까지 내가 살았던 내 고향 물결리 역시 전쟁의 소용돌이 속에 인심이 흉흉했다.

무서웠다. 밤은 밤대로, 낮은 낮대로, 낯선 사람은 낯설어서, 아는 사람은 알기 때문에 무서웠다. 다른 세상을 만나 살기 띤 눈으로 기세등등하던 어른들이 그해 9월쯤에는 그동안 모습을 감추고 있던 마을 청년들한테 잡혀 죽임을 당했다.

아들이 마을 사람들 칼에 찔려 빠져나온 창자를 끌어안고 신음하다가 죽자 그 시신을 끌어안고 밤새 절규하던 그 어머니의 울음소리가 지금도 생생하다.

그해 가을 퇴각하는 인민군 패잔병을 잡기 위해 길목을 지키고 숨어 있던 어른들의 살기 띤 눈만 봐도 우리는 오줌이 마려웠다. 마을 사람들한테 붙잡힌 인민군 하나가 품속에서 꼬깃꼬깃한 태극기를 꺼내 만세를 부르면서 살려 달라고 애원하던 모습도 기억난다. 우리 집 부엌에 숨어들었던 인민군 병사가 마을 청년들한테 잡혀 나가면서 나를 바라보던 그 절망적인 눈빛도 잊을 수 없다.

그렇게 붙잡힌 인민군 패잔병들은 진격해 오는 국군에게 인계되기도 했지만 당시의 급박한 상황에 의해 대부분 마을 인근 골짜기로 끌려가 땅속에 묻혔다.

어른들이 인민군을 산속에서 처치하고 돌아온 밤은 유난히 마을 사람 전체가 공포에 떨었다. 인민군 부대가 곧 마을로 들이닥쳐 그 보복을 할 것이라는 소문 때문에 마을 사람 모두가 산속에 숨은 채 밤을 새웠던 날도 있었다.

사람 목숨이라는 게 정말 별게 아니었다. 총에 맞고 칼에 찔리고, 비행기 폭격에 온 가족이 살점을 흩뿌리며 죽었어도 사람들은 슬퍼하지 않았다. 죽어 가는 사람들이나 그것을 보는 사람들 눈에는 그냥 원초적인 증오심과 동물적 공포감만이 번뜩였을 뿐이다.

겨울전쟁이 난 그해 1월은 강원도에는 유난히 눈이 많이 내렸다. 그야말로 민족의 대이동이 그 눈길 위에 길게 이어졌다.

우리 가족도 부엌바닥에 세간을 대충 묻고 피난민 대열에 끼었다. 홍천 삼마치고개에는 그 전날 적의 선발대 공격을 받아 죽은 수십 구 시체들이 눈 속에 그대로 나뒹굴고 있는 게 보였다.

전쟁의 공포 속에서도 아이들은 배가 고팠다. 배고픔은 전쟁의 또 다른 공포였다. 겨울 피난. 1.4 후퇴 당시, 살기 위해서 모든 것을 버린 채 남쪽을 향한 그 도도한 흐름을 이룬 피난민 대열 속에서 나는 춥고 배고파 울었다. 눈 속에 버려진 죽은 어린애의 푸르뎅뎅하게 언 손가락을 내려다보며 그 곁에서 얼음덩이 같은 주먹밥을 아귀아귀 씹던 기억도 있다. 피난민 수용소에는 가족 수대로 안남미 배급이 나왔는데 한 줌이라도 더 타려고 엊그제 죽은 가족을 이불로 덮어 놓은 채 며칠 동안이나 치우지 않던 사람들도 있었다.

전쟁 중에는 으레 전염병이 돌게 마련이다. 피난민 수용소에는 심한 이질이 돌아, 사람들은 배를 움킨 채 아무데나 엉덩이를 까고 설사를 했다. 그해 초여름에는 속칭 염병이라는 장질부사로 해서 숱한 사람들이 죽었다.

청주 근처 어느 광산촌에서 우리 가족이 장질부사를 앓고 있을 무렵 우리 옆의 움막에서도 사람이 죽었다. 두 아이를 데리고 피난을 나온 만삭의 아낙네가 해산을 한 뒤 배가 고파 실성을 한 끝에 낳은 아기를 끓는 물속에 집어넣은 것이다. 결국 그 아낙네도 죽고 말았는데 경찰가족으로 아버지마저 만나지 못한 그 집의 어린애들 둘이 움막 앞에 쪼그려 앉아 볕쪼임을 하던 모습이 지금도 생생하다.

전쟁 중에 내 눈으로 직접 본 몇 개의 죽음으로부터 나는 자유롭지 못했다. 직접 보지 못한 더 많은 죽음들이 나를 찾아왔다.

데뷔작 「동행」부터 나는 내가 만드는 이야기 속에 어렸을 때 직접 보았거나 아니면 그냥 전해들은 죽음을 그려 내는 일에 탐닉했다. 그렇게 하지 않고는 이야기가 잘 풀리지 않을 것 같은 강박에 쫓기기도 했다. 어쩌면 나는 내 유년 시절에 각인된 그 죽음의 기억들을 소설 만드는 밑천으로 삼았는지도 모른다. 나는 그렇게 6.25전쟁의 악령에 사로잡혀 있었던 것이다.

악령들은 내 영혼의 밑바닥에서 낄낄거리며 나를 유혹했다. 그러할 때 나는 기꺼이 마음을 열고 6.25의 악령들과 교접했다. 때로는 가슴 답답함, 절망, 혐오, 울분이 따르는 그 악령들과의 교접은 언제나 그 고통에 값하는 신명을 가져다 주었다. 그런 의미에서 작가는 무당일 수밖에 없다.

내가 한때 6.25적 소재의 동어반복에 신명을 낸 것도 결국은 내 속에 깃든 악령들의 시킴에 의한 것이라고 봐도 좋을 것이다. 지금도 나는 내가 선택한 문학의 길 위에서 내 삶을 돌아보게 하는 악령들의 소리를 듣고 있다.

초기 내 소설의 관심은 한마디로 오늘의 삶을 어둡게 만들고 있는 원인 찾기라고 할 수 있다. 6.25라는 민족 수난으로 만들어진 껍질에 대한 관심일 것이다. 그 껍질을 뒤집어쓰고 있는 아버지 찾기, 우리의 뿌리 혹은 힘의 근원이라고 생각한 아버지와의 화해나 그 반대의 현상을 통해 현실을 제대로 인식하자는 것이 작품을 만드는 과정에 형성되는 작품의 도라고 할 수 있다. 고통받는 삶 자체가 역사라는 인식은 전쟁이나 어떤 수난기에 숱하게 나타나는 영웅이나 지사들에 대한 거부감을 가져오게 마련이다. 그것은 어떤 명분을 위해 작은 것의 희생을 요구하는 힘의 비인간적 권위와 폭력, 그리고 정치꾼들의 파렴치에 대한 혐오라고 할 수 있을 것이다.

위선과 교활한 지혜는 더욱 질 나쁜 폭력이라는 것을 말하기 위한 소설 쓰기가 내 두 번째 관심 세계이다. 그것은 은폐되는 진실에 대한 분노라고 할 수 있다. 그 분노가 제대로 표출되지 않은 상태에서의 억압은 광기를 가져오게 마련이다.

다시 내 관심은 광기를 지닌, 별난 인생들로 옮겨진다. 성공하지 못한 악이 내가 즐겨 다룬 광기라고 할 수 있다. 그 광기는 한때 내 작품의 주요 모티브가 되었던 6.25 적 악령이 좀 더 구체적인 모습으로 현현된 것이라고 보아도 좋을 것이다.

문단 데뷔 작품 「동행」의 주인공 최억구는 6.25 때 부역자로서 10년여의 형기를 마친 뒤 고향으로 돌아가는 도중 살인을 한다. 자신의 부친 무덤에 가 죽을 것을 작정한 최억구의 눈길 속 귀향은 현실의 암담한 상황 인식이라고 할 수 있다.

단편 「맥」의 최만배와 그의 아들 진호의 귀향, 중편 「하늘 아래 그 자리」의 마필구 노인과 화자 '나', 중편 「아베의 가족」의 진호의 귀향 등이 모두 귀소 의지를 모티브로 하고 있다. 이들의 귀향은 지금까지 잊고 있었던 자기 찾기이며 현실인식 그 자체라고도 할 수 있다. 어쩌면 그것은 힘의 근원으로서의 아버지 찾기, 뿌리 확인이며 분단으로 인해 파괴된 민족의 동질성 찾기로 확대 해석해도 좋을 것이다. 일그러지고 부도덕하게 오염된 현실을 실지라고 인식함으로써 작품의 주인공들은 어느 날 문득 이제까지 망각하고 살아온 자신의 과거 내지는 어떤 상흔의 진원에 접근하게 된다.

자아와 현실이 비로소 만나는 그 자리에 아버지가 있다. 오늘의 삶을 부도덕하게 오염시킨 주범으로서의 아버지가 극복해야 할 대상으로 등장하는 것이다. 그네들은 고향에 돌아감으로써 비로소 화해하거나 아니면 더 심한 반목의 갈등으로 치닫게 되는 것이다.

내 소설을 고향 상실 시대의 부계 문학으로 보는 견해에 동의하게 되는 것도 힘의 근원으로서의 아버지를 떠올리는 그러한 인식의 중요성에 있다고 하겠다. 아버지의 권위 추락 및 그 힘의 생성 가능성 확인 등이 바로 분단 상황에 대한 인식으로 이어지기 때문이다. 그리하여 아버지는 세계 인식의 귀중한 잣대라고 보아도 좋을 것이다.

6.25 적 소재를 다룬 내 소설의 가시적 주제 접근은 피상적 이데올로기에 의한 위해의 희생자들에 대한 깊은 연민에서부터 시작하고 있다. 실상 내 작품의 대부분은 이념적 가치관이나 판단을 가지지 못한 무지렁이들이 벌이는 시대착오적인 가해와 피해의 악순환이 그 자식들에게까지 넘겨져 치욕적인 삶을 치뤄 내야 하는 유형무형의 고통과 그 아픔이 자아인식이란 통과제의에 의해 어떻게 승화된 힘으로 나타나는가 하는 것에 대한 관심 갖기와 그것의 형상화에 바쳐졌다.

나의 역사 인식은 그들 고통받는 삶 자체가 역사라는 생각에서 비롯된다. 어제의 상흔이 아직 치유되지 못한 사람들의 삶을 추적하는 과정에서 나는 항상 우리의 숨쉬는 역사를 진맥할 수 있었다.

* 6.25 혹은 분단 상황을 소재로 한 내 소설은 대략 다음과 같다.

1963년 단편 「동행」(조선일보), 「할아버지 묻힌 날」(현대문학 2월호)
1976년 단편 「악동시절」(현대문학 3월호), (월간문학 9월호), 「사형」(현대문학 12월호)

1977년 단편 「맥」(현대문학 3월호), 「바람난 마을」(뿌리깊은나무 3월호)

1978년 단편 「산울림」(뿌리깊은나무 5월호), 「고려장」(현대문학 6월호), 「안개의 눈」(문예중앙 여름호), 중편 「물걸리 패사」(소설문예 2월호), 「하늘 아래 그 자리」(문학과 지성 겨울호)

1979년 단편 「수렁 속의 꽃불」(한국문학 3월호), 「잊고 사는 세월」(현대문학 4월호), 「그 먼길 어디쯤」(작단 1집), 「겨울의 출구」(창작과 비평 가을호), 「실반지」(현대문학 12월호), 중편 「아베의 가족」(한국문학 10월호), 「외등」(문예중앙 겨울호)

1980년 중편 「여름의 껍질」(문예중앙 여름호), 「추억의 눈」(문학사상 12월호)

1982년 단편 「출향」(문예중앙 봄호), 단편 「술래 눈뜨다」(현대문학 3월호), 「이산」(세계의 문학 봄호), 「좁은 길」(문학사상 9월호)

1983년 단편 「이류 속에서」(한국문학 8월호)

1984년 중편 「허허벌판」(문학사상 3월호), 「산 넘어 강」(현대문학 9월호)

1985년 장편 『길』(정음사)

1986년 중편 「형벌의 집」(문학정신 10월호)

1987년 중편 「지빠귀 둥지 속의 뻐꾸기」(문학사상 12월호)

1988년 중편 「투석」(현대문학 11월호)

1997년 중편 「너브내 아라리」(21세기문학 가을호)

1999년 중편 「실종」(문학과 의식 봄호)

2008년 중편 「지뢰밭」(창작과 비평 봄호)

2009년 중편 「남이섬」(문학과 사회 봄호)

2010년 단편 「드라마 게임」(세계의 문학 봄호)

글 · 신명

내 문학의 길 위에서 만난

1. 홍길동전

학교에서 공부하는 교과서 외에도 이 세상에는 여러 종류의 책이 많다는 것을 처음으로 알게 된 것은 읍내 중학교에 입학하면서였다.

어느 날 이웃에 사는 같은 반 아이의 집에 놀러갔다가 그 집 아이의 삼촌 방에서 책꽂이에 꽂힌 수십 권의 책을 보게 된다. 벽촌의 비문화적 가정환경에서 자란 내게 그 집에서 여러 권의 두꺼운 책을 본 그 문화적 충격은 큰 사건이 아닐 수 없었다.

그 두꺼운 책들 앞에서 망연자실, 얼마나 그 책들을 눈여겨보았으면 그때 본 책의 제목과 저자들 이름이 지금까지 생생하게 기억되는 것일까. 톨스토이의 인생론, 도스토옙스키의 소설들, 투르게네프, 앙드레 지드, 앙드레 말로, 괴테, 니체, 헤밍웨이 등.

그때 어떻게 그 책을 빌려다가 읽고 싶은 생각이 들었는지 모른다. 어쩌면 그 집 아이가 그 책들을 모두 읽었다고 내게 거짓말을 했을 수도 있고, 읍내 아이들은 모두 그 정도의 책은 읽었으리란 시골 아이의 열패감일 수도 있었다.

아무튼 나는 그 아이네 집에서 책을 빌려 읽기 위해 내가 가진 모든 구슬과 딱지는 물론 아버지가 시골에서 얻어 온 다람쥐까지 내줘야 했다. 그렇게 어렵게 빌려 온 책은 이제 막 중학생이 된 내게는 말도 안 되게 어려운 것이었지만 그런 두꺼운 책을 읽었다는 허영으로 톨스토이의 『인생론』을 며칠 쥐고 있었던 기억이 있다.

그러나 그 집의 책을 빌려다가 읽는 일은 세 권 정도에서 끝났다. 그 집 아이가 자기 삼촌이 책을 남에게 빌려주지 말랬다고 하루에도 수십 번 찾아와 독촉을 하는 통에 그 아이와 싸운 뒤 더 이상 그 집 출입을 하지 못했기 때문이다.

그러던 어느 날 나는 그 집에 있는 책과 비교도 되지 않게 많은 책이 있는 곳을 발견했다. 읍내에 있는 서점이었다.

하교 때면 나는 매일 그 서점 근처를 맴돌았다. 돈만 있으면 그곳에서 읽고 싶은 책을 마음대로 골라 살 수 있다는 것이 너무 신기했지만 그렇게 할 수 없는 우리 집의 가난이 정말 싫었다.

어느 날 나는 읍내의 그 서점에 나와 같은 반 아이들이 두어 명 서서 책을 읽고 있는 것을 발견했다. 며칠 뒤 나는 그 아이들이 책을 사러 서점에 들어간 것이 아니라 그냥 그곳에 서서 여러 책을 뒤적이다가 읽고 싶은 것을 읽고 나온다는 것을 알게 된다.

나도 용기를 내어 그 아이들과 그 서점 한 구석을 차지하고 서서 주인의 눈총과 갖은 구박을 모른 체하고 책 읽기에 열중하는 불청 단골이 되었다.

읽던 책의 페이지를 기억해 두었다가 다음 날 가면 그 책이 그곳에 없었다. 내 키로 꺼내기 어려운 곳에 그 책이 꽂혀 있었지만 나는 뻔뻔스레 의자까지 끌어다 그것을 꺼내 읽었다.

물론 그 서점에서는 이웃 아이의 삼촌 책과 같은 그런 세계명작은 없었던 것으로 기억된다. 그런 책이 있었다고 해도 서점에 서서 그 어렵고 재미 없는 것을 읽었을 리도 없다.

내가 그때 서점에서 읽었던 책들은 당대 베스트셀러였던 괴도 루팡 시 리즈와 그 루팡을 잡는 코난 도일의 명탐정 셜록 홈즈 시리즈가 주 메 뉴였다. 김내성의 탐정소설이나 『가상범인』, 『청춘극장』, 최인욱의 『벌레 먹은 장미』 같은 우리나라 작가들이 쓴 통속 애정물은 물론 《아리랑》, 《야담》 같은 잡지도 간식으로 쉽 없이 먹어 댔다.

중학교 시절 읍내 서점 한 구석에서의 책 읽기는 지금의 게임 중독이나 다름없었을 것이다. 그때 서점에 서서 읽은 책이 대충 100권 가까이 되었 을 터이다. 문제는 남독에다 그냥 무슨 책을 읽었다는 그 자위 하나만으 로 책들을 뒤적인 그 독서 습관으로 해서 훗날 반드시 정독하고 넘어가 야 할 책들까지 언젠가 읽었다는 그 생각만으로 그냥 지나쳐 버리는 경 우가 허다했다.

그 시절 책을 얼마나 대충 읽었으면 지금도 제대로 기억되는 소설 줄거 리가 없겠는가. 그 탓에 누군가 자신이 읽은 책 내용을 차근차근 짚어 내 는 사람들을 만나게 되면 기가 죽게 마련이다.

그러나 그때 읽은 책 중에 제대로 줄거리가 기억나는 작품이 하나가 있 다. 정비석의 「홍길동전」이다.

읍내 서점에 드나들면서 당대 유명한 작가인 정비석이 「홍길동전」을 《학원》이란 학생 잡지에 연재한다는 것을 알게 되었다. 이상하게 「홍길 동전」의 내용이 궁금해 견딜 수 없었다. 서점 주인이 「홍길동전」이 연재 되는 《학원》 잡지를 일체 뒤져 보지 못하게 했기 때문에 그런 궁금증이 증폭되었는지도 모른다. 서점 주인은 단행본 책들은 서서 읽을 수 있도 록 내버려 두었지만 《학원》 등 잡지류는 그것을 사 가는 사람 외에는 만지지 못하게 했던 것이다. 잡지에 연재되는 내용이 미리 알려지면 그 잡지가 팔리지 않는다는 생각 때문이었을 것이다.

「홍길동전」이 연재되는 《학원》을 보고 온 날이면 신출귀몰하는 홍길동과 함께 전국 곳곳을 날아다니는 꿈을 꾸었다. 가난한 우리 집에 어느 날 금은보화를 놓고 사라지는 홍길동을 보기도 했다. 나는 지금도 가출 소년 홍길동이 출현하여 탐관오리를 괴롭히는 통쾌한 상황을 머리에 떠올리면 가슴부터 뛴다.

어쩌면 그때 내 머릿속에 내 나름의 「홍길동전」 이야기 하나가 완성되었을 수도 있다. 글을 통한 이야기꾼으로서의 상상력이 그렇게 길러졌는지도 모른다.

드디어 《학원》에 연재되던 「홍길동전」이 단행본으로 나와 서점 진열대에 꽂혔다. 중학교 3학년 진급을 한 달쯤 앞둔 어느 날 나는 서점 진열대에 있는 정비석의 『홍길동전』을 당당하게 빼어들고 서점 주인 앞에 섰다. 그때의 서점 주인 표정이 어떠했을까는 짐작이 가고도 남는다. 다른 아이들과 달리 서점에서 그동안 단 한 권의 책도 사지 않던 내가 책을 사겠다고 돈을 내미니 어찌 그 돈이 의심스럽지 않았겠는가.

아무튼 나는 내 일생 최초로 돈을 내고 산 내 책 『홍길동전』을 서점 옆 골목 양지 쪽 담벼락에 기대에 읽기 시작했다. 호형호부를 할 수 없는 서자 출신 홍길동이 가출하는 장면쯤에서 형언하기 어려운 감동이 전율처럼 온몸에 퍼졌다. 바로 그 순간 누군가 내 머리통을 내려쳤다. 그리고 "이 도둑놈의 새끼!" 서점 주인의, 스무 살 남짓한 나이의 여동생이었다. 그네는 서점 주인과 달리 우리를 내놓고 싫어하면서 구박했다. 그네는 늘 우리를 의심스러운 눈으로 살피면서 책을 너무 오래 읽고 있으면 매정하게 낚아채곤 했다.

그런 그네의 눈에 이제 나온 지 며칠 안 된 신간 서적을 들고 있는 내가 어찌 도둑으로 안 보일 수가 있겠는가. 아무튼 그네에게 뒷덜미를 잡힌 채 서점까지 질질 끌려갔다. 더 고약한 일은 그네가 도둑을 잡았다며 의기양양하게 내민 『홍길동전』을 흘깃 쳐다보고는 일체의 반응도 없이 서점의 쪽문을 통해 방으로 자취를 감춰 버린 서점 주인이었다.

나를 도둑으로 잡아간 그네 역시 아니면 그만이라는 투로 계산대 위에 『홍길동전』을 내던진 뒤 먼지떨이를 집어 진열대를 청소하기 시작했다.

그때 서점 안에서 『홍길동전』을 손에 쥐고 꽤 많이 울었던 기억이 있다. 서러워서 운 것이 아니라 내가 책 도둑이 아니란 것이 밝혀진 뒤에도 어린 내게 사과하지 않은 그 어른들을 향해 터뜨린 분노의 울음이었을 것이다.

『홍길동전』 사건 이후에도 몇 번 더 서점에 서서 책을 읽었을 터이지만 구체적인 기억은 더 이상 남아 있지 않다. 다만 책을 손에 쥐면 끝까지 놓지 못하던 그 몰입의 경지가 가끔 그리울 때가 있을 뿐이다.

내 문학의 신명, 그 마중물 같은 역할을 한 『홍길동전』의 작가 정비석 선생을 직접 만난 것은 1987년쯤으로 기억된다. 춘천의 어느 기관에서 정비석 선생을 초대한 뒤 작가인 내게 그분 모시는 일을 부탁했기 때문이다.

『자유부인』으로 널리 알려진 정비석 선생은 『소설작법』이란 창작이론서로 이미 작가 지망생인 내게는 스승 같은 분이었다. 그날 춘천댐 매운탕집에서 나는 『홍길동전』 얘기 대신 선생의 「성황당」 등 문학성 높은 초기 작품 얘기를 많이 나눴던 것으로 기억한다.

2. 학원

나는 『홍길동전』을 짐 보따리 깊숙이 넣고 읍내를 떠나 이웃 도시의 고등학교로 유학을 간다. 그리고 루팡 시리즈 등의 탐정소설을 마구잡이로 읽은 독서 편력만 믿고 문예반에 들어간다. 책 읽기를 좋아하는 사람이나 글쓰기를 좋아하는 사람이면 누구나 들어갈 수 있다는 문예반에 들어갔지만 생각보다 만만치가 않았다.

시골 촌아이와 달리 그곳 아이들은 시와 소설이 문학이라는 것도 제대로 이해하지 못하는 나와는 달리 시인이 되기 위해 국어사전을 찢어 씹어 먹는다든가 헤밍웨이와 포크너를 얘기하는 수준이라 홍길동과 루팡 정도로는 도저히 대적이 되지 못했다.

그뿐이 아니었다. 문예반에는 시골 촌놈인 나와는 비교도 안 되게 조숙한, 이미 마빡에 피가 마른 별난 놈들이 많았다. 책을 좀 읽긴 했지만 형편없이 얼뜬 나와는 달리 그 아이들은 이미 문학병이 노랗게 들어 있었다. 나는 그 아이들에게 매료되어 치기를 수놓는 문학적 방종을 시작했다. 막소주를 양동이에 받아 놓고 풀빵을 안주 삼아 냉수 마시듯 퍼마신 뒤 고성방가하며 시내 뒷골목을 헤맸던 것이다. 그 아이들의 입에 오르내리는 김동리, 김성한, 계용묵, 황순원, 서정주 등 당시 문단의 현역 작가·시인들 이름을 처음 알게 된 것도 그 무렵이다.

문학을 빙자해서 그렇게 어울리는 어느 날 내 존재가 한없이 왜소해지는, 어떤 일깨움의 사건이 일어났다. 잠깐 나를 떠나 있던 열등감이 정면으로 내 정수리를 내려친 것이다. 그때에도 중고등학생들이 참가하는 백일장이 꽤 있었다. 그러나 문예반 반원으로 그 백일장에 두어 번 참가한 나는 단 한 번도 입상을 하지 못했다.

남의 글만 열심히 읽었지 내 글쓰기의 즐거움을 제대로 알지 못했기 때문인지도 모른다. 백일장에 입상 못한 건 내게 글재주가 없기 때문이라는 것을 결정적으로 일깨워 주는 일이기도 했지만 낙방할 때마다 내 글을 뽑아 주지 않은 심사위원들을 깊이 원망하곤 했다.

그날도 백일장에 나가기로 돼 있는 문예반원들은 다른 아이들이 교실에서 공부를 하는 시간 교무실 앞에 모여 선택받았다는 느낌 속에 희희낙락하며 선생님이 나오기를 기다리고 있었다. 잠시 후 교무실에서 나온 선생님이 나를 비롯한 네 명 정도의 아이들 이름을 불러 따로 세웠다. 그동안 백일장에 나가 단 한 번도 입상을 하지 못한 아이들이었다. 백일장에 나가 입상도 못하는 네 놈들은 교실에 들어가 수업이나 받으라는 엄명이 떨어졌다. 선택받은 아이들은 열외로 밀려난 우리와 눈도 맞추지 못한 채 줄레줄레 교문을 나가고 있었다.

 나와 함께 열외로 밀려난 아이들 역시 서로의 눈길을 피한 채 뿔뿔이 흩어졌다. 수업을 받기 위해 교실로 들어가려던 나는 그 아이들이 모두 학교 울타리 개구멍을 통해 빠져나가는 모습을 확인한 뒤 나도 그 뒤를 따랐다. 울타리 개구멍을 통해 학교를 빠져나간 뒤 소양강 강변 둑길을 터벌터벌 걷던 생각이 난다.

 강둑에 앉아 햇빛에 반짝이며 흐르는 물을 내려다보고 앉았으려니 느닷없이 울음이 터졌다. 형언하기 어려운 비애의 울음이었다. 그것은 한낱 백일장에 나가지 못했다는 그 열패감을 넘어서는 내 근원 어디엔가 고여 있던 서러움 같은 것의 폭발이었다. 나는 봄날의 그 햇볕 속에서 열아홉 그 나이에 느낄 수 있는 인생의 커다란 비애를 만끽하고 있었던 것이다.

 그 비애의 봄날 나는 철길을 따라 걷다가 앞산에 만개한 진달래를 쳐다보며 또다시 주저앉아 울었다. 그 눈물 속에서 문득 그것을 보았던 것이다. 철길 밑에 있는 두어 개 움막집. 그것은 놀라운 발견이었다. 내가 그때까지 단 한 번도 관심을 두지 못했던 또 다른 삶이 거기 숨 쉬고 있었기 때문이다. 책가방을 둘러맨 어린아이 하나가 그 움막 속으로 들어가는 것을 본 것이다. 그리고 조금 있다가 그 아이와 함께 얼굴이 일그러진 문둥병 환자가 하나 나와 볕 쪼임을 했다. 그 부자를 본 순간 나는 이제까지의 비애를 황급히 걷어 내지 않을 수 없었다.

그 며칠 뒤 나는 그 문둥이네 얘기를 머릿속에서 상상으로 만들어 내기 시작했다. 60장 분량의 소설을 만들어 문예반 선생님 몰래 학원사의 제6회 '학원문학상'에 응모했다. 운이 좋았다. 내가 처음으로 쓴 소설 「산에 오른 아이」가 학원문학상에 응모한 고등학교 학생부 작품 340편 중에서 3등으로 입상한 것이다. 그때 조해일, 황석영, 양문길 작가 등이 함께 입상했던 것으로 기억한다.

정비석의 『홍길동전』이 연재될 때 그렇게 펼쳐보고 싶던 《학원》과의 만남이 학원문학상 입상의 영광으로 보상받은 셈이다.

3. 인간접목

황순원의 장편소설 『인간접목』을 서점에서 발견한 것도 그 무렵이다. 도저히 책을 살 형편이 아닌 데도 나는 이를 악물고 그 책을 산다.

돈을 내고 산 두 번째의 내 책 『인간접목』은 사근사근 빠른 템포로 펼쳐지는 소설 문장의 격조부터가 지금까지 내가 읽은 소설류들과 달랐다. 소설의 내용 또한 내 입맛에 맞았다. 전쟁이 막 끝난 뒤 황폐한 한국 사회의 어두운 면을 파헤친, 고아원 아이들의 세계를 통해 나는 가장 가까이 있는 내 주변 현실을 유심히 둘러보는 눈을 갖게 되었다. 특히 전후 모든 것을 다 잃은 아이들이 살아남기 위해 나름의 전략으로 대처하는 이야기 속 삽화들이 인상적이었다. 또한 그 아이들을 이용해 자기 몫을 챙기려는 어른과 그것을 방관하지 않는 또 다른 사람들과의 갈등과 대립이 읽는 재미를 더하게 했다.

더 놀라운 것은 한문 제목 『人間接木』과는 딴판으로 작품 속에는 한

자가 단 한 글자도 들어 있지 않았다는 사실이다. 당시 어느 글이나 한자를 혼용하거나 괄호 속에 한자를 넣어 쓰는 것이 보통이었던 터라 그 충격이 신선할 수밖에.

많은 세월이 흐른 뒤 나는 김유정의 소설 30여 편의 출전을 찾아보다가 작품 어느 곳에도 한자가 들어 있지 않다는 것을 확인하는 순간 작가 김유정은 물론 황순원 선생님의 우리말 사랑을 새삼 생각하지 않을 수 없었다.

학원문학상에 입상한 소설 「산에 오른 아이」야말로 내가 『인간접목』의 영향을 받아 최초로 쓴 소설이었다. 「산에 오른 아이」를 쓰는 동안 『인간접목』의 그 간결하고 정제된 문장을 흉내 내기 위해 부단히 노력했을 것이 분명하다. 문예반에 들어와 확인된, 내 형편없는 어휘력과 문장 콤플렉스를 감추기 위한 나름의 문장 만들기 전략이었을 것이다.

글쓰기의 즐거움이야말로 글의 일차 자료인 낱말 골라 쓰기와 문장 만들기에서 얻어진다는 것을 터득한 것도 그 무렵이다.

학원문학상에 입상 뒤 그것을 계기로 나는 처음으로 작가가 될 것을 꿈꾸면서 경희대학교 국문학과에 진학한다. 『인간접목』의 작가 황순원 선생만 만날 수 있다면 뭔가 내 인생에 심상찮은 일이 벌어질 것만 같던 것이다.

작가 황순원 선생의 강의를 들은 것은 3학년 무렵이었을 것이다. 포크너의 『레드포니』란 영문소설을 다룬 원서 강독이었다. 어느 날 나는 대학에 들어와 처음 쓴 소설을 황순원 선생님 앞에 겁없이 내밀었다. 그때 선생님께 보여드린 작품이 나중에 내 등단작이 된 「동행」이다.

그리고 뒤늦게 들어간 대학원에서 황순원 선생님을 지도교수로 석사논

문을 쓰기 위해 김유정 소설을 읽기 시작한다. 훗날 내가 김유정 작가를 기리는 일에 미치는 일도 돌이켜 보면 황순원 선생님과의 인연에서 비롯되었다는 생각이다.

아무튼 나는 단기 4290년(1957) 10월 1일 중앙문화사에서 발간한 검은 표지의 『인간접목』을 통해 작가로서의 꿈을 더 크게 다졌던 것이다.

훗날 나는 내 책장 속에서 『인간접목』이 자취를 감춘 것을 알게 된다. 어쩌면 고등학교를 졸업할 무렵 그 책이 보이지 않아 찾던 기억이 있는 것으로 보아 책은 이미 오래전에 내 책장에서 사라졌을 것이다.

내 책장에서 자취를 감췄던 『인간접목』을 다시 만나게 된 것은 2005년 8월 정년을 맞아 책 두 권을 내면서 그 출판기념회를 갖는 자리였다. 고등학교 동창 한 녀석이 식장 연단에 검은 표지의 책 한 권을 들고 올라왔다. 고등학교 때 나한테 빌려간 『인간접목』을 돌려주기 위함이었다.

46년 만에 돌아온 『인간접목』이 그동안 부실했던 내 글쓰기에 또 다른 신명을 접붙여 준 것일까, 그 이후 나는 두 권의 작품집을 낸다.

4. 현대문학

대학교에 들어가 이른바 문학청년이 되면서 다른 아이들이 그러하듯 《사상계》를 옆구리에 끼고 다니거나 문학잡지 하나쯤은 빼놓지 않고 읽어야 했다. 1955년에 첫 호를 낸 《현대문학》과 1956년에 발간된 《자유문학》은 그 무렵 모든 문학 지망생들에게 하나의 문학 교과서나 다름없었던 것이다.

내 경우 《현대문학》과 《자유문학》에 추천된 신인작가들의 글을 찾아 읽는 일로 나름의 어휘력과 문장력 기르기에 정진했다. 특히 《현대문학》은 두 번의 추천을 거쳐야 작가가 되는 등단제도가 있어 모든 작가 지망생들이 그 관문을 통과하고 싶은 것이 꿈이었다.

대학에 들어가면서부터 청계천 헌책방을 드나들기 시작했다. 그때까지 내가 보지 못한 《현대문학》의 창간호부터 75호까지의 지난 호를 사 모으는 일은 물론 우리나라 2, 30년대 문학잡지나 시집 등 문학 서적들을 사고 싶은 유혹에서 헤어나지 못했다.

그때 한용운의 1926년 간 『님의 침묵』을 헌책방에서 발견하고 그것을 사기 위해 며칠 동안 청계천 주변에서 헤매던 기억이 있다. 서점 주인이 싸게 줄 듯하면서도 책값을 쉽게 얘기하지 않았기 때문에 더 애가 탔는지도 모른다.

그러던 어느 날 나는 『님의 침묵』을 고려대 어느 교수님이 사 갔다는 서점 주인의 얘기를 듣고 실망한다. 그제야 가난뱅이 대학생한테 책값을 얘기하지 않던 서점 주인의 마음이 이해가 됐다. 그 허전함을 채우기 위해 나는 1946년에 간행된 『님의 침묵』을 구입하는 것으로 만족해야 했다.

밥은 제때 못 먹어도 사고 싶은 헌책을 산 날은 기분이 좋았다. 이태준의 『문장강화』와 청록파의 『청록집』과 황순원 선생님의 시집 『방가』도 그때 구했다.

문학 지망생들이 가끔 내게 묻는다. 작가가 되기 위한 소설 문장 공부를 어떻게 했느냐는 물음이다. 나는 그럴 때마다 《현대문학》의 추천을 거친 추천 소설들을 꼼꼼히 읽으면서 내가 처음 만나는 낱말들을 노트에 적어 놓았던 기억을 얘기한다. 나중에 국어사전이 생기면 찾아볼 생각으로 그렇게 했지만 노트 한 권 분량의 그 낱말들을 국어사전으로 찾아본 적은 없다. 대학을 나와 국어 선생을 할 때야 비로소 국어사전을 처음 샀기 때문이다. 그러나 그렇게 낱말을 적어 놓는 과정에 그 낱말이 모두 나중에 내가 쓰는 소설에 자연스럽게 쓰이고 있다는 것을 확인한다. 시나브로, 비가 추적거리다, 쇄락하다 등이 그렇게 얻은 어휘들이다.

그때의 내 꿈은 황순원 선생님의 추천을 통해 《현대문학》으로 등단하는 것이었다. 그러나 나는 1963년 대학 재학 중 조선일보 신춘문예에 「동행」으로 등단한다. 소 뒷걸음질하다가 쥐 잡은 격으로 어쩌다가 그렇게 되고 말았다.

1964년 《현대문학》 2월호(통권 119)에 소설 한 편을 발표하는 것으로 내 소설 쓰기는 끝난다. 등단 이후 만 10년 동안 작품을 쓰지 못한 이유는 간단하다. 준엄하고 치열한 문학 수업을 피한 채 오기와 객기로 선택한 그 얄팍한 작가의 길에 대한 당연한 벌이 아닐 수 없다.

다행히 시골에서 만 10년 소비의 세월을 보낸 뒤 1972년 상경하여 1974년 가을 《창작과 비평》을 통해 새로이 작가의 길에 들어선다. 그리고 「돼지새끼들의 울음」, 「악동시절」, 「사형」, 「맥」, 「여름손님」 등의 작품이 《현대문학》에 발표된다.

그리고 등단한 지 14년인 1977년 22회 '현대문학상'을 수상함으로써 《현대문학》을 통해 소설 공부를 하던 문학 지망생의 꿈 한 자락이 이뤄진 셈이다.

이런저런 인연으로 보아 『홍길동전』, 《학원》, 『인간접목』, 《현대문학》은 내 글쓰기의 항심 속에 깊이 녹아 있다는 생각이다. 내 상상력의 도가니였던 허균의 『홍길동전』, 그리고 최초로 쓴 소설 「산에 오른 아이」로 작가의 꿈을 키워 준 《학원》과 글 스승과의 만남의 줄인 『인간접목』, 그리고 내 작가 수업의 살아 있는 교과서 《현대문학》은 오늘도 내 문학의 길 위에서 만나는, 가슴 설렘이다.

문예잡지의 황혼을 바라보며

얼마 전 지방도시에 살고 있는 나이 많은 시인 한 사람이 월간 문예지 한 권을 구입하기 위해 시내는 물론 대학 내 서점까지 모두 둘러보았지만 그 잡지는 물론 다른 문예지도 진열대에 없었다며, 세상이 이렇게 변했느냐낟 탄식의 한숨을 쉬었다.

서재를 새로 마련하고 책을 진열하다 보니 내가 오래전 어렵게 구했던 문학잡지 중에 《현대문학》 창간호가 보이지 않았다. 분실된 것이 분명해 많이 낙담하고 있을 때 서예가 황재국 교수가 자기가 대학 때부터 《현대문학》을 구입해 보관하고 있는 창간호 등 100호까지를 내 서재에 기증하겠다며, 그럴 경우 따로 기증한 사람의 코너 하나를 마련해 달라는 당부를 했다. 그 문예지의 가치를 아는 사람만이 할 수 있는 아름다운 조건이라 마다할 이유가 없었다.

문예지 얘기를 하다 보니 1952년 창간한 《학원》 생각이 난다. 그 잡지에 정비석 작가의 『홍길동전』이 연재될 당시 중학교 학생이었던 필자로서는 그 잡지를 사 볼 수가 없어 결국 그 연재가 끝난 뒤 단행본으로 나온 『홍길동전』을 구입해 읽었다. 그것이 내 인생에서 돈을 내고 산 내 최초의 책이었다.

《학원》과의 인연은 고등학교에 가서도 이어진다. 내 이름이 들어간 최초의 글이 《학원》에 실렸으니 《학원》이야말로 내 문학의 꿈을 키워 준 텃밭이 아닐 수 없다.

대학에 들어와 작가의 꿈을 꾸면서 본격적으로 문예지를 섭렵했다. 문예지는 주로 등단한 문인들이 쓴 문학작품을 모아 싣는 잡지이다. 그리하여 문인들은 자신들의 글이 실린 문예지를 통해 독자와 만나게 된다. 독자들 역시 문예지를 통해 이 시대 어떤 작가가 어떠한 문학작품을 발표하며 발표된 그 작품이 어떤 평가를 받는가를 확인하는 과정을 통해 문학 공부를 했던 것이다. 그리하여 문예지는 문학 동네의 흐름을 통해 자신의 창작 욕구를 불태우고 그 세계에 대한 예측과 선택을 통해 자기 문학 세계를 넓혀 가는 유일한 정보통이라고 할 수 있었다.

그리하여 모든 문학청년들은 장차 좋은 문예지에 자신의 작품이 발표되는 꿈을 실현시키기 위해 노력했다.

필자는 1963년 조선일보로 등단한 뒤 1964년 《현대문학》 2월호에 첫 소설을 발표한다. 이것을 시작으로 필자가 쓴 소설 대부분이 문예지를 통해 발표된다. 탈고된 원고를 문예지에 넘기고 그것이 수록된 잡지가 서점에 나오기까지 서점 진열대 앞을 서성이던 생각만 해도 가슴이 설렌다.

아무튼 문예지는 창작하는 모든 사람들이 독자와 만나는 유일한 시장이라고 할 수 있었다. 더구나 문예지는 기성작가들의 작품 발표 지면이 될 뿐 아니라 신인 작가·시인들을 배출하는 등용문 역할도 한다.

문예지이면서도 그 성격이 조금 다른 문예 동인지가 있다. 문예지가 주로 등단한 기성 문인들 작품을 발표하는 잡지라면 문예 동인지는 기성 문인은 물론 아직 등단하지 않은 문인들까지 포함하여 어떤 공통의 사상 또는 이상을 가진 여러 사람의 집필자가 기획·편집 일까지 참여하고 그 발행 주체가 되는 간행물이다.

우리 한국 문단에서는 1908년 대중 계몽을 목적으로 한 동인지 《소년》을 시작으로 1920년대까지 주로 동인지 중심으로 문인들이 작품 활동을 한다.

우리나라 최초의 문예지인 《소년》 창간호에는 발행인 최남선의 「해에게서 소년에게」라는 신체시가 발표된다. 《소년》은 1911년 5월 모두 23권으로 폐간된다.

동인지 형태의 최초 순문예지는 1919년 발간된 《창조》였다. 19세 소년 김동인은 주요한, 전영택 등과 함께 《창조》를 펴내는 일로 신문학 운동에 참여하는가 하면 사재를 털어 간행한 이 문예지에 자신의 소설 「약한 자의 슬픔」을 발표하면서 등단한다.

우리나라 최초의 현대시 전문지는 1921년에 발간된 《장미촌》이다. 《장미촌》은 24페이지의 작은 책자로 창간호 한 권으로 더 이상 책이 나오지 않았지만 이것이 우리나라 최초의 시 전문지라는 점과 당시 황석우, 변영로, 오상순, 박종화, 노자영, 박영희 등 동인들의 작품 발표만으로도 문학사에 남을 가치를 갖는다 하겠다.

1920년에 창간되어 2호에서 강제 폐간된 《폐허》와 1922년에 창간된 『백조』는 일제강점기 문예 동인지로 우리 근대문학이 걸어온 길을 되돌아보는 아주 중요한 잣대 역할을 한 동인지라고 할 수 있다. 이외에 《금》, 《영대》, 《해외문학》, 《신천지》 등이 대표적인 동인지이다.

1930년대 이후부터는 문예 동인지보다는 종합지와 월간 문예지가 창간되어 이를 중심으로 문인들이 글을 발표한다.

《신태양》, 《신동아》, 《조광》, 《새벗》, 《아리랑》 그리고 《사상계》
(1953년) 같은 종합잡지도 문인들의 작품을 발표함으로써 이들 종합지들
이 한국문학의 발전에 큰 역할을 담당했다.

예로부터 오늘에 이르기까지 모든 문예지의 창간에는 그것을 간행한
발행자의 문학 사랑, 그 열정이 담겨 있다. 결코 돈이 될 수 없는 문예지
발간에 사재를 몽땅 쏟아붓다 보니 그 문예지의 수명이 짧을 수밖에 없
다. 창간호 한 권만 낸 뒤 폐간된 문예지도 많다는 것을 생각할 때 그 간
행이 수년간 지속된 문예지들이 그동안 겪어야 했을 경영난은 너무나 뻔
하다.

그러나 많은 어려움에도 불구하고 문예지 혹은 문예 동인지 발행은 계
속되고 있다. 그 문예지에 작품을 발표하는 문인이 그만큼 많이 늘어나
고 있다는 것으로 이해해도 좋을 것이다. 그러므로 일반 문학 독자가 아
닌 특정의 문인 독자들만을 위한 문예지가 만들어질 수밖에 없다.

이것은 오늘의 문예지의 상당수가 장르 혹은 문학단체 중심의 동인지
형태를 빌어 간행되고 있음을 뜻한다. 즉 문학 혹은 문단의 동인화 흐
름을 동인지가 주도하고 있다는 것이다. 물론 이러한 동인화 현상은 문
학의 저변화 혹은 대중화에 나름의 영향을 끼치고 있음은 고무적인 사
실이다.

그러나 이러한 끼리끼리 만남의 글쓰기 신명의 동인지가 함량 미달일 경
우 그곳에 글을 발표하는 문인이나 일반 독자들에게 끼칠 영향에 대해서
는 우려할 바가 크다고 하지 않을 수 없다. 나무를 보고 숲은 보지 못
하는, 혹은 보이는 것만 봄으로써 다른 장르에 대한 가치 인식이 흐려질

수도 있다는 우려인 것이다.

이는 수필 쓰는 사람은 수필만 읽고 시를 쓰는 사람은 시가 아닌 그 어떠한 글쓰기에도 관심이 없는 그런 편협한 문학 이해가 수준이 낮은 문예지를 통해 발생한다는 것을 생각할 때 질 좋은 문예지가 왜 우리 곁에 놓여야 하는가를 강조하지 않을 수 없다.

좋은 문예지를 찾아 읽지 않는다는 것은 이 시대의 좋은 문학작품에 대한 관심이 없다는 것과 다르지 않다. 자기 창작 장르와 다른 문예지를 찾아 읽는 문인은 자기 문학을 진정으로 사랑하기 때문이다. 다른 사람의 신명이 묻어 있는 좋은 작품을 통해 자기 문학을 살찌우기 위한 전략이라고 해도 좋을 것이기 때문이다.

문예지의 황혼은 이 시대 글쓰는 신명을 안고 사는 글쓰는 이들이 자기 문학의 어떠함을 보지 않기 위해 문을 걸어 잠그고 있는 데서 비롯된 것이라 생각할 수도 있다.

자기 장르의 전문 문예지 한 권은 물론 이 시대 문학의 흐름을 다잡아 볼 수 있는 수준 높은 문예지의 구독을 통해 참다운 글쓰기의 즐거움을 찾을 일이다.

3부

＼

길 · 마음

고향을 찾아가는 길은
언제나 가슴이 설렌다.

고향 가는 길 위에서

여행 중에 일어나는 특이한 사건이나 에피소드를 다룬 영화 작품을 로드 무비라고 하듯 소설 장르에도 나그네들이 길 위에서 겪어 내는 이야기를 중심으로 그려 낸 여로형 소설이 있다.

일제강점기 식민지 상황의 피폐된 현실을 리얼하게 보여 준 염상섭의 「만세전」과 현진건의 「고향」에서부터 시작된 우리나라 여로형 소설은 이효석의 「메밀꽃 필 무렵」, 김승옥의 「무진기행」, 황석영의 「삼포 가는 길」 등이 대표적 작품이다.

여로형 소설은 대체로 등장인물이 어딘가를 향해 걸어가는 과정에 또는 자동차나 기차 안에서 일어나는 이야기를 통해 독자들을 긴장시키면서 결말을 향한다. 바꿔 말해 세상살이의 한 부분을 어떤 길 위에 펼쳐 놓고 그것에 대응하는 등장인물들의 이야기로 독자를 사로잡는 것이다.

누가 왜, 무엇을 찾아 그 길 위에 서 있는가를 독자와 함께 풀어가는 형식의 여로형 소설은 길이라는 제한된 공간과 시간이 매우 중요한 역할을 하게 된다. 장돌뱅이 허생원의 봉평장터 물레방앗간에서의 그 '무섭고도 기막혔던' 밤을 추억하면서 걸어가는, 메밀꽃이 소금을 뿌린 듯 하얗게 핀 그 밤길이 작품을 읽은 독자들의 머릿속에서 오래오래 지워지지 않을 것이다.

남들이 쉽게 접근하기 어려운 그런 길일수록 독자들의 관심은 더 커지게 마련이다. 그런 면에서 공간 혹은 시간 배경으로서의 밤길 걷기는 여로형 소설의 한 매력이 될 수도 있을 것이다.

내 등단작품 「동행」(1963년 조선일보) 역시 밤 눈길을 배경으로 한 여로형 소설이다. '동행'이란 제목부터 생각해 놓고 작품을 구상하던 그때의 기억이 새롭다. 함께 간다, 그런데 누가 누구와 함께 가는 이야기를 써야 재미난 이야기가 될 것인가를 놓고 많이 고심했다.

그렇고 그런 사람들이 함께 가는 그런 흔한 이야기보다 그 시간 그곳에 같이 있기 어려운 사람들이 함께 걸어가야 하는 이야기를 쓰자는 쪽으로 생각이 모아지면서 꽤 괜찮은 작품이 될 것 같은 느낌으로 가슴이 설레었다.

더구나 그들이 함께 걸어가는 배경을 깊은 밤의 산속, 눈이 무릎까지 덮이는 그런 극한상황까지 설정해 놓고 또 오래 생각했다. 도대체 누가 왜 그런 악조건의 밤 눈길을 함께 걸어갈 수 있겠는가.

그런 기구한 인생의 길 걷기가 「동행」의 중심 모티브다. 사람이 살다 보면 이런 부득이한 동행도 있을 수 있다는 것을 작품을 통해 보여 주고 싶었던 것이다.

여름전쟁 때 부역 행위로 10년 징역을 살고 나온 '억구'가 출소한 그날 우연이 길에서 만난 고향 사람을 죽이게 된다. 이제 더 이상 삶의 희망을 잃은 양복만 걸친 깡동한 차림으로 겨울밤 눈길에 오른다. 자기 때문에 죽은 아버지의 무덤에 가서 죽기로 작정한 것이다. 그리고 살인범을 잡기 위해 밤 눈길에 나선 형사와의 동행 이야기.

내 작품 중에는 또 다른 여로형 소설이 몇 개 더 있다. 아버지의 과거, 즉 자신의 뿌리를 찾아 길을 떠난 대학생 이야기인 「맥」, 미국에 이민 갔던 젊은이가 뿌리내리지 못하는 가족의 불행의 근원을 찾아 한국에 돌아와 아버지와 어머니의 비밀을 찾는 과정에 분단의 비극을 확인하게 되는 「아베의 가족」과 장편소설 「길」, 그리고 중편소설 「하늘 아래 그 자리」, 「섞지 아니할 씨」 등이 모두 길 위에서 일어나는 이야기를 쓴 것이다.

　위에 열거한 여로형 소설의 공통점은 그동안 근원으로부터 일탈하여 뿌리 뽑힌 삶을 살던 주인공들이 그 불행의 원인을 찾기 위해 자신의 고향을 찾아가는 과정을 다루고 있다는 것이다. 이러한 귀소본능은 자기 뿌리 확인이며 오늘의 자기 삶을 돌아보는 현실인식의 한 방법일 터. 또한 포용과 관용의 고향 땅 밟기를 통해 상처의 치유는 물론 어떻게 살아야 할 것인가를 암시받는다.

　그 구조가 여로형은 아니라도 내가 쓴 소설에는 고향을 찾아가거나 아니면 고향을 떠나는 이야기를 모티브로 하고 있는 작품이 많다. 수구초심, 즉 여우가 죽을 때에 머리를 자기가 살던 굴 쪽으로 둔다는 뜻으로, 모든 생명체는 자기가 태어나 자란 고향을 그리워하는 마음을 버리지 못하고 산다는 것을 그 바탕에 두고 소설이 만들어졌던 것이다.

　고향에 대한 그리움은 인간의 감성 중 가장 순수하고 고결한 것이 아닐까 싶다. 그것은 객지 생활을 통해 잃어버린 그 어떤 것을 되찾고 싶은 바람이며 부도덕하게 오염된 자신의 현실에 대한 반성일 수 있기 때문이다.

　고향은 모든 것을 감싸 안고 다독여 본래의 모습으로 회복시키는 무한량의 산소 탱크, 갱생의 샘 같은 것이다.

　그리하여 고향을 찾아가는 길은 언제나 가슴이 설렌다. 지난 추석 때의 귀성객들 못지않게 구제역 파동에도 불구하고 올 설 연휴를 맞아 고향을 찾아가는 사람들의 표정은 밝기만 했다.

그러나 고향 마을에 들어서는 순간 뭔가 석연찮은 느낌으로부터 자유롭지 못하다. 내가 다닐 때의 초등학교가 저렇게 작았단 말인가. 그리고 항상 쳐다보고 산 남산이 저처럼 낮지는 않았다는 생각으로 고향 산천을 새삼스런 눈으로 둘러보게 된다.

더구나 이제는 내 어릴 때의 이름을 기억하고 있는 사람도 없고 우리 어머니가 마을로 시집오던 날 마을이 온통 환했다고, 그 일을 오래오래 잊지 않고 내게 들려주던 탑둔지 치매 할머니도 돌아가신 지 오래다.

고향이 달라졌다. 산천도 사람도. 특히 아직도 고향을 지키고 사는 옛 친구들과의 서먹한 만남 뒤의 쓸쓸함이라니. 왜 그들은 나를 예전처럼 그렇게 스스럼없이 대해 주지 않는단 말인가. 그들이 달라졌다. 옛날 그대로의 것을 찾기가 어렵다.

그러나 고향 마을을 다녀오는 길 위에서 불현듯 깨닫는 것이 있다. 변한 것은 고향 산천과 그 산천을 여전히 지키고 사는 고향 사람들이 아니라는 사실.

변한 것은 나였다. 내 눈높이가 달라졌고 내가 생각하는 것이 예전의 그것이 아닌데 어찌 그들이 예전처럼 그런 모습으로 보일 것인가. 옛날과 너무나 달라진 나를 친구들이 어떻게 옛날같이 반가운 얼굴로 맞아 줄 수 있겠는가.

이런 뒤늦은 터득이야말로 고향을 떠나 사는 동안 내 안에서 사라졌거나 변한, 어린 눈으로 보면서 자란 고향에 대한 그리움이 아직도 변하고 있지 않기 때문일 수도 있다. 자기 안에 각인된 고향에 대한 그리움, 그 원형을 잃지 않고 사는 길이 곧 자기를 잃지 않고 사는 길이라는 각성이다.

고향이 그리워도

올 추석 연휴 귀성객 수가 2,500만 명을 넘을 것이란다. 지금 이 시간도 귀성길 교통 정체의 그 혼잡은 다른 때와 다르지 않으리라. 그러나 고향을 찾아가는 사람들의 얼굴 표정은 하나같이 들떠 있을 터. 얼마나 가슴 설레며 기다려 온 귀성길인가.

추석 등 명절 때 고향을 찾아가는 사람들을 귀성객이라고 한다. 귀성길, 귀성열차. 귀향은 단순히 고향으로 돌아가거나 돌아옴을 뜻하지만 귀성이라고 할 때는 객지에 있던 사람이 고향에 돌아가 어버이께 문안을 드린다는 뜻이 그 말 속에 담겨 있다.

성묘(省墓), 귀성(歸省)이란 말에서 성(省) 자의 우리 본딧말 새김은 '살피다' 혹은 '깨닫다'이다. 산소나 고향을 찾아가 그동안 잊고 산 조상의 은혜나 자기 근원을 깨닫게 된다는 뜻이다.

수구초심, 여우도 죽을 때엔 머리를 자기가 살던 굴 쪽으로 둔다고, 객지에 나가 살던 사람들은 평생을 두고 고향을 그리워하며 살게 마련이다. 고향이 따로 있나, 정 들면 거기가 고향이지. 고향 그리움이 얼마나 절실하면 이런 체념의 반어법이 나왔겠는가.

그리하여 사람들은 도시적 삶에서 피폐해진 가슴을 치유하고 충전받기 위해 고향을 찾는다. 실추된 아버지의 권위도, 잊고 사는 자기 뿌리 찾기도, 객지 생활의 외로움도, 찌든 삶의 고달픔도 고향에 돌아가면 다 해결될 수 있다고 믿는다.

이 시간 길 위의 귀성 행렬을 바라보며 눈물 흘리는 사람들이 있다. 고향이 그리워도 찾아갈 수 없는 사람들이다. 먼 이국에서 오직 모국어 하나만을 잊지 않은 채 희미해져 가는 고향 추억을 더듬고 있는 해외동포들의 추석맞이 긴 한숨 소리를 듣는다. 자식 따라 이민 떠날 때 고향의 흙 한 삽을 떠갔다는 그 노인네가 쳐다보는 추석 보름달은 어떠할까.

고향이 그리워도 갈 수 없는 또 다른 사람들을 생각한다. 다문화 시대, 낯선 땅에 이제 막 뿌리를 내려 살기 시작한 결혼 이민자 또는 새터민(탈북자)들에게 고향의 의미는 더욱 남다를 것이다.

가슴 저미는 타향살이 서러움으로 먼데 하늘을 무연히 바라보는 얼굴들이 또 있다. 고향 떠난 지 몇 년 되도록 돌아가지 못한 채 열악한 근로 환경에서도 이를 악물고 사는 우리의 산업현장 외국인 근로자들이다. 그네들이 이 나라 연휴 중에 컨테이너 속에 엎드려 보고 싶은 고향 부모 형제한테 쓰고 있을 편지 내용이 궁금하다.

금강산에서 있었던 남북 이산가족 상봉 장면이야말로 실향민들의 한과 아픔이 얼마나 큰 것인가를 다잡아 보여 준 것이다. 남쪽의 아버지와 북쪽의 아들이 60년 만에 맞잡고 흔들던 그 손의 떨림. 이런 경우가 어디 있단 말인가. 고향을 지척에 두고도 도대체 무엇 때문에 왜, 그 고향 땅을 밟을 수도, 거기 아직 살아 있는 혈육을 만날 수 없단 말인가.

남북이 마지못해 선심 쓰듯, 이벤트로 벌이고 있는 그 제한된 숫자의 감질나는 남북 이산가족 상봉이야말로 아직도 이 땅에 살아 있는 200만 실향민들의 아물지 않는 상처를 들쑤셔 놓을 뿐이다. 고복수의 〈타향살이〉를 비롯한 추억의 고향 노래가 아직도 구구절절 우리의 가슴을 울리는 것도 남북 실향민들의 〈꿈에 본 내 고향〉의 내 부모 내 형제를 언제 만날 수 있느냐 그 한 맺힌 절규가 끝나지 않고 있기 때문이리라.

이 시간 고향이 있어 고향 가는 사람들이 아닌, 고향이 그리워도 못 가는, 꿈에 본 고향만 마냥 그리워 눈물짓고 사는 남북 실향민들이 마음 간절히 바라고 있는, 뉴스 한 토막을 미리 머릿속에 그려 본다.

기적을 바라는 것이 아니다. 처음부터 잘못 꼬인 매듭 싹둑 잘라내기, 우리 모두가 한마음 한뜻으로 그것을 염원한다면 안 될 것도 없다. 죽은 사람도 눈을 뜰, 긴급 뉴스!

남북 당국은 통일에 앞서 '고향이 있어도 못 가는 신세'란 애절한 유행가 가사가 누구의 입에도 오르지 않을, '남북 실향민 자유왕래' 기간을 일 년에서 무기한으로 하는 획기적인 방안을 민족의 큰 명절인 이번 한가위를 즈음해 발표할 예정이다.

이제 그럴 때가 아니냐 것을 우리의 동질, 그 근원을 찾아가는 추석 귀성길에서 함께 얘기 나누자.

트래킹, 그 마음의 여유로

산 정상석 옆에 '전국 산 3,821번째 정상 정복'이란 표시와 함께 자기 이름을 써넣은 글을 보았다. 놀랍다. 전국의 산을 4,000개 가까이 올랐으니 정말 대단한 기록이다. 이 정도면 어느 때부터인가 산을 오르는 것이 그 사람의 생활, 삶의 목표가 되었을 것이 분명하다.

그러나 높은 산 따위의 매우 가기 힘든 곳을 어려움을 이겨 내고 해냈다는 뜻에서 흔히 쓰는 말이긴 하지만 아무래도 그 정복이란 말이 마음에 걸렸다.

이미 길이 나 있는 산봉우리 하나를 올랐다고 해서 그 산을 정복했다고 말할 수 있겠는가. 산은 결코 정복의 대상이 될 수 없다. 오직 그 산의 깊이와 높이 그리고 오늘의 모습으로 남아 있기까지 세월과 함께한 자연에 대한 경외심만으로도 머리가 숙여질 뿐이다.

옛날 사람들은 입산이란 말을 즐겨 썼다. 산을 정복하기 위해 산에 오르는 것이 아니라 산에 들어 뭔가 큰 깨달음을 얻어내기 위한 입산수도의 걸음이기 때문일 것이다. 그리하여 불가에서는 출가하여 승려가 됨을 입산이라고 한다.

산에 올라 멀리 다른 산들을 바라보면 그 산들이 내가 오른 산보다 더 높아 보인다. 내가 힘들게 오른 산이 다른 산보다 낮게 보일 때 내 존재가 낮아짐을 느낀다. 산이 내게 세상을 낮게 사는 법을 가르쳐 주고 있음이다. 그것이 곧 산길에서의 나와의 만남이다.

요즘 산에 드는 사람들이 부쩍 늘었다. 등산 장비를 요란하게 갖춘 사람들이 무리를 지어 산을 오른다. 하나같이 급한 걸음이다.

우와! 가을 계곡의 단풍이 너무 좋아 걸음을 멈춘 채 나도 모르게 탄성이 나왔다. 그때 우리 일행 곁을 지나가던 한 떼의 등산객들 중 한 사람이 내게 물었다.

"아저씨, 거기 뭐가 있어요?" 내가 큰 소리로 대답했다. "봐요, 저 절벽 단풍이 얼마나 좋습니까." 그러자 그 등산객이 자기 일행을 향해 소리쳤다. "야야, 아무것도 아니야. 시간 없어. 더 빨리 걸어."

걸음이 급한 등산객들에게 단풍 같은 게 눈에 들어올 리가 없다. 산 정상까지 온갖 위험과 역경을 이겨 내며 오르는 그 도전에 목적이 있는 산행에서 보이는 것은 오직 정상뿐이기 때문이다. 무슨 산을 언제 몇 시간에 올라갔다는 그 기록이 중요할 뿐 산길을 걷는 마음의 여유, 즐거움이 들어갈 틈이 있을 수 없다.

나는 등산이란 말 대신 산행이란 말을 즐겨 쓴다. 천천히 걸으면서 산이 지닌 온갖 신비, 그 아름다움과 만나는 산길 걷기야말로 마음의 여유 속에서 자기를 돌아볼 수 있는 가장 좋은 길 걷기라는 생각 때문이다.

요즘 트레킹(Trekking)이란 이름의 산길 걷기가 성황이다. 산 정상을 목표로 하는 등산(Mountaineering)과 달리 여유롭게 걸으며 자연의 아름다움에 취해 그 속에서 즐거움을 느끼는 산길 걷기가 트레킹이라고 할 수 있다.

트레킹은 오직 건강만을 위해 열심히 걷는 워킹(Walking)이나 좀 강도가 높은 심신단련 하이킹(Hiking)과도 구분된다.

트레킹. 산 정상을 향해 정신없이 달려가는 것이 아닌, 그 정상까지 가는 산길 위에서 많은 것을 보고 느낄 수 있는 마음의 여유.

사람 살아가는 일이 그렇다. 오직 '무엇'을 위해 걸어가는 길은 '어떻게' 걸어야 즐거울 것인가에는 아예 관심이 없다. 나중에 정승처럼 살기 위해서는 현재를 개처럼 막 살아도 된다는 것이다. 그러나 개처럼 산 그가 정승이 될 수도 없을 뿐더러 설사 정승이 됐다 하더라도 그는 이미 늙었고 사람들은 여전히 그를 개 바라보듯 할 것이 분명하다.

무엇을 위해 달려가는 것도 중요하지만 그 무엇을 향해 가는 과정, 그 길 위에서의 시간을 생애 최고의 순간 만들기에 마음을 쓸 일이다.

삶의 오솔길 걷기

차를 타고 큰길에 들어서면 세상 사람 모두가 길 위를 달리고 있다는 느낌이다. 모두가 어딘가를 향해 바쁘게 달려가고 있다.

우리네 세상살이가 그렇다. 어디를, 왜 그렇게 정신없이 달려가고 있는 것일까. 러시아의 문호 톨스토이가 10년 이상 걸려 집필한 『인생론』의 진실, 행복, 사랑 찾기에서나 그 대답을 찾을 수 있을는지.

"우리는 오로지 활동하는 가운데서만 생명을 느낄 수 있다."는 칸트의 말은 인간의 존재 가치가 '살아 움직임'에 있다는 것과 그 생명 활동이 어떠해야 할 것인가까지 귀띔하고 있다.

어떻게 살아야 잘 사는 것인가. 길 위에서의 질주를 잠시 멈추고 주위를 돌아보자. 인생이란 길 위에서 찾은 자기만의 삶의 방식이 행복지수를 결정하기 때문이다.

우리는 대부분 자신이 왜 뛰고 있는지를 모른 채 정신없이 달려가는 삶을 살고 있다. 남들이 뛰니까 남들에게 뒤지지 않기 위해 그냥 정신없이 달리고 있을 뿐이다. 그렇게 정신없이 달려만 가는 삶에는 남들만 있을

뿐 자기 자신의 모습은 어디에서도 찾을 수 없다. 남들처럼 얼굴 뜯어고
치고 남들과 같은 옷을 입고 남들의 목소리에 자기 목소리를 맞추는 일
만도 힘이 든데 언제 자기 모습을 찾을 수 있겠는가. 남들 뜀질에 저만큼
뒤져 있는 자신의 왜소하고 초라한 모습을 보지 않기 위해서라도 그냥
정신없이 달릴밖에.

　차를 몰고 어딘가로 달려가다가 예정에 없던 샛길로 방향을 트는 경
우가 가끔 있다. 큰 길을 벗어나 차 속도를 줄이는 순간 지금까지 보이
지 않던 길 양쪽의 산들이 보이고 그 산 밑으로 옹기종기 모여 있는 마
을 집들이 보인다.
　차를 세우고 숲속으로 난 작은 오솔길을 걸어 들어가는 순간 골짜기
를 적시며 흐르는 냇물 소리며 나무 위에서 지저귀는 새소리가 들린다.
하늘을 배경으로 햇살에 반짝이는 나뭇잎들은 또 얼마나 눈부시게 아름
다운가.
　그때 우리는 숲의 그 오솔길에서 도심에 찌든 가슴 깊이에 맑은 공기를
불어넣는다. 마음의 여유 찾기다. 그 순간 노래를 부르고 싶고 그림을
그리고, 아름다운 풍경을 사진으로 남기고 싶은 아티스트 충동에 휩싸
인다.
　오솔길에 들어서면 누구나 철학자가 되어, 나는 누구이고 어디서 와서
지금 어디에 있고 앞으로 어디를 어떻게 걸어갈 것인가를 자문한다. 마음
의 여유로 해서 비로소 찾은 자기와의 만남이다.
　바로 이것이다. 남들을 따라 정신없이 뛰어가던 큰길에서 잠시 벗어나
자기와 온전히 만날 수 있는 숲속의 오솔길 만들기. 큰길을 그렇게 달려
가 봤자 결국은 아무것도 만져지는 것이 없다는, 달려간 길 끝에서의 허

망을 아는 사람만이 목적이 아닌 그것으로 가는 과정의 삶을 더 소중하게 생각하게 마련이다.

어느 날 저녁 대학 캠퍼스에서 신선한 충격을 받는다. 바쁜 직장생활을 끝낸 일반인들이 대학의 평생교육원에서 바이올린과 대금을 켜고, 시조창과 판소리를, 그리고 사군자 치기와 생활풍속지리를 공부하고 있다. 공무원 이씨, 중앙시장 김씨 등이 평생 즐기며 걸어갈 삶의 오솔길 만들기가 그렇게 부러울 수가 없었다.

삶의 큰길 옆에 몰래 감춰 놓은 숲속의 작은 오솔길 걷기야말로 자기만의 평생 행복 만들기, 고령 시대 우리가 서둘러 준비해야 할 노후 대책일 것이다.

김유정역, 그리고 금병산 김유정 등산로. 속도의 시대, 속도에서 벗어난 등산객들의 발걸음이 한결 가볍다.

가로수 터널

2009년 덴마크 코펜하겐의 유엔기후변화협약당사국 총회는 130여 개 나라 정상들이 참여한 그 규모 면에서나 인류의 미래를 걱정하는 세계의 환경운동가들 수만 명이 매일 회의장 밖에서 벌인 환경 관련 시위만으로도 지구 기후변화의 심각성을 알리는데 큰 역할을 했다고 본다.

'두 번째 지구는 없다.'

'말만 하지 말고 지금 행동하라.'

'부자 나라는 기후변화의 빚을 갚아!' 등의 시위 구호는 깨어 있는 시민들의 행동하는 양심, 지구에 사는 우리 모두의 마지막 희망 메시지, 그 절규만 같았다. 급속한 산업화 과정에서 우리가 높은 굴뚝을 쳐다보며 우려했던, 인간 스스로 자초한 지구의 재난, 곧 인류의 멸망을 예언하는 여러 징후는 남극 대륙의 빙하가 녹으면서 생기는 해수면의 상승 수치 하나만으로도 충분하다. 나무 심는 시기가 많이 앞당겨졌다든가 강원도 영서지방에서는 그 식재가 쉽지 않던 주렁주렁 열매를 단 감나무들을 보면서 어찌 기후변화를 실감하지 않을 수 있겠는가.

지구온난화에 대비한 저탄소 녹색성장 정책은 현 정부의 최대 국정과제다. 이를 수행하기 위해 지방자치단체들이 앞을 다투어 벌이고 있는 갖가지 온실가스 감축을 통한 각종 녹색성장 사업이야말로 지구 살리기는 물론 그것이 곧바로 우리 모두의 건강과 복지로 이어질 것이라 기대가 클 수밖에 없다. 녹색은 색채 구분으로 볼 때 안전·진행·구급·구호 등을 뜻하는 안전색채로 통한다. 더 넓게 우리는 살아 있는 자연만을 녹색으로 표현한다. 이것은 녹색이 곧 생명이며 그 구원이라는 것을 뜻한다. 그 녹색이, 생명의 원천인 자연이 죽어 가고 있는 현장을 본다는 것은 가슴 아픈 일이다.

녹지의 걷잡을 수 없는 도시화는 물론 골프장 등 산림의 난개발로 수십 년 된 나무가 잘려 나가는 모습을 보면서 온실가스 배출을 줄여야 한다는 구호가 왜 그리도 허황된 말로 들리는지. 자동차 한 대가 한 달 동안 내뿜는 이산화탄소를 흡수하기 위해서는 일 년에 800그루 이상의 잣나무를 심어야 한다니 오랜 세월을 우리와 함께 산 나무들의 그 주검이 어찌 예사로 보이겠는가.

온실가스 배출 그 공해를 줄이기 위한 답은 처음부터 있었다. 나무가, 숲이, 자연이 그 그을음을 정화할 수 있는 최선의 길이라는 것, 나무 한 그루 한 그루가 모여 이룬 저 숲이 바로 녹색 생명, 산소탱크라는 사실.

모든 나무는 인간이 해치지 않는 한 인간보다 몇 배 더 긴 시간을 이 지구에 머물면서 묵묵히 지구를 정화할 것이다. 마을의 한 그루 정자나무는 수백 년 동안 그곳을 지나는 사람들의 이정표가 됐음은 물론 그 마을 사람들의 삶을 정화하는 신목으로서의 역할을 해 왔다. 수백 년 나이의 고목들이 터널을 이룬 파리 등 유럽 여러 도시의 가로수 거리를 생각한다.

청주의 관문인 플라타너스 터널 길을 지나면서 그 가로수를 지켜 낸 이들의 위대한 승리를 생각한다. 무더운 도시라는 오명을 안고 있던 대구가 푸른 도시 가꾸기로 온도를 낮춘, 담 없는 건물들과 하나가 된 근린공원이며 가로수길 등 도시의 그 숲을 걸으며 놀라고 놀란다.

담양의 메타세쿼이아 길, 벚나무 아치로 도심 속의 숲을 가진 진해·하동 등 가로수 터널을 가진 도시들을 지날 때마다 그 속에 사는 시민들이 달리 보였다.

그러나 이 겨울 터널은커녕 가지들이 모두 잘려나간 채 그 나무줄기만 앙상한 고목 가로수의 울음소리를 듣는다. 녹색 성장에 역행하는 검은 그을음 살리기를 저지르고 있는 여러 도시의 가로수 관리를 고발한다. 고목 한 그루가 전봇대 수십만 개보다 몇 배 더 효용가치가 크다는 것을 그들은 정말 모르는 것인가. 나무들이 그 수난 속에서도 저처럼 거대한 고목이 될 때까지 전깃줄을 땅속에 묻을 생각도 못한 관리들의 그 무능을 나무의 이름으로 성토한다.

지구 기후변화의 주범, 온실가스 배출 피해를 줄이는 가장 가까운 길, 산과 물이 도심으로 들어와 하나가 되는, 도시의 숲, 가로수 터널로 녹색 도시를 디자인하자.

경춘선, 내 인생의 링반데룽(Ringwanderung)

눈에 익은 것이 사라지는 것을 바라본다는 것은 마음 아픈 일이다. 우리는 그 아픈 마음의 색깔을 그리움이라고 한다. 그리움은 추억이란 이름의 그물에 걸려 우리 곁에 오래오래 머문다.

이제 경춘선 그 열차의 덜커덩거리는 소리가 추억 속으로 사라졌다. 2010년 12월 24일 밤 11시 50분 경춘선 마지막 디젤기관차가 여섯 개의 객차를 매단 채 세 번의 긴 기적을 울리며 남춘천역에 들어왔다. 열차에서 내린 사람들은 마지막 열차의 모든 불이 다 꺼지면서 어둠 속으로 가뭇없이 사라질 때까지 숨 죽여 지켜보고 있었다.

비들기호, 통일호, 무궁화호

그동안 속도에 따라 그 명칭을 달리했던 경춘선 열차의 기적 소리 71년. 이제 그 누구도 시간 저쪽으로 영원히 사라진 경춘선 열차를 다시는 볼 수 없게 됐다. 오직 기억의 갈피에 아름답게 어려 있는 그때 그 이야기를 찾아 추억 여행에 오르는 일로 경춘선 열차와 다시 만날 뿐이다.

71년 동안 단선 궤도를 빠르지도 느리지도 않은 속도로 달려온 경춘선 열차는 사람마다 그 얽힌 추억이 다를 터. 어떤 사람들에게는 가장 저렴한 가격으로 서울을 오갈 수 있는 고단한 삶의 한 갈피로서 경춘선이 잊히지 않을 것이며 또 다른 사람들에게는 경춘선이 사랑과 낭만의 키워드로 영원히 기억될 것이다. 사랑하는 사람이 동백꽃(생강나무) 피는 계절이 오면 돌아오겠다는 그 말만 믿고 오매불망 춘천역만을 바라보고 산 소양강 처녀에게는 경춘선 열차의 그 기적 소리가 기다림의 긴 한숨이었을 터.

　산과 물과 길이 가장 잘 어울리는 길, 경춘선의 풍경을 배경으로 젊은 이들이 속삭였을 사랑의 밀어가 북한강 물 흐름 소리에 어려 있다. 그리고 긴 터널을 통과할 때마다 전력 부족으로 전등이 꺼지던 열차 안에서 사랑하는 이의 손을 맞잡던 순간의 그 가슴 두근거림이 오늘을 살아가는 리듬으로 아직 남아 있는 사람들도 많을 것이다.

　내가 경춘선 열차를 처음 본 것은 시골에서 중학교를 나오고 춘천으로 유학을 왔을 때다. 철길 가까운 근화동에 하숙을 하고 있었기 때문에 가끔 그 철롯둑 위에 놀러 나갔다. 멀리 소실점을 향해 곧바로 뻗은 철길을 걸으면서 나는 아직 한 번도 가 보지 못한 서울에 대한 동경으로 가슴이 설레었다.

　그런 어느 봄날 나는 그 철길 위에 앉아 꺽꺽 소리 내어 운다. 그 나이에 느낄 수 있는 열패감의 폭발이었다. 열아홉 살 나이의 그 감상은 철길 건너편 산비탈의 진달래를 본 순간 또다시 울음으로 터져 나왔다.

　바로 그날 그 철길 위에서 새로운 세상과 만난다. 초등학교 2학년쯤 됐을 아이가 철길 밑 움막으로 들어가는 모습을 보게 된 것이다. 누구보다 가난 콤플렉스가 컸던 내게 철롯둑 아래 움막 속에 사는 사람들과의 만남은 새로운 세상의 발견이었다.

그 철롯길 위를 달리는 경춘선 열차를 난생처음 탄 것은 고등학교 졸업을 앞둔 1959년 연말 겨울이다. 경희대학교 입학원서를 사기 위한 상경, 표를 사기 위해 춘천역 광장에 줄을 섰을 때의 그 설렘이 지금도 생생하다.

내 등단작 「同行」도 경춘선 열차 속에서 발상되었다. 1961년 겨울방학 때 춘천에 내려와 친구들과 밤 눈길을 헤매던 일을 상경하는 열차 안에서 떠올렸던 것이다.

'그 밤 눈길을 누군가와 함께 걸어가는 이야기를 소설로 쓰자.'

'동행'이란 낱말이 소설 제목으로 머릿속에 떠오르는 순간의 그 흥분이라니. 특히 함께 갈 수 없는 사람들이 부득이 함께 걸어가야 하는 그런 얘기를 소설로 만들자는 생각을 하면서 무심히 내다본 경춘선 그 건너편 산비탈의 눈밭 풍경은 정말 대단했다.

그리고 1985년 서울 탈출도 경춘선을 통해 이루어진다. 강원대 교수로 자리를 옮긴 뒤 나는 거의 10년 가까이 경춘선 열차를 타고 서울과 춘천을 오르내렸다. 서울 가는 막차와 춘천 가는 새벽 기차 속은 언제나 텅텅 비었다. 내게 그 헐렁한 기차의 규칙적인 덜커덩거림은 자장가와 다르지 않아 모자라는 잠을 채우기에 그만이었다.

기차가 긴 터널을 통과할 즈음에는 어김없이 잠에서 깨어났다. 터널을 빠져나오는 순간 펼쳐지는 경춘선 풍경은 장면 장면이 모두 새로웠다. 특히 북한강 강물 위의 물안개는 어느 때 보아도 장관이다. 아슴아슴 피어오르는 그 물안개를 바라보며 작품 구상을 했다.

중편소설 「지빠귀 둥지 속의 뻐꾸기」, 「섞지 아니할 씨」, 「투석」 그리고 장편소설 「유정의 사랑」 등이 경춘선 열차 속에서 발상되고 그 얼개가 짜진 것들이다.

그리고 2004년 경춘선의 간이역 '신남역'이 우리나라 철도 역사상 처음으로 사람 이름이 들어간 '김유정역'으로 그 역명이 바뀌면서 1930년대 작가 김유정이 사람들 입에 자주 오르내리게 된다.

그리고 경춘선 열차가 내려다보이는 금병산에 작가의 작품 이름을 딴 김유정 등산로가 만들어지고 다시 그 산자락에 실레 이야기길 열여섯 마당이 만들어지면서 경춘선을 이용하는 사람들의 관심을 끌게 된다.

아무튼 그동안 경춘선은 내 문학적 상상력의 보고였고 오늘을 사는 내 걸음걸이에 딱 알맞은 속도로 아무때고 훌쩍 떠날 수 있는 출구였으며 밖에서 방황하다가 다시 돌아올 수밖에 없는, 결코 헤어날 수 없는 내 인생의 랑반데롱이었다.

2010년 12월, 시대의 속도에 밀려 경춘선은 사라졌지만 그 흔적은 그대로 남아 또 다른 역사를 써 나가게 될 것이다. 경기도 가평부터 춘천 김유정역까지 그대로 남아 있는 구철도의 관광 자원화 계획이다. 이제 머지 않아 북한강 강변 구철도 위를 달릴 관광 레일바이크가 꼬마열차가 사라진 경춘선 열차에 대한 그리움을 얼마나 달래 줄는지 기대가 크다.⁽²⁰¹⁰⁾

전철 타고 서울 간다
―경춘선 복선 전철 개통 시승기

2010년 12월 1일 오후 1시 30분, 춘천역 구내, 전동차가 출발하자 시승객들이 일제히 박수를 쳤다. 1939년 7월 25일 경춘선 열차의 첫 기적 소리에도 오늘의 박수 소리와 같은 마음 설렘이 담겨 있었으리라.

전동차가 남춘천역을 지나갈 무렵 시승객 한 사람이 휴대폰 통화를 한다. "이봐, 나 지금 전철 타고 서울 가고 있어."

기차 타던 시골 사람이 이제까지 대도시 사람들만 이용하던 전철을 타고 서울 가는, 감회 어린 목소리였다.

361304호 전동차에 오른 시승객들이 상기된 얼굴로 실내를 둘러본다. 객차 바닥의 전통무늬에다 꽃그림이 있는 녹색의 의자 커버는 물론 그 높이가 다르게 매달린 손잡이에다 객실 중앙에 걸린 LCD모니터 등 최신형 전동차 내부 디자인에 눈길이 끌린다.

철로 이음매로 인한 객차 덜커덩거림과 디젤기관차의 그 굉음이 청색과 백색으로 조화를 이룬 말쑥한 전동차 등장과 함께 추억 속으로 사라지게 됐다. 이제 우리도 '기차 탄 인생'이 아닌 진동과 소음이 적은 '전철을 이용하는 수도권 사람'이란 생각으로 시승객들의 어깨에 지긋이 힘이 주어진다.

춘천역에서부터 신상봉역까지 20개 역사(驛舍)는 기와집 구조의 김유정역이나 물결의 형태적 이미지를 살린 지붕의, 북한강변 백양리역 등 그 지역의 특성을 살려 일제강점기부터 지금까지 사용하고 있는 모든 역들의 그 획일적 모습을 벗어나고 있음이 인상적이었다.

81.4㎞ 경춘선 복선전철은 경춘고속도로가 그러하듯 모두 스물세 개의 크고 작은 터널이 많아 창밖 풍경을 내다보는 재미는 옛 기찻길보다 한결 못했다. 그런대로 대성리역부터 청평역까지, 그리고 굴봉역이나 백양리역에서 내려다보는 북한강 강변 풍광은 변함없이 아름다웠다.

아무튼 71년 동안 낭만과 동경의 키워드 경춘선 열차 시대가 끝나면서 빠르고 편리한 경춘 전철 시대가 열렸다. 단선 철길이 복선 전철로 바뀐 이 사건은 무엇보다 먼저 그동안 낙후와 소외 그리고 분단 접경지라는 안 좋은 이미지로 각인된 강원도에 대한 마음의 거리를 좁히는 결정적 계기가 될 터.

내 것과 네 것이, 대도시적 삶과 작은 도시의 소박한 것이, 좋은 것과 나쁜 것이 경계를 허물고 뒤섞여 혼재하는 시대의 열림 속에 지역이 무섭게 변화할 것이 분명하다. 전철 개통과 더불어 잘 사는 세월에 대한 덧셈 기대만큼 우리가 가진 것이 가치를 잃고 빠져나갈 수 있다는 뺄셈 우려도 없지 않다.

변화는 좋으나 우리의 좋은 것이 큰 것에 의해 사라져서는 안 된다. 경춘선 전철 개통을 통해 비록 작지만 가치 있는 우리 것을 그 어느 때보다 소중히 생각해 지켜 내는 우리의 정체성 찾기가 시급하다는 뜻이다.

또한 경춘고속도로와 이제 막 개통될 전철을 통해 몰려올 대도시 사람들을 받아들이기 위한 우리 고장 관광명소는 물론 각종 문화시설들이 다른 지역에서는 볼 수 없는 차별화한 프로그램 개발로 그곳만이 가지고 있는 이야기와 그 이야기를 체험하면서 즐기는 가운데 뭔가 느끼고 가게 하는 그런 전략이 필요하다.

80km부터 110km까지 속도를 조절하며 무정차로 달린 전동차는 1시간 10분 만인 2시 40분에 신상봉역에 도착했다. 당장은 도심권 접근에 어려움이 크겠지만 내년 말부터 운행된다는 급행열차(주요 역에만 정차)나 좌석형 급행고속열차(180km로 신상봉역을 거쳐 용산역까지 1시간)에 대한 기대로 아쉬운 마음을 달랜다.

오후 3시 5분 신상봉역, 코레일 임직원들의 절도 있는 시승열차 출발보고식에 이어 춘천 가는 전동차가 움직이기 시작했다. 정확히 10초 정도씩 백양리역과 김유정역 등 몇 군데 역에 멈춰 섰던 전동차가 춘천역에 도착하니 이 지역 코레일 직원 100여 명이 시승 자축 행사를 위해 역 광장에 도열해 있었다.

흩어지는 시승객들 속에서 이런 소리가 들렸다.

"전철 전철 입에 달고 살다 얼마 전 죽은 내 친구 생각나는구먼."

사북면 인람리, 소설 「아베의 가족」의 무대

−춘천댐 수몰 마을을 가다

　1959년 가을, 까까머리 고3이었던 나는 춘천에서 화천댐까지 목총을 메고 군가를 부르며 행군하는 학도호국단 대열에 끼어 있었다. 당시 고등학교 학생들은 학교에서 주당 몇 시간씩 군사훈련을 받았는데 그날 1박 2일의 장거리 행군으로 마지막 훈련 과정을 이수하는 중이었다.

　소양로 소재 학교 대운동장에서 출발해 소양강 다리를 건너 북한강을 끼고 구불구불 벋어 있는 산비탈 신작로를 따라 화천까지 갔다가 그곳에서 하루 야영을 하고 돌아오는 행군이었다. 행군하는 도중 여러 군데서 휴식을 했는데 그 한 곳이 바로 지금의 춘천댐에서 오월리 가는 국도 갈월피암터널이 있는 그 아래 물가 언덕(그 길은 물속에 잠겨 지금은 보이지 않는다)이었다.

　북한강변 언덕길에서 건너다보이는 강 건너 마을에 모두의 눈길이 모아졌다. 교관이 그 마을을 가리켜 보이며 바로 저 마을에서 10여 리 전방에 우리가 거쳐 갈 38선이 있다고 했다. 6.25가 나기 전에는 저 마을이 38선 밑이라 전쟁이 터졌을 때 마을 사람들 피해가 많았을 것이란 얘기도 했다.

그러나 그날 가을볕 속의 그 마을은 최일선 격전지답지 않게 조용하고 평화로워 보였다. 강을 앞에 둔 남향받이 그 마을은 면소재지쯤 돼 보이는 규모로 드넓은 뜰에는 벼가 누렇게 익어 가고 있었다. 지금까지 그 마을 풍경이 머릿속에 남아 있는 것으로 보아 그 농촌 마을 풍경이 꽤나 아름다웠던 모양이다.

다음 날 행군에서 돌아오다가 다시 그 마을을 건너다본 기억은 없다. 그때 그 마을 이름이 무엇이었는지 알려고 한 적도 없었을 것이다. 그렇게 우연히 한번 스쳤을 뿐 그 마을은 그 뒤 내 기억에서 사라졌다.

북한강 가의 그 마을이 내 기억 속에서 다시 살아난 것은 약 20년 뒤다. 1979년 《한국문학》에 발표한 중편소설 「아베의 가족」을 구상할 때였다.

「아베의 가족」의 진호네 가족은 6.25전쟁을 전후해 구성된다. 그 가족들은 백치인 '아베'로 해서 모두가 고통 속에서 산다. 그네들은 한국에서의 그 고통을 벗어나기 위해 미국 이민 길에 오른다. 그러나 6.25전쟁으로부터 4반세기가 지난 뒤 그 가족의 결속은 붕괴되기 시작한다. 그네들이 '아베'를 버렸기 때문이다.

이야기는 미국으로 이민 간 김진호가 미국 병정이 되어 고국 땅을 밟은 뒤, 그가 살아온 참담한 과거와 부모의 어제를 추적하는 과정에서 오늘의 비극적 삶의 근원을 밝혀 냄으로써 자기 인식에 이르는 과정을 그려내고 있다.

제1부는 6.25 비체험 세대인 진호의 어제와 오늘을, 제2부는 진호 어머니가 일기로 남긴 전쟁 전후 상황을, 제3부는 진호가 이복형 아베를 찾아나서는 부분으로 나눠져 있다.

그 소설을 구상할 때 '아베'의 어머니 주경희의 일기를 통해 드러나는

38선 근처 어느 농촌 마을을 배경으로 잡는다. 그때 머릿속에 떠오른 것이 1959년 행군을 하다가 바라본 북한강변의 가을볕 아래 평화롭고 고요하던 그 마을이다.

> … 창배 씨의 집은 춘천에서 강 하나를 건넌, 2, 30리 길의 샘골이라는 마을이었다. 생각했던 것보다 들이 넓고 둘러친 산수풍경이 아름다운 부촌이었다. 부면장을 지내다가 이제는 다 내놓고 농사일에만 전념하는 시아버님은 창배 씨의 형이라고 해도 속을 만큼 젊어 보이고 풍신이 좋으셨다. 샘골 논밭의 삼분의 일은 시댁의 것이라고 할 만큼 많은 농사를 짓고 계셨다.
>
> … 38선이 가까워 마을 아래 강변 큰길을 따라 국방군 트럭이 태극기를 꽂고 지나다니는 것을 몇 번 보았지만 총소리 한번 들어 보지 못한 채 난리를 맞았다. 자고 일어나 보니 세상이 바뀌었다. 생전 처음 보는 군대들이 마을을 휘젓고 다녔다. …(중략)… 창말에서는 면장 등 지서 순경 가족이 여럿 총살을 당했다는 소식이 올라왔다.

소설 속에 그린 이 평화로운 마을이 전쟁을 통해 엄청난 비극에 휩싸인다. 며느리와 시어머니가 외국 병정들에게 함께 난행을 당한 뒤 며느리 몸에서 '아베'가 태어나게 되는 것이다.

소설 「아베의 가족」은 곧장 MBC 최초의 6.25 특집 드라마(고석만 연출)로 방영되어 세간의 관심을 끈다. 그리고 이 작품으로 두 개의 문학상을 타게 된다. 작가가 독자들에게 널리 알려지는 데 이 작품이 큰 역할을 했던 것이다.

이 작품이 세상에 널리 알려지면서 작품의 무대가 된 춘천 샘골(실제의 마을 이름은 샘말)이 사람들의 관심을 모으게 된다.

작품의 무대를 찾아 나선 기자들의 발걸음이 잦아지는가 하면 각 방송들이 「아베의 가족」 현장을 찾아 그 배경이 된 그 마을을 그림에 담는다. 그리고 여러 곳에서 춘천으로 「아베의 가족」 문학기행을 온다.

춘천시 사북면 인람리 물가 마을. 그러나 이미 그 마을은 여자 주인공 주경회 일기에 그려진 그 마을이 아니다. 1965년 완공된 춘천댐에 의해 마을 전체가 수몰된 뒤 물가에 두어 집 정도가 남아 있을 뿐이었다.

어머니의 일기에 담긴 비밀을 찾아 나선 진호가 달라진 마을을 묘사한다.

… "오우, 원더풀!"

토미가 연해 감탄을 쏟아놓았다.

이 물가 풍경은 자기가 이때까지 본 경치 중에서 단연 으뜸이란 것이다. 춘천에서 버스를 타고 30분을 달려와 내린 다음 엄청난 규모의 댐 둑을 건너 호수를 끼고 펼쳐진 산비탈 그 뒷산이 호수 속에 푸른 그림자를 던지고 있었다. 길 아래 드문드문 목 좋은 곳을 골라 앉은 낚시꾼들의 그 침묵이 또한 그대로 그림이었다.

어머니가 아베를 버리기 위해 찾아왔던, 할아버지 집이 있던 그 호숫가에서 마을 사람을 만난다.

"샘골은 지금 없어졌어유. 이 댐이 생기기 전까지 저 꼭대기 밤나무 많은 그 안쪽 골짜기가 샘골이었지유. 지금은 수몰이 돼 없어졌지만 그전엔 아주 큰 마을이 저 물속에 있었다니까유."

이렇게 흔적도 없이 사라진 마을 자취를 더듬기 위해 1980년 말 어느 방송국이 마을 배를 빌려 호수를 몇 바퀴 돌기도 했다. 멀리 지암리와 오월리로 통하는 오월교에서부터 시작된 옛 마을 모습은 수심이 깊고 흐려 잘 잡히지는 않았지만 면사무소 자리와 몇 개의 굴뚝과 마을길이 희미하게 보였다.

그 취재로 해서 그 물속에 큰 마을이 있었다는 것이 확인되었다. 소설 「아베의 가족」으로 해서 그 마을이 다시 복원되었다고 해도 좋을 것이다. 문제는 사북면 인람리 물가에 사람들이 문학기행을 오면서부터 생겼다.

'아베 할아버지 무덤이 어떤 거예요?'

'아베 어머니가 아베를 저 물 어디쯤에다 버린 거예요?'

'아베는 그때 죽었나요, 아니면 지금도 어딘가에 살고 있나요?'

심지어 어떤 독자는 아베의 실부인 최창배가 어느 최씨냐고 묻기까지 했다. 홍길동 혹은 춘향이를 실제 있었던 인물로 착각하는 그런 현상인 것이다.

더 당혹스러운 것은 「아베의 가족」을 읽는 독자들이 그 '아베'가 어느 곳에 아직 살고 있다는 여러 건의 제보였다. 더한 것은 사북면에도 실제로 외국 병정한테 난행을 당해 백치 아이를 낳은 집이 있는데 그 집은 최씨네가 아니라 성이 박씨라는 얘기까지 들었다.

이러할 때 작가는 그 모든 것이 작가의 상상력에 의해 만들어진 이야기 때문에 실제의 사실하고 전혀 맞지 않을 수도 있다는 얘기를 하기가 어렵다. 사실 소설을 쓰는 사람은 그 이야기가 실제로 있었던 일인 것처럼 실감나는 장면을 그리기 위해 능청과 시치미를 떼기 때문에 그 이야기를 실제의 이야기로 믿고 싶은 독자들을 만날 때 기분이 좋을 수밖에 없다.

그러나 대부분의 독자들은 소설이 개연적 진실을 찾는 것이기 때문에 소설 속 '아베'는 어느 마을에도 있고 그런 비극은 전쟁을 치른 우리나라 어느 곳에도 있다는 것을 알고 있다.

그리하여 있을 수 있는 그 개연성을 찾아 작품의 무대를 둘러보는 문학기행에 나서는 것이다.

아무튼 이제 수몰된 사북면 인람리 샘말이 「아베의 가족」을 통해 수몰되기 전 마을로 복원되었다는 것은 분명하다. 물속에 묻혀 사라졌지만 그 마을에 살던 사람들, 그들이 겪어 낸 역사, 그 개연적 진실이 소설을 통해 후세에 전해지고 있기 때문이다.

의암댐이 생기기 전의 소양강과 북한강의 그 아름다움을 바로 보고 청소년기를 보낸 나는 지금도 호수 그 밑바닥을 흐르고 있는 강물 소리를 듣는다. 또한 옛날의 그 물소리를 들으며 그 물속에 살던 사람들의 이야기를 찾기 위해 춘천호와 의암호, 소양호 주변 산야를 자주 둘러본다. 그 물속에 살던 사람들의 이야기, 그 개연성을 찾아 작품을 구상하기 위함이다.

소설은 잊힌 것 혹은 사라진 것을 복원하는 역할도 한다. 그리하여 나는 지금까지 「아베의 가족」을 시작으로 「지빠귀 둥지 속의 뻐꾸기」, 「소양강 처녀」, 「남이섬」 등 몇 편의 작품을 통해 수몰된 마을들을 복원한 바 있다.

영국, 벨기에, 네델란드 문학기행

런던공항에 내리자 반소매 서츠 차림이 썰렁했다. 섭씨 17도, 아하, 이게 17도구나. 섭씨 35도 한국의 폭염 속에서 잃어버렸던 우리나라 가을 날씨의 체감 확인.

정갑식 현지 가이드는 그날만 해도 일곱 차례나 비가 내렸다면서 영국 날씨는 매우 예측하기 어렵다는 말로 영국 여행의 문을 열었다.

몇 백 년 전의 옛 모습 그대로를 지니고 있는 유럽의 도시들처럼 런던 역시 고색창연했다.

더구나 전통에 목숨을 건다는 영국 사람들이니 옛것에 대한 자부와 그 것의 보존에 얼마나 완벽할 것인가. 비록 지금은 사용하지도 않는 건물 꼭대기의 굴뚝의 숫자와 그 위용을 통해서도 그네들의 전통 사랑을 확인하기에 충분했다.

저녁 식사를 하러 가는 도중 바바리코트를 입은 영국 사람을 본 순간 불현듯 중학교 때 심취했던 코난 도일의 탐정소설 속 명탐정 셜록 홈즈가 생각났다. 실제로 런던 거리 여러 곳에 소설 속 주인공 셜록 홈즈의 활약상을 상징하는 그의 동상 등 조형물이 있었다.

6월 23일. 버스로 약 두 시간 반 거리의 스트랫포드 어폰 에어본 마을, 드디어 영국의 대문호 셰익스피어 출생지에 도착했다. 셰익스피어가 태어나 작품을 집필한 그의 생가를 둘러보기 위해 모여든 관광객들로 그 조그마한 마을이 온통 북새통을 이루고 있었다.

16세기에 지어졌다는 그의 생가는 반 목재 건물로 몇 백 년 동안의 풍화를 이겨 낸 채 의연한 모습으로 관광객들을 맞고 있었다. 셰익스피어는 그가 태어난 집과 거리, 그리고 그 마을 전체에 아직도 살아 있다는 느낌이었다.

그 마을의 홀리트리나타란 이름의 작은 교회에는 셰익스피어가 그의 아내 앤 등 몇몇 가족들과 함께 묻혀 있었다. 역시 문호다운 영생을 누리고 있었던 것이다.

셰익스피어 유적지 중 연상의 아내 앤 해더웨이의 집은 저택답게 전형적인 영국 정원이 꾸며져 있었다. 유럽이 대개 그러하듯 영국 역시 집 전면으로는 도로가 나 있고 정원은 집 뒤로 나 있어 그들이 정원을 얼마나 생활 속에 가까이하고 있는가를 알 수 있었다.

6월 24일. 아침부터 줄기차게 내리는 비는 세계 7대 불가사의 중 하나라는 스톤헨지 거석 유적지를 돌아보는 동안도 그치지 않았다. 맑은 날씨에 드넓은 평원에 혼자 서서 그 돌무덤들을 둘러보았더라면 선사시대의 영혼 몇 개쯤은 내게 달라붙을 수도 있었을는지 모른다. 그렇게 그 거석 유적지는 형언하기 어려운 신비를 지닌 채 하루에도 수만 명의 관광객들을 맞고 있었다.

그 유적지가 개발되는 것을 막기 위해 자연환경단체들이 그 인근 땅을 매입했다는 김후란 문학관협회 회장님의 사전 정보 때문인가 그 드넓은 평원이 그대로 수천 년 전의 그 모습을 고스란히 안고 오늘에 이른 느낌이었다.

우리 일행이 유적지를 다 돌아보았을 즈음에 사슴뿔 모양을 머리에 뒤집어쓴 돌멘 신도들이 샤먼 차림으로 한판 굿판을 벌이기 위해 버스에서 내리고 있었다. 어린아이들도 그 유적지에서 세례를 받기 위해 어른들 뒤를 따르고 있었다.

영국의 남쪽 평원 그 초지 사이사이로 뚫린 길들이 매우 정겹게 느껴졌다. 그 길을 달리는 버스 속에서 나는 문득 에밀리 브론테의 소설 『폭풍의 언덕』에 묘사된 요크샤의 황무지 언덕을 머리에 떠올리고 있었다.

우리는 시골 마을 작은 레스토랑에서 현지식 점심을 먹고 곧바로 『오만과 편견』, 『엠마』 등의 작품으로 널리 알려진, 영국의 여성작가 제인 오스틴이 생애의 마지막을 보낸 집과 기념관이 있는 초튼 마을에 도착했다. 영국의 전형적인 전원풍경의 그 마을에 내리자 마치 어떤 소설 속의 한 장면에 들어온 느낌이었다.

제인 오스틴의 생가와 기념관은 민간의 기념재단이 운영하고 있어 그 규모가 매우 소박하지만 그 어느 공간보다 친밀감을 주었다. 일행들은 작가의 집 주변 시골 풍경에 매료되어 셰익스피어 아내 앤의 집 정원에서처럼 발길을 쉬 떼지 못했다. 불현듯 집에 돌아가는 즉시 이런 영국의 시골 마을을 배경으로 한 제인 오스틴의 작품을 찾아 읽고 싶은 충동을 느꼈다.

숭어가 산다는 런던의 템즈강은 양쪽으로 보행자들을 위한 길이 잘 마련돼 있어 강 주변에 위치한 국회의사당이며 '런던 아이'라는 이름의 회전전망대를 어느 곳에서고 바라볼 수 있어 런던을 둘러보는 관광객들의 얼굴에는 여유가 있어 보였다.

전통 중시의 영국도 굴뚝 산업이 퇴조하면서 이제 문화산업의 메카로 탈바꿈하고 있었다. 전통은 그대로 간직하면서 새로이 일어서고 있는 옛 대영제국의 그 위세가 앞으로 어떤 모습으로 나타날는지 영국의 날씨처럼 아무도 예측하기 어려울 것이다.

놀랍게도 영국은 관광지는 물론 도시의 작은 점포에서는 유로나 미국 돈을 쓸 수가 없었다. 영국에 머무는 동안 호텔방 베개 위에 미국 돈으로 놓은 팁에 전혀 손을 대지도 않았던, 그것이 바로 영국의 자존심인지도 몰랐다.

6월 25일, 찰스 디킨스의 집. 그의 입지전적 생애를 관통한 가난과 사회 밑바닥의 생활상을 여실히 보여 주는 『올리버 트위스트』, 『위대한 유산』, 『니콜라스 니콜비』 등의 작품을 남긴 찰스 디킨스 하우스는 그가 살던 집을 그대로 이용 4층부터 1층까지 그가 생애 및 작품과 관련된 많은 자료들이 전시되어 있었다.

그가 쓰던 서재와 침실, 그리고 그 가족들이 요리를 하던 식당이나 응접실 등에는 그가 앉아 휴식을 하던 의자며 책들이 그대로 보관되어 있었다.

특히 인상적인 것은 3층인가에 그에게 작품 소재 및 그 구상에 많은 영향을 주었을, 그의 처제 메리 호가스가 쓰던 침실과 그 침대가 그대로 보존돼 있어, 그녀의 죽음이 디킨스에게 어떤 영향을 주었을까 하는 궁금증을 낳게 했다.

제인 오스틴 하우스를 둘러볼 때처럼 디킨스의 집을 나오면서도 대학 시절 맛보기로 읽었던 그의 작품들을 모두 다시 찾아 읽고 싶은 충동에 사로잡혔다. 그가 살던 모습 그대로의 집 모습과 그 유품들이 주는 감동이라고 해도 틀리지 않을 것이다.

 런던을 떠나는 그 오후에도 비가 내렸다. 런던 워터루역을 출발한 유로스타 2등석은 해저 터널을 들어가는 순간 마치 비행기가 이륙하는 순간처럼 몸이 부웅 떠오르는 느낌이었다. 어쩌면 하늘로 떠오르는 것이나 바닷속으로 들어가는 것이나 같은 중력이 작용하는지도 모르는 일이다.
 유로스타로 바닷속을 가로질러 약 두 시간 반만에 도착한 벨기에의 브뤼셀. 서유럽의 중심지에 위치한 벨기에는 비록 땅 넓이는 작지만 국민소득 3만 불을 넘어서는 복락의 관광지이기도 했다. EU와 NATO 본부가 있는 벨기에의 수도 브뤼셀은 정말 서유럽 도시다운 모습의 오래된 건물들이 인상적이었다.
 이 도시의 관문이기도 한 그랑 프랑스 광장에는 마술을 하거나 탈을 쓴 사람들이 관광객들의 눈길을 끌었고 그림에서만 많이 본 시청 광장 한쪽으로 상가를 이룬 골목 끝에는 오줌싸개 소년 동상을 보러 온 사람들을 끌어들이기 위한 초콜릿 가게들로 해서 더욱 번잡했다.
 모처럼 시청 광장에 혼자 서서 주위 건물을 둘러본 뒤 한때 프랑스의 빅토르 위고가 망명해 머물렀다는 레스토랑에 들어가 커피를 마시고 화장실에 가자 할머니 한 분이 돈을 내라고 했다.
 브뤼셀 외곽에 있는 왕궁 옆의 전쟁박물관이야말로 이 나라의 박물관 문화가 어떤 것인가를 엿볼 수 있을 만큼 그 규모면에서나 교육적 효과면에서도 다른 데서는 보기 어려운 시설을 갖추고 있었다. 비행기 전시관에는 한국전에 참전했던 쌕쌕이라는 이름의 전투기도 전시돼 있어, 그 비행음에 몸서리를 쳤던 나로서는 객지에서 엉뚱하게도 우리의 전쟁 속으로 다시 들어가는 느낌이었다.

6월 26일. 브뤼셀에서 네델란드 암스테르담까지 두 시간 반, 끝없이 펼쳐진 평원의 초지에는 목초와 감자, 밀밭이 그대로 엽서 속의 그림이었다. 암스테르담에 도착한 뒤 곧바로 유람선을 타고 부채꼴로 펼쳐져 있는 운하를 돌아보았다.

히딩크 감독으로 해서 더욱 가까워진 네델란드, 바다보다 땅이 낮은 데다 워낙 모래흙의 척박한 땅이라 거기에 맞게 운하를 만들고 목초지를 개발해 낙농의 나라가 된 것이다. 그 풍토에 적합한 포플러를 심어 그것으로 나막신을 만들어 신던 그들 선조들의 지혜가 인상적이었다.

어떻든 네델란드는 여러 면에서 좀 특이한 나라였다.

외국어 교육이 잘돼 국민들 누구나 몇 개 외국어를 구사하는가 하면 네델란드 대학은 지금까지 노벨상 수상자를 6명이나 배출했다고 한다. 자동차보다는 자전거를 더 많이 이용해 자전거 도로가 잘 돼 있었다.

풍차, 꽃, 낙농의 나라로도 널리 알려진 네델란드는 동성연애자의 천국인데다가 성매매가 합법화돼 있어 신용카드도 쓰고 영수증까지 받는다고 했다. 더구나 마약까지 합법화돼 있어 그것으로 인한 사회적 범죄도 많지만 마약중독자를 모두 등록케 해 교육을 함으로써 오히려 그것의 음성적인 나라들보다 효과를 올리고 있다고 했다.

아편을 만드는 양귀비꽃이 우리가 저녁을 먹었던 공항 근처의 한식당 정원에도, 호텔 앞 공터에도 요염하게 피어 있었다.

또한 네델란드는 행정절차만 밟으면 안락사도 가능한 나라라고 했다. 그런 복지제도가 잘돼 있는 것도 어쩌면 세금이 많고 그 관리에 철저하기 때문에 가능한 것인지도 모른다.

네델란드는 한때 건물 폭을 재어 세금을 물렸기 때문에 옛날 건물들은 모두 그 폭이 좁은 게 특징이었다. 커튼 길이로도 세금을 물려 지금까지도 네델란드 사람들은 그 큰 몸집에 비해 집이나 사는 모습이 매우 검소하다고 했다.

안네 프랑크가 숨어산 4층 건물도 그 폭이 좁아 위층으로 오르는 계단이 몹시 가파르고 비좁아 몸이 큰 사람은 드나들기가 힘들 정도였다.

1947년 네델란드에서 처음 발간되어, 그 후 60개국 이상의 언어로 번역 출간된 『안네의 일기』를 쓴 안네 프랑크가 숨어산 집은 운하를 끼고 형성된 도시의 한가운데 있었다.

전날 오후 유람선을 타고 안네 프랑크 하우스 옆을 지날 때도 관람객들이 긴 줄을 이루고 있었는데 다음 날 오후 우리가 갔을 때도 관람객은 많았다.

우리들의 은신처 입구는 요즘 단단히 위장되어 있습니다. 퀴흘레르씨가 문앞에 책장을 놓는 게 좋겠다고 해서 그렇게 했습니다. 아래로 내려 갈 때는 이 출입구에서 먼저 허리를 굽히고 나서 뛰어내려야 합니다.

_안네 프랑크, 1942. 8. 21

내일부터는 기름도 한 조각의 버터도 마가린도 없습니다. 오늘 밤의 진수성찬은 이제까지 통 속에 저장해 두었던 양배추를 넣은 해시! 그 예방 조치가 바로 손수건입니다. 2~3년은 족히 지났을 그 양배추는 짐작 하겠지만 굉장한 악취를 풍깁니다.

_안네 프랑크, 1944. 3. 14

길 · 마음

이런 일기의 그 흔적이 그대로 남아 있는 다락방들을 구경한다는 것은 이미 지난 일이었지만 너무 가슴이 아팠다.

　안네에게 일기 쓰기, 즉 뭔가를 기록하고 싶었던, 그 글쓰기가 없었다면 그 속에서 그렇게 몇 년간을 숨어살 수가 있었겠는가. 글쓰기, 혹은 문학의 효용성에 대해 잠시 생각했다.

　이번 여행에서도 절실히 느낀 것은 이들 유럽 나라들의 작가의 집은 그들이 살았던 흔적을 그대로 간직하여 있는 그대로 보여 주고 있었다는 점이다. 낡고 좁은 계단, 삐걱거리는 마루, 그들이 손에 끼던 낡은 장갑, 살아생전의 모든 흔적이 바로 박물관 기능을 하고 있었고 그것이 바로 문학기념관이었던 것이다.

　우리네처럼 사라진 것을 거창하게 복원하거나 문학관이란 이름으로 큰 건물을 세워 잡동사니로 그 공간을 채우는 것이 과연 바람직한 것인가, 다시 한 번 생각해 볼 일이다.

오, 행복한 파리의 가로수들
—프랑스 문학기행

짧은 일정 속에서 둘러본 프랑스의 문학관은 모두 네 곳이었다. 발자크의 집, 빅토르 위고의 집, 플로베르 박물관, 에밀 졸라 기념관 등. 이곳 말고도 이 작가들의 자취를 찾아볼 수 있는 문학관 형태의 공간은 프랑스 전역 여러 곳에 있다.

중요한 것은 그곳 모두가 한 작가가 태어났거나 아니면 그곳에서 몇 년 동안 머물면서 생활한 근거가 있는 오래된 집이었다는 사실이다. 멀게는 몇 백 년 전의 생활 근거인 아파트를 그대로 보존하면서 그곳에 살던 작가의 생활 모습을 그대로 보여 주는 곳이 바로 작가의 집이었던 것이다.

유럽에 있는 작가의 집들은 대부분 그 집에 살았던 다른 사람들의 흔적까지 중요하게 다루고 있었다. 파리에서 두어 시간 거리의 루앙에 있는 플로베르 기념관에서 우리가 실망했던 것도 그 때문이다. 그 집은 플로베르보다는 루앙 시립병원의 수석 외과 의사였던 그의 아버지를 기리는 의료 유품으로 가득했던 것이다. 또 어느 작가의 집에서는 그 작가의 후손이 화가라 대부분의 공간이 그 화가의 그림으로 채워진 갤러리 역할을 하고 있었다.

유럽의 다른 나라 문학관들과 마찬가지로 프랑스의 문학관들도 대체로 그 작가 시인이 태어난 아파트나 단독주택을 다소 확장해 당시의 모습을 그대로 재현해 보여 주는 데 역점을 두었다. 이것은 우리와 달리 건축 주자재가 모두 돌로 되었던 돌문화이기 때문에 가능했을 것이다. 어떻든 그네들 문학관은 아직 검증 안 된 작가를 기리기 위해 새 건물을 짓고 모든 유품과 자료들을 한 군데 모아 전시하는 우리네의 매머드 기념전시관 개념과는 많이 달랐다는 얘기이다.

작가의 집, 노후한 그 계단과 발코니 자체가 바로 가치 있는 문화 유적이고 그 집에 살던 사람들의 당시 생활 모습을 그 집 어느 구석에서인가 추억할 수 있으면 그것이 바로 문학관이요 자료박물관이었던 것이다.

우리가 알고 있는 프랑스의 유명한 작가들 중에는 사후에 파리 시내의 공동묘지에 묻혀 있는 사람들이 많았다.

파리 시내 한가운데 있는 공원묘지가 그대로 박물관이요 관광명소였다. 발자크, 오스카 와일드, 도데, 몰리에르, 쇼팽 등이 묻혀 있는 페르 라세즈 묘지가 그 대표적일 것이다. 묘석 그 하나하나가 조각품이며 묘비에 새겨진 글귀 또한 철학적 경구였다. 수많은 영혼들의 호위를 받으며 여러 곳을 둘러보았으나 너무 넓은지라 겨우 쇼팽 묘 하나를 찾아본 것만으로도 큰 자위가 되었다.

파리 제4구에 있는 소르본대학 구경을 갔다가 들른 팡테온 교회 묘지에서의 듀마와 위고 에밀 졸라의 무덤 발견은 꽤 감동적이었다. 묘지 한코네 안쪽 정면에 듀마가 누웠고 그 입구 양쪽에 에밀 졸라와 빅토르 위고가 마주 보고 누워 있었던 것이다. 앙드레 말로 무덤도 그 묘지 안에 있다고 했지만 미처 찾아보지 못했다. 그러나 묘지 그 안쪽 한 코너에서는 1880년 아내 메리와 함께 노벨 물리학상을 받는 피에르·큐리의 전기 발생 장치 등의 특별전이 열리고 있어 인상적이었다.

여행객들에게는 낯선 땅의 그 풍경 하나하나가 자연사박물관을 둘러보는 신비로움일 수밖에 없다. 특히 어떤 마을이나 건축물들은 그 이름만 들어도 그곳 출신 예술가들의 작품 배경이었다.

1980년 처음으로 파리를 여행하면서 바라보던 세느강은 아름다운 다리들이나 그 밑을 흐르는 물빛 또한 예전과 다르지 않았다. 파리의 하수구가 단 한 개도 세느강으로 흘러들지 않게 설계되었다는 것은 그만큼 세느강의 매력으로 다가올 수밖에 없었다. 사암으로 된 도시 지하를 커다랗게 뚫어 만든 그 지하도 밑을 배경으로 한 빅토르 위고의 레 미제라블 작품 생각이 난 것도 세느강을 여러 번 오르내리면서였다.

오, 행복한 파리의 가로수들이여. 이번 여행에서 세느강보다 더 인상 깊은 것은 파리 시내의 가로수들이었다. 마로니에(칠엽수)나 회화나무가 주종인 가로수들은 자기 키 대로 죽죽 가지를 뻗어 어떤 곳은 맞은편 나뭇가지와 맞닿아 터널을 이루고 있었다. 이미 몇 백년 전 도시를 세울 때 가로수 계획까지 돼 있었지 않나 싶을 정도로 주변의 아파트 건물들과 자연스럽게 잘 어울렸다. 우리네 도시처럼 전선줄 때문에 잘리고 건물 벽에 걸려 몽땅하게 잘려나가는 나무들과 달리 파리의 가로수들은 얼마나 행복할 것인가.

이왕 파리 거리 얘기가 나왔으니 그 방서선 도로의 여러 곳의 인도 확장 공사 얘기도 안 할 수 없다. 파리 시가지는 원래 사람이 걸어 다니는 인도가 넓은 것으로 유명하다. 그런데 지금 파리에서는 그 넓은 인도를 더 넓히는 공사가 한창 진행 중이다. 4차선 차도를 2차선으로 좁히는 일로 인도를 넓히고 있었던 것이다. 도심 그 어느 곳에도 육교가 없기 때문에 그만큼 건널목이 많을 수밖에. 그러나 그것을 불만하는 자동차 운전수들은 없는 것 같았다. 사람을 위한 길, 그 인도 위에는 주기적으로 거리 난장을 열 수 있는 시설들이 되어 있었다.

파리 드골 국제공항에 내리기 전 내려다보이는 파리 근교 풍경은 온통 황색과 푸른색이었다. 푸른색은 숲이었고 황색은 이모작을 하는 밀밭이 수확기를 맞아 그렇게 누렇게 익고 있었던 것이다.

파리 북서쪽 세느 강변 하류에 있는 루앙으로 가는 동안 바라본 들판 풍경은 그야말로 아름다웠다. 푸른 숲을 낀 채 지평선을 이룬 누런 밀밭과 수확기의 유채밭을 보면서 밀레 그림 속의 만종이 그려졌고 반 고흐의 그 출렁이는 황색 색채들이 펼쳐졌다. 어쩌면 그 단조로운 들녘의 색채가 예술가들의 가슴에 불을 질러 신이 창조한 자연과 인간의 정신이 만나 열락을 이루는 엑스터시한 예술혼을 충동질하지 않았나 싶었다.

1431년, 루앙의 루아시 광장에서 화형대에 오른 잔 다르크를 기념하기 위한 성당 앞 광장 가설무대 위에서는 우리네식의 노래자랑이 열리고 있는 것이 구경거리였다.

뭐니뭐니 해도 이번 프랑스 여행에서의 백미는 프랑스 중세 시대의 고성인 상티이 관광이었다. 파리 북쪽으로 약 40킬로미터 떨어져 있는 그야말로 그림같이 아름다운 정원을 가진 상티이 성은 루이 14세 때 무도회와 연주가 자주 열리면서 작은 베르사이유라고까지 불렸다고 한다. 현재 콩데박물관으로 사용하고 있는데 그 박물관의 한 코너에 꽂혀 있던 수만 권의 장서가 볼만했다.

상티이 고성을 둘러보기 전날 우리는 〈파리의 연인〉이란 우리나라 TV 드라마 촬영지로 널리 알려졌다는 몽빌라젠느 고성 호텔에서 일박했다.

품위 있는 분위기의 고성 호텔에서의 하룻밤 숙박은 우리가 중세 프랑스의 어느 소설 속 주인공이나 된 것처럼 행복했다.

　고성 호텔에 도착하던 저녁은 프랑스와 이탈리아가 월드컵 결승전을 치르는 날이었다. 결승을 앞둔 파리의 어느 곳에도 월드컵 결승과 관련된 플래카드 하나 없었지만 저녁이 되자 프랑스 국기를 차창 밖으로 흔들며 클랙슨을 울리는 차들이 가끔 보이기 시작했다. 그러나 막상 결승전이 열리는 시간에는 모두 그냥 열심히 축구를 즐기고 있다는 느낌이었다.

　좀 수다스럽다는 프랑스 사람들이지만 막상 프랑스 축구팀이 결승에서 패하자 TV 화면에서 눈을 돌리며 조용히 술잔을 드는 그네들의 표정이 인상적이었다.

4부

봄 · 유정

김유정이 걷던 그 '길' 위에
오늘 우리가 새로이 걸어가야 할
아름다운 길 하나가 열린다.

김유정의 그 '길'을 걷다

나는 요즘에 이르러서야 비로소 나를 위하여 따로이 한 길이 옆에 놓여 있음을 알았다.

_김유정의 수필 「길」 중에서

길은 살아 있는 모든 것이 걸어간 삶의 궤적이다. 그리하여 우리는 그 길 위에서 그네들이 남기고 간 숱한 이야기와 만나게 된다.

김유정은 1930년 만 스무 살 나이에 고향 실레마을에 내려와 약 2년간 머문다. 외짝사랑을 이루지 못한 아픔에다 학교 제적이라는 감당키 어려운 충격으로부터 빠져나오기 위한 새로운 길 찾기였다. 고향 실레에서 그는 일제강점기 그야말로 똥구멍 째지게 가난한 마을 사람들과 만나면서 자신이 해야 할 일을 찾게 된다. 학교가 없는 마을에 금병의숙을 세워 야학 등 농촌계몽운동을 펼친 일이다.

김유정이 벌인 농촌계몽운동은 1935년 동아일보 12주년 기념 현상소설에 당선된 심훈의 「상록수」 이야기보다 앞선다. 조카 김영수와 함께 벌인 실레마을에서의 농촌계몽운동은 김유정의 짧은 생애 중 가장 아름다운 역동적인 삶이었다.

그러나 김유정은 고향 마을의 그 길 위에서 다시 새로운 길을 찾아 떠날 준비를 한다. 실레 고향 마을을 거닐며 그 어려운 시대 만무방(염치가 없이 막된 사람)과 따라지(하찮은 처지에 놓인 사람)들이 살아가는 모습을 소설로 그려내고 싶은 충동이 바로 그것이다. 그는 곧바로 상경하여 혜성처럼 등단한 뒤 만 스물아홉 살 삶의 괄호가 닫히기 전까지 30여 편의 소설을 써낸다.

철길을 따라 먼 곳에서 찾아온 사람들이 김유정역에 내린다. 김유정이 걷던 길, 김유정 소설 속 등장인물들의 삶이 배어 있는 금병산 '김유정 등산로'와 '실레 이야기길' 16마당을 걷기 위해서다.

금병산에 둘러싸인 모습이 마치 옴폭한 떡시루 같다 하여 이름 붙여진 실레(증리)는 작가 김유정의 고향이며 마을 전체가 작품의 무대로서 지금도 점순이 등 소설 12편에 등장하는 인물들의 실제로 있었던 이야기가 전해지고 있어 이를 바탕으로 등산로 및 이야기길이 만들어진 것이다.

금병산 '봄·봄길'을 걷다 보면 열여섯 살 〈점순이〉가 살던 집터가 나타나고 이른 봄날 〈점순이〉가 이웃집 총각 〈나〉를 꼬시던 '동백꽃길'에서 알싸하고 향깃한 꽃을 피우는 생강나무 숲과 만나게 된다. '산골 나그네길'에서는 맨발의 열아홉 살 나그네가 병든 남편을 한들 물레방앗간에 숨겨 놓고 위장결혼을 했던 〈덕돌〉네 주막터에 이르고 '만무방길' 위에는 자기 논의 벼를 훔쳐야 살 수 있었던 당대 농촌의 궁핍한 삶을 그린 수하리골의 노름터가 그대로 남아 있다.

들병이들 넘어오던 눈웃음길, 덕돌이가 장가가던 신바람길, 응칠이가 송이 따먹던 송림길, 도련님이 이쁜이와 만나던 수작골길, 근식이가 자기 집 솥 훔치던 한숨길, 금병의숙 느티나무길, 장인 입에서 할아버지 소리 나오던 데릴사위길, 김유정이 코다리찌개 먹던 주막길 등을 걸으면서 우리는 작가 김유정의 생애와 작품 세계는 물론 한 작가가 남긴 그 이야기들이 소설로, 영화로, 연극으로, 마임으로, 오페라로, 인형극으로 만들어지고 있는, 이야기산업의 현장 실례 이야기 마을을 새삼스런 눈으로 둘러보게 될 것이다.

남들이 뛰어가는 큰길 위에서 그들에게 뒤질세라 따라 뛰다 보면 자기가 왜 그 길 위에 있는가를 모르게 마련이다. 다행히 김유정은 자기가 걸어가야 할 길, 글쓰기, 신명의 그 오솔길을 고향 마을 길 위에서 찾았던 것이다. 병마와 가난이라는 처절한 상황 앞에서도 펜을 놓지 않았던, 작가의 길.

김유정이 걷던 그 '길' 위에 오늘 우리가 새로이 걸어가야 할 아름다운 길 하나가 열린다.

강원도 춘천시 김유정면

　요즘은 자동차 운전을 하는데 내비게이션이 있어 매우 편리하지만 그것이 없을 경우 길 안내표지판에 전적으로 의존할 수밖에 없다. 그런데 그 표지판 안내가 잘못되었다면 그것으로 해서 운전자가 겪는 혼란은 이만저만이 아니게 마련이다.

　실제로 길 안내표지판만 믿었다가 황당한 경우를 당한 이들을 여러 번 만났다. 춘천시 신동면 증리(실레마을) 김유정역 앞에 화물자동차 하나가 서 있었다. 차에서 내려 주위를 살피던 운전자가 나를 향해 물었다. 여기가 '신남'이 맞느냐고. 시 외곽도로에서 '신남'이란 표지판을 따라 우회전한 뒤 다시 나타난 표지판의 '신남' 방향으로 좌회전했는데 아무래도 자기가 찾는 '신남' 같지가 않다는 것이다.

　혹시 인제군 '신남'을 찾고 있는 게 아니냐고 묻자 그 운전자가 그럼 여기가 인제의 그 신남이 아니냐면서 '신남'이라고 적힌 길 표시판을 가리켜 보이며 얼굴을 붉혔다.

　그렇다. 춘천 어디에도 '신남'이란 마을은 없다. 그런데도 춘천 신동면 증리 근처 도로 안내표지판 여러 곳에 '신남'이란 표시가 버젓이 쓰여 있다. 지금의 김유정역이 오랜 동안 '신남역'이란 역명을 가지고 있었기 때문에 생긴 혼란이다. 1939년 경춘선이 개통될 때 증리(실레)가 '신남면'의 한 귀퉁이에 있었기 때문에 역명을 '신남역'으로 했던 것이다. 그러나 그때의 '신남면'은 열차가 개통한 그 이듬해에 명칭이 다른 것으로 개편되었지만 웬일로 역 이름만은 '신남역'으로 그대로 남았다.

그때 신남면의 그 '신남역'이 아닌 '실레' 아니면 '증리', '금병산' 등 옛날부터 우리 귀에 익은 것으로 역 이름을 지었어야 옳았다. 아무튼 2004년 뒤늦게나마 신남역이 '김유정역'으로 개명된 일만 해도 마을의 정체성 찾기라고 보아 크게 위안 삼는다.

나의 고향은 저 강원도 산골이다. 춘천읍에서 한 이십 리 가량 산을 끼고 꼬불꼬불 돌아 들어가면 내닫는 조고마한 마을이다.

1936년 김유정이 쓴 수필 「5월의 산골짜기」의 첫 구절이다.

당시 서울에 살던 김유정은 '시루'라는 서울말을 쓰고 있지만 그의 고향 사람들은 시루가 아닌 '실레'란 사투리로 마을 이름을 쓰고 있었던 것이 이 글을 통해 확인된다. 지금의 신동면 증리의 증 자가 시루 중(甑)이라, '실레'가 떡시루의 그 시루임을 증명한다.

옛것, 가치 있는 전통은 오늘 우리가 그것을 시대의 흐름에 맞춰 어떤 마음으로 받아들이고 어떻게 활용하느냐에 따라 그 가치가 더욱 빛나게 마련이다.

내친김에, 김유정로가 있는, 면사무소 소재 증리(실레) 중심의 신동면을 '김유정면'으로의 개명을 제안한다.

영월의 서면이 '한반도면'으로, 하동면이 '김삿갓면'으로, 평창 횡계면

이 '대관령면'으로 바뀐 그 발상의 전환이 글로벌 시대 지역의 역사와 전통, 그 정체성 찾기에 성공한 전략이라는 것을 생각할 일이다. 일제강점기 고유의 마을 이름을 지운 뒤 동·서·남·북 행정편의로 지역을 갈라놓은 그 관행의 탈피가 필요하다.

신동면이 '김유정면'으로 바뀌게 되면 춘천은 전라도 장흥이 문학관광 기행특구로 지정된 것처럼 현재 조성 중인 실레 문화마을 조성 사업과 때를 맞춰 지방분권 시대, 세계에 단 하나뿐인 차별화된 이야기 마을로 새로이 태어나게 될 것이 분명하다. 새로워져야 한다. 남보다 앞서 자기 목소리를 내보일 때 경쟁력에서 뒤지지 않는다.

춘천시 김유정면, 김유정역, 김유정우체국, 김유정농협, 김유정 금병산 등산로, 실레 이야기길과 「봄·봄」, 「동백꽃」, 「노다지」, 「금 따는 콩밭」, 「소낙비」, 「산골 나그네」, 「총각과 맹꽁이」 등 작품 제목과 「점순네」, 「덕돌네」, 「두꺼비」 등 작품 속 등장인물들 이름을 딴 별난 간판을 단 업소들 앞에 인산인해를 이룰 나그네들, 눈에 선하다.

김유정의 홍길동전

　2012년 3월 29일 김유정문학촌에서 있었던 75주기 김유정추모제 행사 때 김유정의 소설 「홍길동전」이 발표된 사실이 세상에 처음으로 알려져 화제가 되었다. 1935년 《신아동(新兒童)》 제2호 54~67p에 발표된 이 소설은 원고지 62장 분량으로 이승만 화백의 삽화가 인상적이다.

　김유정이 문단에 정식으로 등단한 1935년은 등단작 「소낙비」(조선일보), 「노다지」(조선중앙) 외에도 「만무방」, 「솥」, 「금 따는 콩밭」, 「산골」, 「봄·봄」, 「떡」, 「안해」 등 모두 9편의 소설이 발표된 해이다. 이미 2년 전인 1933년 두 개의 작품(「산골 나그네」, 「총각과 맹꽁이」)을 발표했지만 문단의 관심을 받지 못하고 있다가 정식 등단과 함께 왕성한 창작 활동을 여봐란 듯이 보였던 것이다.

　아무튼 김유정이 홍길동전을 썼다는 것은 놀라운 일이다. 그것이 비록 허균의 『홍길동전』을 약기(略記)한 형태의 소설이긴 해도 그 문장이나 내용 구성면에서 창작소설로 볼 수 있는 귀중한 작품이 아닐 수 없다.

　작가 김유정이 허균의 『홍길동전』에 대한 관심은 남다른 데가 있었다.

1937년 3월 《조광》지는 '조선문단의 문학서에서 감명 깊게 읽은 것이 무엇이냐'는 설문에 김유정이 『홍길동전』이라고 답한 기록을 담고 있다. 김유정이 감명 깊게 읽은 외국문학 작품으로는 제임스 조이스의 『율리시스』를 꼽았다.

그리고 같은 해 《조광》지에 실린 「병상의 생각」이란 글에서 김유정은 허균의 『홍길동전』에 대한 자신의 생각을 드러낸 바 있다.

새롭다는 문자는 다만 시간과 공간의 전환만에 그칠 것이 아니라, 좀 더 나아가 우리 인류 사회에 적극적으로 역할을 가져오는데 그 의미를 두어야 할 것입니다. 얼른 말하면 조이스의 『율리시스』보다는, 저, 봉건 시대의 소산이던 『홍길동전』이 훨씬 뛰어나게 예술적 가치를 띠고 있는 것입니다.

당대 신인작가로서 허균의 『홍길동전』에 대한 이러한 가치 평가는 놀라운 일이다. 이는 『홍길동전』이 우리나라 최초의 한글소설일 뿐 아니라 이 소설이 우리 문학사에 끼친 영향이 어떠했음인가를 말해 주는 당대 작가로서의 깊이 있는 예술관을 엿볼 수 있는 것이라고 생각한다.

김유정의 「홍길동전」에 대한 언급은 그의 조카 김영수의 「김유정의 생애」(1968. 4)에서도 보인다.

그는 그래도 병을 털고 일어나야 했습니다. 그래서 마음을 가다듬은 그는 한 칸 방의 윗목을 칸을 질러 푸른 포장을 치고 촛불을 켜 놓고 글을 쓰기로 했습니다. 소설을 못 쓰면 추리소설 번역도 좋았고 「홍길동전」의 약기도 좋았습니다. 돈이 될 것은 무엇이든지 하려고 했습니다.

실제로 김유정이 번역한 추리소설(《귀여운 소녀》, 《잃어진 보석》)과 이번에 알려진 「홍길동전」은 그가 병마와 가난과 싸우는 과정에서 보여 준 살기 위한 처절한 도전이었다고 해도 틀리지 않을 것이다. 또한 죽음을 앞둔 절망적인 상황에서 자신을 구원해 올릴 수 있는, 출구 찾기였는지도 모른다. 즉 신출귀몰하는 홍길동처럼, 황야를 내달리는 마적처럼 그 암울한 상황에서 홀홀 벗어나고 싶은 마음이 「홍길동전」을 쓰게 된 동기가 될 수도 있었다는 것이다.

김유정의 「홍길동전」에서 특기할 만한 것은 아홉 개의 단락 앞에 붙인 소제목이 모두 서술형으로 되어 있음이다.

  1. 길동이 몸이 천하다
  2. 길동이 슬퍼하다
  3. 길동이 집에서 없어지다
  4. 길동이 도적 괴수가 되다
  5. 길동이 해인사를 치다
  6. 길동이 함경감사를 골리다
  7. 길동이 죄로 잡히다
  8. 여덟 길동이 대궐에 오다
  9. 길동이 조선을 뜨다

소제목만 봐도 내용을 다잡을 수 있음은 물론이고 이런 서술형 제목을 붙인 것은 당대 어느 작가의 작품에서도 찾을 수 없는 획기적인 실험이었다.

　김유정의 다른 소설 문장과 달리 이 작품은 방언이나 비어가 전혀 보이지 않는 서울말로 이뤄졌음은 물론 약기 형태답게 수식어가 별로 없는 단문이라 어린이들이 읽어도 쉽게 읽히는 문장으로 되어 있음도 특기할 만하다.

　그러나 탁, 하고 돌을 씹었다, 품으로 덥썩 안길 제이면, 그 자리에 푹 엎드리고 등 다른 소설에서 그러했듯 그 상태나 정도를 나타내는 부사를 자주 쓴 것이 보인다.

　또한 폭포가 우렁찬 소리로 콸,콸, 나려찟는다, 주머니를 홈척홈척, 후루루 솟아 등 의성 의태어 활용의 높은 빈도가 김유정의 다른 작품의 리드미컬한 문장과 맥을 같이한다.

　내용 면에서도 허균의 『홍길동전』과 다른 것이 여럿 보인다. 특히 작품의 결말에서 홍길동이 율도국을 세워 왕이 된다는 『홍길동전』과 달리 이 조판서 자리를 수락하고 궁에 들었지만 자객들을 만난 뒤 모든 것을 버리고 홀연히 조선을 뜨자 왕이 애석해하는 장면도 인상적이다.

김유정의 동백꽃은 동백꽃이 아니다

봄은 노란 빛깔로 문을 연다. 개울가나 들녘 언덕에 산수유가 노랗게 피어나기 시작할 무렵이면 산에도 노란 꽃이 핀다. 생강나무 꽃이다. 생강나무는 마치 겨울을 잘 건더 낸 산이 조용히 기지개를 켜며 들녘의 산수유 꽃을 시샘하듯 그것보다 더 샛노란 꽃을 피운다.

강원도 사람들은 생강나무를 동백꽃 혹은 산동백이라고 불러왔다. 〈정선아리랑〉의 '아우라지 뱃사공아 배 좀 건네주게. 싸리골 올동박이 다 떨어진다/떨어진 동박은 낙엽에나 쌓이지 사시장철 임그리워서 나는 못살겠네'에 나오는 동박이 바로 생강나무 노란 꽃이나 그 열매를 의미하는 것이다.

〈소양강 처녀〉 노랫말 '동백꽃 피고 지는 계절이 오면/돌아와 주신다고 맹세하고 떠났죠'에 나오는 동백꽃도 사실은 생강나무 꽃을 의미한다.

강원도 사람들이 옛날부터 '동백꽃'이라고 부르고 있는 것이 남쪽 해안 지방에 피는 상록교목의 붉은 동백꽃이 아닌 생강나무 노란 꽃이라는 것이 알려지기 시작한 것은 얼마 되지 않는다.

중고등학교 국어교과서에 계속 수록된 김유정의 소설 「동백꽃」이 그

빌미를 제공했다. 출판사들도 김유정의 「동백꽃」을 출판할 때 표지에 붉은 꽃을 그려 넣을 정도로 그것을 남쪽 지방의 동백꽃과 혼동하고 있기 보통이었다.

그러나 김유정의 「동백꽃」을 꼼꼼하게 읽어 본 독자들은 그 꽃이 남쪽 해안 지방의 붉은색 동백꽃과 전혀 다른 꽃이라는 것을 알게 된다.

당차고 앙큼한 열일곱 살 점순이의 사랑 표현의 그 적극성이 동백꽃 속에서 아찔하게 이루어지는 장면을 김유정은 다음처럼 그려 낸다.

… 나의 몸뚱이도 겹쳐서 쓰러지며 한창 피어 퍼드러진 노란 동백꽃 속으로 푹 파묻혀 버렸다. 알싸한 그리고 향긋한 그 내음새에 나는 땅이 꺼지는 듯이 왼정신이 고만 아찔하였다.

남쪽 해안 지방의 동백꽃과 다르다는 것을 분명히 보여 주기라도 하려는 듯 '노란 동백꽃'이라고 표현하고 있지 않은가. 그리고 당시 김유정이 강원도의 동백꽃이 생강나무라는 것을 알 턱이 없었을 것인데도 '알싸한 그리고 향긋한 그 내음새'라고 꽃 냄새를 절묘하게 그려 냈다.

작가 김유정의 사물 바라보기의 감각과 그 표현은 정말 놀랍다. 강원도 춘천 실레마을에서 태어나 곧바로 서울에 올라가 유년 시절을 보낸 김유정이 고향 마을에 다시 내려온 것은 만 21세가 되던 1930년이었다. 고향에 내려와 불과 2년여 동안 머무는 동안 김유정은 자기 고향 사람들의 삶을 애정 어린 눈으로 관찰하는 한편 고향의 산천 또한 남다른 감각으로 바라보았던 것이다. 작가 김유정이 작품을 통해 보여 준 당대 밑바닥 인생들의 언어와 산촌의 자연 묘사야말로 그의 작품에서 가장 매력 있는 향토성으로 형상화된다.

꽃냄새가 없는 산수유와 달리 생강나무 꽃은 엷으면서도 풋풋한 어떤 냄새를 풍긴다. 꽃이 피기 전 2, 3월경 산에 올라가 생강나무 가지를 꺾어 냄새를 맡아도 엷은 생강 냄새가 난다.

필자도 작가이고 들꽃을 좋아하지만 김유정처럼 그렇게 소설 속에 자기 몸으로 체득된 그 감각을 표현해 내는 일에는 많이 둔하다.

이쯤 되면 이제 강원도의 동백꽃은 김유정의 꽃이다. 그의 「동백꽃」으로 해서 동백꽃(생강나무꽃)이 사람들에게서 더 많은 사랑을 받게 되었기 때문이다.

김유정은 고향 마을의 금병산에 자주 올랐던 것으로 알려졌다. 김유정을 좋아하는 필자는 30년 전 금병산을 오르면서 김유정의 발길이 자주 갔던 그 산에 등산로 명칭을 작품 제목을 따서 지었다. 봄·봄길, 동백꽃길, 산골 나그네길, 만무방길, 금 따는 콩밭길 등 모두 작품의 실제 무대와 연관이 있다. 많은 사람들이 금병산을 오르면서 김유정의 작품을 생각하게 하자는 의도였는데 그의 생가가 복원되고 김유정문학촌이 실레 마을에 생기면서 금병산 산행을 하던 사람들의 발길이 저절로 김유정문학촌에 이르게 된다.

김유정은 1937년 3월 27일 경기도 광주 작은 과수원 토방에서 만 스물아홉 살의 나이로 삶을 끝낸다. 햇빛이 두려워 이불을 뒤집어쓴 채 병마와 싸우면서도 그는 봄을 기다린다.

'오냐! 봄만 되거라.'

'봄이 오면!'

봄이 오면 절망적인 병마와의 싸움으로부터 벗어날 수 있을 것이란 소생에 대한 믿음이요 그 희망이었을 것이다. 봄이 오면 동백꽃 피는 고향 마을에 돌아가 점순이와 덕돌이, 뭉태 들을 만나 '무거운 우울'을 훌훌

떨어버리고 싶은 꿈이었을 것이다.

봄이 오면 외짝사랑이 아닌 이상적인 여인을 만나 '초가삼간 집을 짓고 단 사흘만 깨끗이 살아 보고 싶은' 생의 마지막 절절한 바람이었을지도.

올봄의 노란 동백꽃 냄새가 그 어느 해보다 알싸하니 향긋하다.

못 이룬 사랑, 작품으로 영원히 살다

—김유정의 슬픈 사랑 이야기

아이고, 어머니 우리 어머니!

일곱 살 어린 유정이 발을 탱탱 구르며 목메어 웁니다. 춘천 두룸실에서 실레마을 청풍 김씨 집안으로 시집와 2남 6녀 8남매를 둔 청송 심씨가 44세 젊은 나이로 세상을 뜬 것입니다.

오일장으로 치러진 어머니 장례에 끝내 모습을 보이지 않은 형 대신 어린 유정이 상주 노릇을 합니다. 어머니 장례를 치른 뒤 유정이 유모 수캐 엄마한테 물었습니다. "우리 어머니 언제 다시 오시나요?" 마땅한 대답을 찾지 못한 유모가 어린 유정을 끌어안고 함께 웁니다.

두 해 뒤 아버지마저 세상을 뜹니다. 훗날 유정은 그때의 암울했던 심경을 글로 남겼습니다.

내가 만일 이때에 나의 청춘과 나의 행복이 아버지의 시체를 따라갈 줄을 미리 알았으면 나는 그를 붙들고 한 달이고 두 달이고 내리 울었으리라.

_ 「兄」《조선광업》 (1939, 11)

부모를 일찍 여읜 충격 탓인가 유정은 말을 심하게 더듬습니다. 16세 때 눌언교정소에서 말더듬이병을 고치긴 했지만 그가 평소에 과묵했던 것도 그 일과 무관하지 않을 겁니다.

녹주, 녹주 내 사랑아!

스물한 살 나이에 휘문고보를 나온 유정은 연희전문 문과에 시험을 봐 합격합니다. 그 무렵 그는 종로 어느 목욕탕 앞에서 어머니를 닮은 여자를 만납니다. 네 살 연상의, 판소리하는 기생 박녹주였지요. 유정의 명창 박녹주를 향한 연모, 스토커로서의 그 뜨거운 짝사랑 이야기는 그의 자전적 소설 「두꺼비」와 「생의 반려」 속에 잘 그려져 있습니다.

'… 어려서 잃어버린 그 어머님이 보고 싶고, 그리고 그 품안에 안기어 저의 기운이 다할 때까지 한껏 울고 싶은', 애정에 주린 그 외로움을, '당신의 사랑 없이는 바로 살 수가 없다.'는 간절한 내용의 혈서와 함께 선물도 하고 온갖 협박도 했지만 유정의 애달픈 짝사랑은 끝내 이뤄지지 않았습니다. 그때 박녹주가 김유정의 사랑을 매몰차게 차버리지 않았다면 오늘 작가로서의 김유정은 이 세상에 존재하지 않았을는지도 모릅니다.

실연과 함께 유정은 어렵게 들어간 연희전문으로부터 제적 통고(4월 6일 입학해서 두 달 만인 6월 24일자 제적)를 받습니다. 박녹주를 따라다니느라 학교 출석을 제대로 못한 것이지요.

엎친 데 덮친 격으로 형이 서울 집을 처분하고 춘천 실레마을에 내려가 그 많은 재산을 깡그리 탕진하고 있었지요.

유정은 실연과 학교 제적 그리고 가세가 급격이 기우는 세 가지 충격을 안고 1930년 여름 고향 춘천 실레마을에 내려옵니다.

유정이 만난 고향 마을의 현실은 일제강점 하의 궁핍한 농촌 만무방들의 삶이었지요. 그는 자기 상처는 잊은 채 고향 마을 사람들의 삶을 연민어린 눈으로 살핍니다. 학교가 없는 마을에서 야학을 하는 등 '금병의 숙'을 세워 농촌계몽운동을 벌인 것이지요.

가난한 고향 사람들을 위한 그 열정으로 텅 빈 가슴의 그 외로움을 메우고 싶었을 것입니다. 그리고 어머니는 물론 박녹주에게서 받지 못한 사랑을 들병이들과의 술자리를 통해 얻고자 춘천 아리랑을 부릅니다. 「산골 나그네」, 「아내」, 「가을」, 「소낙비」, 「솥」 등의 소설 속에 그려진, 남편과 어린애까지 딸린, 생활 전선에 나선 열아홉 살 여인네들이 들병이들이었지요.

그러나 유정은 2년 동안 머문 고향에서의 그 어떤 열정도 그의 빈 가슴을 채울 수 없다는 것을 알게 됩니다. '온전히 그 앞에 머리를 숙일 나의 길'이 아니었기 때문이지요.

유정은 1933년 '나의 몸과 생명이 결코 꺾임이 없을 그 길'을 찾아 서둘러 상경합니다. 형수네 단칸방과 둘째 누님의 집을 전전하며 소설 쓰기에 전념합니다. 작가가 되는 그 길만 제대로 찾으면 못 이룬 사랑도 텅 빈 가슴도 모두 채워질 것 같았습니다. 유정은 피를 토하고 가슴을 쥐어뜯으면서도 글쓰기의 신명을 멈추지 않았습니다.

드디어 유정은 1935년 조선중앙일보와 조선일보 두 개의 신문을 통해 혜성처럼 문단에 등단합니다. 그러나 천부적 재능의 이야기꾼을 향한 세상의 관심이 쏠리기 시작했을 때는 이미 그의 몸이 폐결핵과 치질로 다 허물어져 내린 상태였습니다.

초가삼간 집을 짓고 단 사흘만 깨끗이 살아 보고 싶다

1936년 봄. 작가 김유정은 《여성》이란 잡지에서 「어떠한 부인을 맞이

할까」라는 원고 청탁을 받습니다.

> … 나는 숙명적으로 사람을 싫어합니다. 사람을 두려워합니다. 그 버릇이 결국에 말없는 우울을 낳습니다. 그리고 상당한 폐결핵입니다. 매일같이 피를 토합니다. 나와 똑같이 우울한. 그리고 나와 똑같이 피를 토하는 그런 여성이 있다면 한번 만나 보고 싶습니다. … 초가삼간 집을 짓고 한번 살아 보고 싶습니다. 단 사흘만 깨끗이 살아 보고 싶습니다.

유정이 쓴 이런 내용의 글 바로 옆면에 「어떠한 남편을 맞이할까」란 박봉자의 글이 실려 있었지요.

> … 장래의 내 남편을 이해 많은 문학가라고 생각을 고쳤습니다. 문학가는 세상을 잘 알고 사람을 잘 압니다.

병으로 몸과 마음이 심약해진 김유정은 박봉자의 이 글을 읽고 뿅 갑니다. 그는 얼굴도 못 본 그 여성한테 연모한다는 편지를 쓰기 시작합니다. 7년 전 박녹주한테 쓰던 그런 글보다 더 짙고 절절한 사랑 고백이었지요. 답장이 없자 서른 통 이상의 혈서를 써 보냅니다. 그러나 끝내 답장을 받지 못한 어느 날 유정은 신문의 결혼 소식란에서 이화여전을 졸업하고 곧바로 동아일보 기자가 된 박봉자가 유정도 잘 아는 문학평론가 김환태와 결혼했다는 기사를 읽고 우두망찰 넋을 놓습니다.

봄이 오면

> … 원고를 한 서너 장 쓰고 나면 두 어깨가 앞으로 휘어든다. 기침발작

봄 · 유정

의 전조. 펜을 가만히 놓고 물을 마신다. 심호흡을 하고, 궐련을 피어 본
다. 그러다 황망히 터져나오는 기침을 어쩔 수 없어 쿨룩이다가는 결국
에는 그 자리에 가루느러지고 만다. 어구머니 가슴이야 … 몸이 아프면
아플수록 나느니 어머니의 생각…

_ 「병상영춘기」 조선일보(1937. 2. 2)

1936년 말 겨울 김유정은 신당동에서 셋방살이하는 형수네 단칸방에서
병고와 싸우다 병이 더욱 악화되자 경기도 광주군 중부면 상산곡리 다
섯째 누이 유홍(매형 유세준)의 과수원 토방으로 옮겨 갑니다. 그때 열여덟
살 여자 조카 진수가 삼촌 병구완을 위해 따라갑니다.

유정은 토방의 작은 창문을 검은 천으로 가리고 그 밑에 '謙虛(겸허)'란
글귀 하나를 써 놓고 그 어둠 속에서 병마와 처절한 싸움을 벌입니다.

1937년 3월 27일 새벽녘 진수는 어른들이 깨우는 바람에 눈을 뜹니다.
토방에서 삼촌이 찾는다고 했습니다. 그 시간 토방 곁 과수원의 배꽃이
새벽 달빛 아래 하얗게 부서지고 있었지요. 조카 이름을 부르며 토방 문
턱까지 기어 나온 유정은 진수의 손을 잡은 채 빙긋이 웃는 모습으로 눈
을 감습니다.

저승길 떠나는 유정의 눈에 열여덟 조카의 얼굴이 무엇으로 비쳐 보였
을까요. 오매불망 그처럼 보고 싶던 어머니의 얼굴은 아니었는지. 아니면
어려운 환경 속에서도 늘 웃는 얼굴로 따뜻이 대해 주던 형수의 얼굴일
수도. 다섯 누님들의 그 애증어린 얼굴이었을 수도 있지요. 실성해 죽은
누이의 히히 웃는 모습일 수도.

어쩌면 당신이 혈서 뿌리며 한껏 짝사랑한 박녹주와 박봉자가 활짝 웃

는 얼굴로 사분사분 걸어오는 모습이었는지도 모릅니다. 또는 열아홉 살 들병이 아낙네들의 샐샐 웃는 얼굴이었을 수도.

봄이 오면 그 알싸한 향을 맡고 싶다던 동백꽃이 노랗게 터지는 그 봄날 새벽 여섯 시 반, 작가 김유정은 만 스물아홉 살 짧은 생의 마지막 괄호를 닫습니다.

오늘도 김유정역이 있는 춘천 실레마을에는 김유정을 만나기 위해 사람들의 발길이 끊이지 않습니다. 살아생전 못 이룬 슬픈 사랑으로 빚어진 그의 작품을 사랑하는 사람들입니다.

춘천 실레마을의 봄

봄, 여름, 가을, 겨울.

군이 그 말의 뿌리를 더듬을 필요도 없이 봄은 봄, 여름은 여름으로 우리 몸에 밴 말들이다. 더구나 네 계절 이름이 모두 말 끝소리에 울림소리 'ㄹ', 'ㅁ'을 가지고 있어 입에 굴릴수록 그 울림이 오롯하다.

일찍이 김소월은 이러한 우리말의 운율적 아름다움을 넘치게 그려 냈다. 그중에서도 「산유화」는 '가을'을 '갈'로 바꿔 봄 앞에 놓음으로써 우리말의 말맛과 그 운율을 신통스레 살리고 있다.

산에는 꽃 피네/꽃이 피네/갈 봄 여름 없이/꽃이 피네

갈 봄 여름. 이 중에서 소월이 가장 즐겨 쓴 시어는 '봄'이었다. 「봄밤」, 「봄비」, 「봄날」, 「바람과 봄」 등의 제목을 가진 작품도 그렇거니와 '봄메, 봄꿩, 봄철, 봄빛' 등의 낱말이 특유의 반복 운율로 우리의 가슴을 적신다. 지금도 소월이 읊은 봄은 우리의 꿈으로, 슬픔으로, 때로는 애달픈 이야기꽃으로 피어난다.

30년대 작가 김유정 또한 봄을 글 소재로 많이 썼다. 「봄·봄」, 「봄밤」, 「봄과 따라지」 등의 작품은 물론 「총각과 맹꽁이」, 「산골」, 「금따는 콩밭」, 「동백꽃」 등도 봄내(춘천) 실레마을의 봄을 배경으로 하고 있다.

자신의 소설 작품 그 어느 곳에도 한자를 쓰지 않은 김유정의 우리말 사랑은 「봄·봄」에서 절정을 이룬다. 봄을 중복해 씀으로써 말의 생동감을 살린 것은 물론 「봄봄」에 가운데 점 하나를 넣어 독자의 몫으로 남겼기 때문이다.

어떤 이는 그 가운뎃점을 하늘 땅 사람(· − l) 중 하늘(우주)로 보아 봄은 다시 온다는 계절의 순환으로, 또 다른 이는 점순이 등 두 청춘 남녀의 사랑 대등점으로, 또 어떤 독자는 그 가운뎃점이야말로 '점순이 점'이라고 한다.

봄내의 봄은 짧다. 짧기 때문에 그 봄볕·봄빛이 더욱 따사롭다. 그러나 내 젊음의 봄날이 어느새 깊은 '갈' 날로 바뀌었다. 이때까지 그악스레 손에 움켜쥐고 있던 봄꿈이 봄물처럼 녹아내리고 있다.

5부

나무 · 글감

영원한 것은 없다,
그러나 '자연' 그리는 마음은
오늘도 진행형이다.

자연에서 만난 '자연' 에게
—내 인생 마지막 편지

   지금 자연에서 만난 '자연' 을 생각합니다. 그대 '자연' 에게 마지막 전할 말을 고르고 있습니다.

   내 인생, 마지막 편지를 보낼 대상으로 '자연' 을 택한 것입니다. 그 선택이 쉽지 않았지요. 수십 년 동안 단 한 번도 쓰지 않은 연서를 쓰기로 이 나이에 작심한 일부터가 예삿일이 아니지요.

   굳이 마지막 글을 연서로, 그리고 그 주인공을 '자연' 으로 한 이유는 간단합니다. 이때까지 살면서 누구에게도 발설하지 않은, 사랑이란 그 진부한 말이 그대 '자연' 과 동의어로 와 닿았기 때문이지요.

   '자연' 은 언제고 내 소설 속의 주인공 이름으로 하고 싶었던 오랜 바람의 속내 드러냄이며, 어쩌면 내 인생에서 가장 아름다운 밀어로 채워졌던, 초원의 빛 저쪽 두꺼운 어둠 속에 스스로 있으면서 스스로의 존재를 부인한 그대일 것입니다.

   '자연' 은 있는 그대로가 우주의 섭리인 자연 속에서만 온전한 모습으로 내 앞에 나타나곤 했지요. '자연' 과 함께할 때 나는 모든 것을 관통하여 하나가 되는 황홀한 기쁨으로 몸이 떨렸습니다. 내게서 내가 빠져

나가면서 나 아닌 또 다른 나로 채워지는, 비어 있음의 그 텅 빈 충만, 그 있음과 없음이 허물어진 경계 한가운데 서 있는 '나'를 만나는 것이지요.

그대 '자연'과 만나는 날 우리는 풀포기 하나 들꽃 하나에도 무관심하지 못했습니다. 들꽃 이름 하나를 알기 위해 우리가 함께 부산을 떤 그 황홀한 시간들을 고스란히 기억하고 있습니다. 이름을 모르는 것은 내 인생에 존재하지 않는 것이기에 그 모든 것을 있게 하기 위해 '자연'의 눈이 되어 자연을 공부하던 시간들을 잊지 못합니다. 어느 산간 계곡 폭포 내리치는 바위틈에서 찾아낸 병아리난초, 그 이름을 알아낸 새벽 두 시의 환호.

그대 '자연'에 대한 내 사랑은 감성대로 살고 싶은 욕구의 충족이었습니다. 외물에 취해 잃었던 본성과 만나는 생애 최고의 절정이었지요.

그러나 그대 '자연'과의 만남은 언제나 정해진 길 벗어나기, 한여름 나른한 오후 느닷없는 좌회전한 그 안쪽 숲속의 오솔길 걷기, 자연의 조화에 따라 받은 생 자연의 조화에 따라 얻게 될 죽음과의 만남 연습이었지요.

우리가 걷는 그 길은 신비와 경이로 가득한 비밀의 숲이었지요. 너무 벅차 속에 괴어오르는 말을 섣불리 발설해서는 안 되는, 금기의 그늘 속에서만 침묵으로 확인되는 행복이었지요. 관계의 아픔은 그 비밀 두께에 비례한다는 것도 그대 '자연'과의 만남에서 얻은 것이었지요.

그 비밀의 숲에 가둬 뒀던 말 하나를 내 생애 마지막 말로 전합니다.

영원한 것은 없다. 그러나 '자연' 그리는 마음은 오늘도 진행형이다.

고목 앞에서

우리나라 수목신앙의 원형은 단군신화에 나오는 신단수로 그것은 서낭나무·당산나무 등으로 이어지면서 은연 중 오래된 모든 나무를 신성시하는 현상을 낳았다.

태백산에 오를 때마다 살아 천 년 죽어 천 년이라는 늙은 주목 앞에 발길이 오래 머무는 것도 그렇게 오랜 세월을 살아온 나무에 대한 신앙적인 경외심일 것이다.

여러 해 자라 이제는 그 성장을 멈춘 상태지만 아직도 살아 있는 나무를 고목이라고 한다. 마을마다 오랜 풍상을 겪어 낸 정자나무가 있고 사람들은 그 고목을 마을의 수호신인 양 신성시한다.

내 고향 마을에도 그 수령이 500년이 넘었다는 밤나무 한 그루가 서 있다. 험한 구듬치 고갯길이 새로이 뚫리면서 그 고목 밤나무를 베어 버려야 길이 똑바로 날 수가 있었다. 그러나 그 밤나무를 길 한가운데 그대로 둔 채 나무 좌우로 차선을 휘게 만들었다. 이 세상을 오래 산 나무에 대한 영적·생명적인 경외심이 그 밤나무를 살려 낸 것이리라.

아직도 알밤 두어 말을 주울 정도로 생산이 왕성한 그 밤나무는 대개의 고목이 그러하듯 속이 많이 비었다. 그 밤나무 구멍 속에는 인근 개울에서 올라온 원앙새가 둥지를 틀고 새끼를 낳는가 하면 눈에 잘 띄지도 않는 수만 마리 벌레들이 살고 있다. 그리하여 새들에게는 그곳이 먹이 사냥터요 해 넘어가면 깃을 들이는 보금자리이기도 하다.

나는 가끔 독자들과 함께 그 밤나무 밑에 서서 마을의 한 역사이기도 한 동학혁명이며 삼일만세운동 얘기를 한다. 더 가까이는 6.25전쟁 때 마을에 있었던 이야기도 한다. 그 밤나무가 서 있는 구듬치고개 부근 마을이 내 출세작 「동행」이란 단편소설은 물론 몇몇 작품의 배경지이기 때문이다.

그러나 유년 시절에 내 눈으로 직접 보았거나 전해들은 이야기를 하다가 문득 그 밤나무를 의식하는 순간 내 말문은 막히고 만다.

내가 지금 무엇을 얘기하고 있단 말인가. 내가 보았으면 얼마나 보았고 알면 얼마나 알겠는가. 모든 것을 알고 있으면서도 묵묵히 입을 다물고 있는 그 고목 밤나무 앞에서의 이러한 겸허야말로 내 나름의 애니미즘일 것이다.

고목 밤나무는 내가 죽은 뒤에도 잘 하면 지금 산 500년 세월보다 더 긴 세월을 이 세상에 머물 수도 있으리라.

고목뿐이겠는가. 손가락 굵기의 어린 묘목도 사람들이 해치지만 않는다면 인간 수명의 수십 배를 살 것이다. 그러한 생각을 할 때 나무는 이미 나무를 넘어서는 어떤 영적 존재로서 나를 압도한다.

고목 밤나무 주변 산에 작은 밤나무들이 많이 자라고 있다. 모두 그 고목 밤나무가 다람쥐를 통해 퍼뜨린 것들이다. 다람쥐들은 자신이 물어다 땅속에 저장한 밤을 극히 일부만을 기억한다. 먹은 만큼 잊어버리기,

그것이 바로 자연의 섭리일 것이다.

그리하여 오늘도 수백 년 나이의 고목은 시간을 초월한 존재로 우리 곁에 묵묵히 서 있다.

물걸리 구듬치고개 입구의 밤나무 고목

그 나무도 나를 기억하고 있을까

강원대 캠퍼스에 있는 나무 이름 알아오기

교양과목 강의 시간에 이런 과제를 내면서 내가 했던 말이 있다.

이 세상에 존재하는 모든 것은 그 이름을 가지고 있다. 우리 곁에 무엇인가 있지만 그 이름을 모르면 그것이 존재하지 않는 것과 같다. 사물의 이름을 알기 시작하면서 비로소 우리는 세계와 만나고 그것과 소통하게 된다. 4년여를 함께 살면서 매일 만나게 되는 나무 이름을 모르고 지낸다는 것은 우리가 이 캠퍼스의 나무들에게 아무것도 아닌 그런 존재일 수도 있다. 즉 여러분이 어떤 나무 이름을 알고 그것에 관심을 갖게 될 때 비로소 그 나무 또한 여러분의 존재와 가치를 인정하게 된다는 것을 알아야 한다.

자연 친화를 통한 어휘력 기르기의 이 과제는 생각했던 것보다 성과가 좋았다. 막상 나무 이름을 알려고 하니 아는 것이 별로 없어 정말 부끄러웠다고 실토하는 학생들이 많았다. 교정 여러 곳을 다니면서 많은 나무를 만나 그 이름을 아는 과정을 통해 그 나무들을 다른 눈으로 바라보게 되었다는 느낌을 과제물 끝에 적어 넣은 학생도 있었다.

나무 이름을 알고 나서 바라보는 캠퍼스의 사계는 어제의 그것과 분명히 달랐을 것이다. 연적지의 아름다움도, 야외 강의를 나가던 여학생 기숙사 앞동산의 그 오솔길 걷기의 마음의 여유도 그 주변에 나무들이 있기 때문에 가능했을 것이란 얘기이다.

나무가 모여 만든 숲이 산소탱크라는 것, 그리하여 우리가 자연을 떠나서는 살 수 없다는 것을 터득하게 되는 순간 우리 곁의 나무 한 그루가 그 어느 때보다 소중하게 생각될 것이다.

개나리나 산수유, 생강나무 등은 잎이 나오기 전 노란 빛깔의 꽃으로 봄을 연다. 그러나 산목련이나 백합나무 등은 잎이 무성한 뒤에야 그 잎 속에서 슬그머니 은은한 모습의 꽃을 피운다.

우리 곁에 있는 나무의 이름과 그 생태를 안다는 것은 곧 그 나무에 대한 관심이며 사랑이라고 할 수 있다.

수백 년 나이의 고목 앞에 설 때 우리는 숙연해진다. 우리보다 먼저 이 세상에 존재했을 뿐 아니라 어떤 변고가 없는 한 이 나무는 우리가 죽은 뒤에도 더 오랜 세월을 이 세상에 살아 있을 것이란 생각 때문이다.

대부분의 나무는 우리 인간들보다 수명이 길다. 우리가 자연 앞에서 겸손해질 수밖에 없는 한 이유이기도 하다.

나무도 우리 인간들처럼 이 세상에 오래 살아남기 위해 여러 안 좋은 여건들과 치열하게 부딪쳐 싸운다. 햇볕 싸움에서 일찌감치 우위를 차지한 뒤 의연하게 서 있는 고목들이 위대해 보이는 것도 그 때문이다.

백령(柏領)은 강원대학을 상징하는 말이다. 교지, 백령, 백령광장, 백령칼럼 등. 그러나 요즘 학생들이 그것이 잣나무 숲이라는 것을 아는 사람들이 얼마나 될 것인가. 백령 숲도 세월이 지나면서 점점 줄어들고 있다. 캠퍼스의 숲을 지키는 일에 우리가 너무 무관심하지 않았나 생각해 볼 일이다.

　20년 세월을 함께한 강원대 교정의 나무들이 그 어느 때보다 정겹다. 특히 이 겨울에 아직도 잎을 달고 있는 인문대 앞의 메타세콰이어 단풍 빛깔이 유난히 곱다.

잃어버린 나를 찾아서

―글감이 있는 그곳

　교직과 작가의 길, 이 두 길을 나름으로 열심히 걸어왔다. 교단에 서서는 그것이 내가 선택한 큰 길이고 글쓰기는 한낱 놀이와 다르지 않은, 그냥 내 삶의 작은 오솔길만 같았다.

　그러나 글쓰기의 신명에 빠지는 순간 작가의 길이야말로 내 생명현상의 핵이 아니겠느냐는 생각에서 항상 전업작가를 꿈꾸며 살았다. 그 두 길 중 어느 하나를 선택하지 못한 채 어정쩡하게 살아가고 있는 내 인생에 대한 불만이 그렇게 만만치 않았다는 뜻이다.

　두 개의 길을 아슬아슬 균형을 잡으며 걷는 중에 겪게 되는 회의와 갈등 해소의 방법으로 어떤 완충지대가 필요했다. 어느 한쪽이 비참하게 패배하는 일을 막으면서 서로 채워 주며 커 갈 수 있는 화해의 시간과 그런 공간이 필요했던 것이다.

　그럴 때마다 나는 숲속으로 도망치곤 했다. 자연은 그냥 바라보기만 해도 내게 큰 위안이었다. 그리고 보면 숲은 교직이나 작가의 길에서 방전된 에너지를 충전할 수 있는 산소탱크였던 것이다.

산에 들어가면 나는 영락없이 샤먼의 신바람을 일으킨다. 매일매일 옷을 바꿔 입는, 보는 그 순간이 항상 절정인 내가 좋아하는 나무 낙엽송을 바라볼 때 나는 시간을 뛰어넘어 무소유의 세계를 거니는 착각에 빠지곤 한다.

자연은 있는 그대로가 과거이며 오늘이고 미래인 것이다. 잎이 움트는 것이 그 나무의 소생이며 그것이 바로 소멸의 시작임을 알게 된다. 내가 무심히 손으로 훑어 뿌린 잡초 씨앗이 내 뒤를 따라오는 사람의 발길에 짓눌려 싹으로 터 오른다는 자연의 그 보이지 않는 섭리를 터득했을 때, 눈에 보이는 들풀 하나까지도 예사로이 스치고 싶지 않았던 것이다.

높게 자란 나무의 그늘에 가린 키 작은 나무를 볼 때 나는 내 삶의 방식으로 해서 희생을 강요당한 주변 사람들을 비로소 생각하게 된다.

사람들과의 만남은 대체로 만났다는 충만감보다는 뭔가 상대의 약점을 훔쳐보았다는 씁쓸한 기분과 내 속의 뭔가를 잃었다는 허탈이 따르는 법인데 자연은 확실히 사람들과의 만남과는 달리 항상 덧셈이었다.

큰길을 벗어난 산길 속에서 나는 비로소 내 걸린 얼굴로 어디에도 있지만 어디에도 없었던 '나'를 만난다. 그러할 때 구도자의 법열 같은 떨림이 온몸으로 전해진다. 녹음으로 귀 막고 새 소리 바람 소리로 세사 잡념을 지우면서 비로소 듣고 본다. 나를 가장하고 산 거짓 나의 그 추한 발걸음.

그러할 때 나는 자연에서 만난 들꽃 들풀과 함께 사는 뭇 벌레들에 대해서, 그 신비한 자연 생태와 그 오묘한 이치를 뭔가를 통해 형상화하고 싶은 충동에 시달린다.

자연을 바라보고 느끼는 그 신명이 소설을 쓰고 싶은 열망으로 바뀌기 시작한다는 것이다. 그리하여 그 산과 숲이 내 작품의 가장 칠칠한 글감이며 모티브가 될 수밖에 없었다. 또한 산길에서 만난 들꽃이나 나무 이야기 등을 작품 속에 그려 넣는 일이 글쓰기의 가장 큰 즐거움이 되었다.

　오늘도 잃어버린 나를 찾아서 산에 오른다.

강원도가 뿔났다

1998년 개봉된 홍상수 감독의 〈강원도의 힘〉이란 영화는 그 제목부터가 달콤 섬뜩한 종래의 그것들에 비해 사뭇 낯설었다. 그러나 영화 내용과는 전혀 무관해 보이는 그 제목을 계기로 해서 많은 사람들이 '강원도의 힘'이란 말을 입에 올리기 시작했다.

낙후와 불모의 땅, 무대접 푸대접으로 홀대 받았다는 뿌리 깊은 피해의식에 빠져 있던 강원도 땅 강원도 사람들이 비로소 강원도의 힘을 다양한 패러다임으로 인식하기 시작한 것도 아마 그 즈음부터였을 것이다.

강원도의 힘은 무엇일까. 영화 〈강원도의 힘〉은 결별의 상처를 가진 남녀가 각기 강원도 여행을 하면서 그네들이 지난날 나눴던 사랑의 애틋함을 다소 칙칙한 톤으로 회상하는 내용으로, 인간 내면의 심리 흐름이 강원도를 배경으로 적나라하게 그려졌다. 강원도의 자연을 통해서 피폐한 그네들의 가슴이 치유될 수 있다는 것을 암시라도 하듯.

자연은 인간 감성의 근원이다. 자연의 힘은 남들한테 뒤질세라 정신없이 내달리며 살던 대도시 사람들이 사시사철 주말만 되면 목숨을 걸고

도심을 탈출하는 그 차량 행렬을 통해서도 쉽게 확인할 수 있다. 이제까지 잊고 산 질 좋은 삶을 살고 싶은 욕구는 자연 앞에 서는 순간 숨김없이 드러난다. 오솔길에 들면 저절로 노래를 부르고 자연 예찬의 삼행시를 짓는다. 아이들은 환호하고, 어떤 이들은 자연의 신비를 스케치북에 옮기는 등 그 감동이 거침없다.

자기 안에 감춰져 있던 아티스트 본능의 굼틀거림이다. 자연 속에서의 이러한 문화 충동이야말로 남들의 사는 모습을 그대로 흉내 내기에 바빴던 도시적 삶의 각성이며 자기가 꿈꾸고 있는 자기 본래의 모습을 비로소 찾았다는 의미와 다르지 않을 것이다.

이처럼 마음의 여유를 찾은 순간 사람들은 비로소 거대 괴물도시 예찬이 아닌 충청도의 힘, 전라도, 경상도, 제주도 산골 마을의 힘을 이야기하기 시작한다.

DMZ, 죽음의 땅에서 생명의 땅으로

얼마 전부터 강원도 사람들은 강원도의 새로운 힘으로 반세기 넘게 휴식을 한 DMZ(비무장지대)를 내세우고 있다. 분단 고통과 그 상흔의 상징인 DMZ가 버려진 땅에서 생명의 신비를 담은, 생태 자원의 보고로, 남북화해 평화통일의 전진기지로 진화하고 있기 때문이다.

강원도 사람들은 대도시 사람들의 생명의 원천인 상수원, 그 물길을 더럽히지 않기 위해 갖은 불이익을 감수해 왔듯 반세기 이상 살아 숨 쉬고 있는 공포의 그 지뢰밭 속에서 살아왔다. 함부로 발 들여놓을 수 없는 그 무수한 선들에 의해 삶의 불편을 겪어 온 접경지역 사람들만이 느낄 수 있는 그 애증이 서서히 DMZ에 대한 자긍심으로 바뀌어 가고 있음은 당연한 일이다.

지난 8월 14일 강원도 고성 명호리 민통선 안쪽에 비무장지대의 모든 것을 담고 있는 DMZ박물관이 문을 열었다. 9월 18일에는 인제군 서화면에 DMZ평화생명동산이 비무장지대 가치의 전국화, 세계화를 향해 문을 연다.

이제 DMZ는 강원도의 가장 매력 있는 관광명소로서 떠오르고 있다. 여전히 긴장의 공간이지만 그만큼 환상과 동경의 땅으로, 축복받지 못한 그 땅이 우리의 미래를 여는 기회의 땅으로 바뀌고 있음을 보여 주기 위한 준비로 지금 강원도 사람들은 많이 바쁘다.

그런데 요즘 강원도 땅, 강원도 사람들이 몹시 화가 났다. 조선 시대 윤행임이 '강원도 사람은 바위 아래에 앉아 있는 부처님 격으로 누가 알아주든 말든 자기 할 일 해 나간다.'라고 적은 그 암하노불들이 지금 팔을 걷어붙이고 일어선 것이다.

모든 일을 정치판 그 꼼수로 풀어가는 일에 능한 거시기한 그 사람들은 알고 있을 것이다. 무뚝뚝 강원도 감자바위들이 왜 뿔났는지.

6부

사람 · 탓

젊어서 덕을 쌓지 않으면
늙어 죽을 때 고기 없는 빈 연못을 지키는
따오기처럼 쓸쓸하게 죽는다.

고령화 사회, 나잇값하기

기차역 기다림방에서 나이 지긋한 아주머니 한 분이 매표구 역무원을 향해 고래고래 고함을 질러댔다. 역무원이 뭔가 정중히 설명을 하고 있었지만 아주머니는 그 말을 듣지도 않은 채 시뻘겋게 달아오른 얼굴로 계속 자기 할 소리만 거친 욕설을 섞어 내쏟았다. 그 소동을 구경하던 젊은이 하나가 혼잣소리하듯 말했다. 나잇값 좀 하시지.

'나잇값'은 그 연륜에 비해 행실이 좀 가볍거나 덤벙대는 사람을 질책할 때 흔히 쓰는 말이다. 나잇값, 나잇살. 젊은 사람보다 주로 나이 많은 사람을 겨냥해 낮잡아 쓰는 말이라 바야흐로 고령화 사회의 노인 깔보기 키워드가 됨직하다.

우리나라 전체 인구의 10.7%, 곧 인구 열 사람 중 한 명이 나이 65세 이상 노인이라는 통계가 나왔다. 이에 따라 노인 한 사람을 부양하는 생산 가능 인구수도 10년 전 10.4명에서 올해 6.8명으로 대폭 줄어 그에 따른 의무나 책임은 갈수록 커질 것이다. 고령 인구가 증가하는 원인인 사망률 감소는 노인들이 자나깨나 자신의 건강관리에 철저하기 때문이라고 한다.

그러나 몸이 건강하다고 모두 나이대접을 받고 사는 것은 아니다. 몸은 씽씽 건강한데 가족이나 주위 사람들이 오히려 더 가까이하기를 꺼려하는 경우가 없지 않다. 건강한 몸에 비해 마음 건강이 신통치 않을 때 생기는 현상이다. 이와 달리 비록 가진 것이 없고 몸까지 병약해도 주위 사람들로부터 공경을 받으며 사는 이들을 많이 볼 수 있다. 마음이 건강한 이들만이 누리고 사는 복이다.

고령화 사회에서 성공한 인생으로 사는 길은 오직 자기 절제의 겸허와 행실의 부드러움으로 그 나잇살에 걸맞은 나잇값을 하며 사는 일일 것이다. 고령화 사회, 노인들을 위한 각종 복지 정책과 시설 갖추기도 중요하지만 그런 복지 혜택을 주문하고 누리기 위한 우리 스스로의 자격 갖추기가 더욱 중요하다는 뜻이다.

어려운 시대, 어른 모시고 자식들 위해 헌신하며 열심히 살아온, 그 공든 탑을 깡그리 허물어 내고야 세상을 뜨는 그런 어쩔 수 없는 늘그막의 비애를 어떻게 하면 줄일 수 있는가 하는 고민이다.

더불어 사는 젊은 사람들이 늙은 자기를 왜 그처럼 가까이하기를 저어하는가를 아는 일이다.

내가 네놈들을 어떻게 키웠는데. 그 공치사하기. 그 불편한 심기가 불쑥 치밀면 불같이 화내기. 한 소리 또 하고 또 하기.

자기 생각만 옳고 남의 생각은 냅다 무지르는 고집불통. 고집은 늙은 이 병 중 가장 더러운 것이다. 게다가 귀까지 어두우니 남의 얘긴 아랑곳없이 자기 목소리만 점점 높아질밖에. 감투 벗은 지 오랜 뒤에도 그 감투 위세하며 살기. 내가 잘 나갈 때 그놈이 날 찾아와서는…, 집에 금송아지 키우던 그놈의 왕년 병은 현재의 자기를 알아주지 않는 세상에 대한 마음 불편함을 단적으로 드러내는 일로 그 말을 듣는 이들로 하여금 가소로움에다 깊은 연민까지 불러일으킬 뿐이다.

나이 먹을수록 마음속에 생기는 갖가지 마음 불편함을 스스로 덜어내기 위한 노력이 필요하다. 누구를 원망하는 일도, 무시당해 화가 나는 일도, 자기 말이 안 통하는 그 울화도 모두 자신의 마음 건강을 결정적으로 해치고 있다는 것을 알아야 할 것이다.

새벽안개 속에 두부 배달을 하는 등 그 나이에도 일터에서 묵묵히 일하는 노인들의 밝은 얼굴. 어린이 놀이터나 길가에 다니며 비닐주머니에 휴지를 줍고 있는 팔십 노인의 근면, 안녕하세요, 이웃 사람들한테 언제나 먼저 머리를 숙여 인사하는 그 할머니의 곱게 늙어 가는 모습, 이 모두가 건강한 마음으로 나잇값을 하며 사는 사람들이다.

'얘들아, 조용히 해! 지금 할아버지 책 읽고 계셔.'

할아버지 할머니의 책 읽고 있는 모습, 이런 것이 진짜 가정교육일 터.

나이대접은 누가 만들어 주는 것이 아니라 스스로 나잇값을 하는 그 즐거움을 찾아 나선 길 위에서 얻어질 터이다.

그러나 솔직히 말해 우리 모두 이 나이쯤 되면 어떻게 살아야 할 것인가를 알면서도 그 실천은 결코 쉽지 않다. 이미 굳어진 행실을 바로잡기에는 너무 늦은 것이다. 쌓아 놓은 것도 없으니 허물어질 것도 없다는 체념의 비애, 그 자위가 고작일 뿐.

문제는 고령화 사회를 넘어 나잇값을 하며 살기가 지금보다 몇 배 더 어려울 것이 분명한 고령사회의 주인공인 이 시대의 젊은이들이다.

『채근담』에 이런 말이 있다. 젊어서 덕을 쌓지 않으면 늙어 죽을 때 고기 없는 빈 연못을 지키는 따오기처럼 쓸쓸하게 죽는다.

그 사람 그 이름

영원한 것은 없다. 세월의 덧없음 혹은 현재 이 시간이 얼마나 소중한 것인가를 강조할 때 흔히 쓰는 말이다.

사실 영원한 것은 없다. 산천도 사람도 원래의 그 모습 그대로가 바뀌지 않은 채 존재할 수 없다. 사랑하는 사람들이 갈망하는 '영원한 사랑'이란 말도 참 우습다. 아름답던 사랑이 걸레조각처럼 갈기갈기 찢기는 것도 사랑에 대한 그런 맹목적 기대 때문일 경우가 많으리라.

그리하여 남녀 사랑의 양이 같고 그 불길이 뜨거울 때만 그것이 참사랑이라는 것을 강조하기 위해, '사랑은 진행형일 때만 아름답다'는 말을 금언처럼 섬겼다.

사랑의 이런 즉물적 해석에 매달려 살았다. 지금 눈앞에 있는 것, 손에 만져지는 것에만 가치를 두고 살았다는 말이다.

그러나 며칠 전 오랜 세월 버리지 않고 모아 두었던 편지들을 꺼내 들고 묘한 생각에 젖었다. 왜 그 편지들을 지금까지 버리지 못하고 있는 것일까. 냄새는 어떤 기억에 이르는 통로다. 젊은 시절 주고받던 편지의 낡은 종이 냄새가 세월을 되돌렸다.

내 구애를 거부한 그네의 편지에 얼굴을 묻고 울던 내 치기어린 젊은 날, 초원의 빛 같던 그 열정의 세월을 냄새 맡는다. 오래전 세상을 뜬 내 어렸을 때 친구가 보낸 엽서 위에 아직도 1962. 3. 13 날짜가 선명한 스탬프.

내가 아는 어떤 사람은 평생 써 온 일기장과 그동안 받아 간직했던 편지 등 자신과 관련된 집안의 모든 기록들을 하나하나 분쇄기에 넣어 가루처럼 잘게 썰어 버렸다고 한다.

태워 버리거나 그냥 종이 수거함에 넣어 버려도 그만일 것을 왜 군이 그런 방법을 선택한 것일까. 그 기록 하나하나를 가루처럼 잘게 썰고 있는 그 사람의 사뭇 비장한 얼굴 표정이 보인다. 세월이 흘러도 결코 지워지지 않고 있는 마음의 얼룩을 없애기 위해 안간힘하며 그 기록들을 분쇄하고 있는 그 사람의 기억 속을 아프게 헤집고 있을 얼굴 하나.

버리고 또 버려도 사라지지 않는 것이 있다. 한때 마음을 통째로 던져 사랑했던 사람에 대한, 지금 이 시간까지 내 안에 지워지지 않고 있는 그 사람 그 이름.

이름을 모르는 것은 존재하는 것이 아니다. 그 이름이 아직 잊히지 않고 있음은 내 안에 그 사람이 시간을 초월해 존재하고 있다는 것을 반성처럼 터득한다. 비록 그 원형은 아니더라도 이따금 추억의 그물에 걸려 올라오는 그 사람 그 이름은 내 온 생애의 영원성으로 거기 존재한다는.

내가 만난 청소년 두 사람

　공부 다음으로 취업을 고민한다는 우리나라 청소년들의 행복지수가 OECD 국가 중 꼴찌라는 우울한 통계가 무색할 청소년 두 사람을 만났다.

　청주 상당고등학교 1학년 차현정 학생은 지난해 아버지와 어머니가 연이어 돌아가시는 엄청난 충격 속에서도 '어떠한 고난과 역경이 있더라도 이겨 낼 수 있다는 마음만 있으면 아무 문제가 없다.'는 생각을 수기로 써 많은 사람들의 가슴을 울렸다.

　지난 4월 26일 있었던 수기 수상식에서 차현정은 활짝 웃는 얼굴로 '이제는 많이 행복합니다. 제 꿈은 이 사회의 어려운 사람들에게 도움이, 그런 사람이 되는 것'이란 수상 소감으로 수기 내용에 못지않은 큰 감동을 안겼다.

　나는 그날 어린 동생(초등학교 2학년)의 손을 잡고 서 있던, 장래 국어 선생님이 꿈인 차현정 학생의 그 밝은 모습을 오래 기억하기 위해 그 감동적인 수기 육필원고를 소중히 보관하기로 했다.

　몇 달 전 어느 여고생의 전화를 받았다. 자신이 학생회장에 뽑히면 학교에 그 전례가 드문 '명사초청 강연'을 추진하겠다는, 학생들한테 한

약속을 지키기 위해 나를 초청하고 싶다는 섭외 전화였다. 학교에서 기획을 하고 그것을 어느 선생님이 맡아 해도 많이 힘든 일을 대학생도 아닌 어린 여고생이 추진하는 과정을 몇 통의 진정성 깃든 메일을 통해 확인하면서 정말 많이 놀랐다.

수원 영복여고 학생회장 박진주 학생이 나한테 주문한 강연 주제는 〈나를 찾아서〉였다. '요즘 대부분의 학생들이 대학 입시 앞에서 자기 자신이 누구인지, 자신이 좋아하는 것이 무엇인지, 자신이 추구하는 가치가 무엇인지도 모른 채 불안 속에서 살아가고 있습니다. 성적이라는 숫자와 그 등급에 의해 스스로 작아지는 학생들에게 힘을 주는 말씀'을 부탁한다는 박진주 학생의 긴 메일을 읽은 뒤 나는 일정표에 '5월 3일, 박진주 만나는 날'로 표시해 놓았다.

그날 1, 2학년 전체 학생들 앞에서 박진주 학생회장 및 학생회 간부들이 연출한 무려 세 시간 정도의 행사는 그야말로 감동 그 자체였다. 더 인상적인 것은 모든 것을 학생들한테 맡기고 멀리서 지켜보는 교장 선생님과 여러 선생님들의, 학생들에 대한 그 묵묵한 신뢰야말로 교육현장의 또 다른 교육의 힘을 생각하게 했다.

내 얘기가 끝나고 학생들이 그동안 읽은 작품의 독후감 발표도 압권이었다. 대학 입시라는 중압감 속에서도 자기를 잃지 않고 공부하는 학생들의 논리 정연한 그 육성이 어찌 대견하지 않을 수 있겠는가.

그날 실천하는 삶의 용기와 지혜를 거침없이 보여 준 박진주 학생의 그 당찬 모습은 내가 이제까지 본 청소년들의 얼굴 중에서 단연 아름다웠다. 그 아름다움이야말로 이제까지 우리 기성세대가 보지 못하고 지낸 이 시대 청소년들의 참모습이었는지도 모른다.

남 따라 정신없이 달려가기, 남 흉내 내기, 그리하여 사고의 획일화, 규

격에 맞는 제품이 되기를 강요하는 교육 풍토 속에서도 옹골지게 자기를 잃지 않고 자기 앞날을 열어 가는 이 시대의 많은 청소년들에게 힘찬 박수를 보낸다.

그날 나는 장래 심리학자가 되어 자기 자신을 찾지 못하고 방황하는 청소년들의 길잡이가 되고 싶다는 뜻을 밝힌 고3 박진주 학생에게서 사인을 받아 왔다. 그 또래의 청소년들이 펼쳐 보일 미래에 대한 기대이며 그 경외였다.

눈으로 듣고 눈으로 말하다

 중학교 동창의 둘째 아들 결혼이었다. 그 결혼식의 주례를 맡은 나는 춘천에서부터 일찍 서둘긴 했어도 워낙 교통 사정이 안 좋아 식 바로 직전에 예식장에 겨우 도착할 수 있었다.

 주례석에 서기 전 내 눈길을 끈 것은 식장 뒤에 죽 둘러선, 신랑 신부 친구로 보이는 젊은 하객들이었다. 말 그대로 선남선녀들, 혹시 내가 주례를 맡은 신랑 신부 중 어느 쪽이 연예인인가 싶기도 할 정도로 정말 미끈하게 잘 빠진 젊은이들이 매우 정숙한 표정으로 둘러서 있었던 것이다.

 초면인 내 앞의 신랑 신부 역시 늘씬한 키에 얼굴이 환했다. 자주 만나지는 못해도 어린 시절 가까웠던 학교 동창이라 내 딴에는 그 친구의 번거로움을 덜어줄 생각으로 결혼식 전에 신랑 신부를 만나 보지 못한 상태에서 주례석에 서게 되었던 것이다.

 그러나 그날의 주인공인 신랑 신부가 모두 청각장애인이라는 것을 주례석에 서서야 비로소 알게 되었다. 주례석 뒤에 수화를 하기 위한 젊은이 하나가 서 있는 것을 보고서야 그것을 알게 된 나로서는 매우 당황하지 않을 수 없었다.

내가 더 놀란 일은 신랑 신부가 수화하는 사람을 쳐다보는 것이 아니라 주례사를 하는 나를 뚫어져라 쳐다보고 있다는 사실이었다. 대부분의 신랑 신부들은 주례를 맞바로 쳐다보지 못하는 것이 보통이다. 정말 맑고 밝은 눈이었다. 이제까지 내가 본 눈 중에 단연 가장 아름다운 두 사람의 눈길 앞에서 나는 한순간 말을 잃었다.

듣지도 말하지도 못하는 그네들은 오직 내 입술의 움직임을 통해 내가 하는 말을 알아듣고자 했을 것이다. 그러나 나는 곧 그네들이 내 입술의 움직임을 통해서가 아니라 오히려 내 눈빛을 통해 모든 것을 읽어 내고 있다는 느낌이 들었다. 그네들은 처음부터 끝까지 내 눈에서 눈길을 떼지 않고 있었던 것이다.

내 눈빛을 통해 내가 하고 있는 말뜻을 헤아리기 위한 그네들의 그 맑은 눈길 앞에서 그 누가 진심 어린 축하의 말을 아낄 수 있겠는가. 그 눈길 앞에서 현란한 말의 수사나 의례적인 언사는 쓸모가 없게 마련일 것이다.

그때 주례사를 하는 동안 나 역시 그네들 눈길에서 한 번도 눈을 떼지 않았을 것으로 생각한다. 입을 통해서라기보다 내 눈을 통해 그처럼 진한 사랑이 담긴 축하와 당부의 말이 고스란히 상대에게 전해지고 있다는 감동 때문이었을 것이다.

그 이후로도 나는 청각장애 청소년을 위한 교육프로그램에 여러 번 참가하면서 그 아이들의 맑고 밝은 눈빛에 감동받곤 했다. 그때 그 아이들은 수화로 자신들의 꿈을 얘기할 때 내 눈에서 눈길을 떼지 않았다. 연정이와 용현이는 미용사가 꿈이었고, 아름이는 미술 선생님, 인호는 프로게이머, 진우는 제빵사가 꿈이라고 말할 때 그네들의 눈빛은 그 어느 때보다 빛났다. 미래를 말하는 그네들의 눈빛을 바라보며 나는 그네들의 꿈꾸는 것보다 더 큰 꿈이 이뤄질 것을 진심으로 빌었다.

지난 6월 춘천 김유정문학촌에 80여 명의 청각장애인들이 찾아왔다. 국립중앙도서관이 독서 취약 계층인 장애인들을 위해 마련한 '작가와 함께하는 독서 문학기행'을 온 것이다.

나는 김유정의 생가 대청에서 문학기행을 온 그들에게 29세 젊은 나이에 생을 마감한 작가 김유정의 생애를 얘기했다. 그리고 독서 양이나 그 깊이가 보통이 아니라는 그네들을 위해 소설이 무엇인가 하는 것을 함께 생각해 보는 시간을 가졌다.

내 말이 두 분의 수화자에 의해 전해지는 동안 나는 내 눈과 수화자의 손끝을 오가는 그네들의 눈빛과 그 얼굴 표정에 감동했다. 하나같이 진지하면서 구김살 없는 밝은 얼굴들이 그렇게 좋아 보일 수가 없었다. 그때 나는 그네들 얼굴 표정을 바라보면서 평화, 행복, 희망, 사랑 등의 낱말을 머릿속에 떠올렸을 것이다.

성경에도 있듯 눈은 마음의 등불이다. 그 눈빛만 봐도 상대의 마음을 어느 정도 읽어 낼 수 있다. 물론 내 마음이 맑게 비어 있을 때라야 상대의 마음이 비쳐지는 법이다. 즉 내 마음이 진실하지 못하고 뭔가 죄스러운 것이 있으면 상대의 눈길을 피하게 되기 때문이다.

그리하여 사람들은 상대의 눈을 똑바로 쳐다보기를 꺼려한다. 그것은 흐려 있는 자신의 마음이 눈을 통해 드러날 것을 겁내기 때문이다. 다시 말해 지금 자기가 입으로 말하고 있는 것이 자기 마음속 진실과 거리가 있을 때 상대의 눈을 피하게 된다는 것이다.

그날 내가 문학촌 김유정 생가 대청에서 청각장애인들과의 눈맞춤을 끝까지 할 수 있었던 일이야말로 나를 쳐다보는 그네들의 눈길 앞에서 내 마음이 그렇게 깨끗이 비워져 있었기 때문이라는 생각이다. 말 대신 눈빛만 봐도 마음이 통하는 그런 사람들과의 만남을 위해서는 컴컴하게 흐린 내 마음부터 닦아 낼 일이다.

그날 나는 내 앞에 앉아 있는 청각장애인들을 향해 물었다. 글쓰기의 즐거움을 평생 끌어안고 살고 싶은 분이 있으면 손을 들어 보라고. 두 분이 손을 들었다. 그 두 분 모두 글을 쓰고 싶지만 글쓰기의 어려움을 헤쳐 나가기 쉽지 않다는 뜻의 말을 전해 왔다.

나는 그들에게 최근 발간된 내 책 『전상국의 즐거운 마음으로 글쓰기』 한 권씩을 선물했다. 말보다 눈으로 본 것을 글로 써내는 그들의 감동적인 글의 독자가 되고 싶었던 것이다.

멋진 매너, 그게 쉽지 않아

어느 여성들 모임에서 화제로 삼았던 매너 이야기이다.

30대 후반 나이의 여성이 얼마 전에 자신이 직접 겪었던 자동차 접촉 사고 이야기를 했다. 차를 운전하고 골목을 나오다가 자신의 부주의로 다른 차 옆구리를 들이받았다는 것이다. 운전을 배우고 얼마 안 돼 처음 낸 사고에다 자기 과실이고 보니 그 당혹감이 보통이 아니었다고 한다.

잔뜩 겁을 먹고 차에서 내리자 차 옆면을 받친 차의 운전자가 자기 차는 쳐다보지도 않고 이쪽으로 다가오더란 것이다. 40대 초반쯤 돼 보이는 그 남자는 이쪽 차의 앞 범퍼를 이리저리 살펴본 뒤 사고 낸 차의 여성 운전자를 향해 활짝 웃어 보이며, 차가 많이 망가지지 않아 다행이라며 어디 다친 데는 없느냐고 물었다. 그는 너무 놀라 대답도 잘 못하는 이쪽 운전자에게 명함 한 장을 건넨 뒤 차량번호를 적은 뒤 파손된 두 차량은 모두 보험 처리를 하면 간단할 것이란 말을 남기고 유유히 차를 몰고 사라졌다.

"우와, 너무 괜찮은 사람이다!"

그 접촉 사고 얘기를 듣던 이들이 모두 입을 모아 그 남자의 매너를 칭

찬했다. 사고가 나면 우선 목소리부터 높여 상대를 제압하고 보는 게 요즘 세태인데 어떻게 그런 사람이 다 있느냐고 했다.

그 사람이 정말 우리나라 남자였단 말이야? 그동안 길에서 남성 운전자들한테 당한 수모가 이만저만 아니었다는 한 여성이 그런 뼈 있는 우스갯소리까지 했다. 그 사람 어떻게 생겼더냐고, 그 사람 만나게 명함 좀 내보이라고 농으로 다그치는 이도 있었다.

그때부터 그 남자처럼 매너가 좋아 직장에서 인기가 있던 사람들 얘기를 화제로 삼았다. 어떤 사람은 담배를 주머니에서 꺼내기 전에 반드시 상대에게 피워도 괜찮겠느냔 허락을 받는 매너를 보여 누구나 다 그를 좋아했다고 했다. 엘리베이터를 타고 내릴 때 늘 다른 사람에게 양보를 잘 하던 어떤 사람은 결국 높은 사람한테 인정을 받아 출셋길이 훤히 열리더란 얘기까지.

그렇게 매너가 좋은 사람이 있는가 하면 담배 연기를 상대 얼굴에 뿜어대는 사람, 점심을 먹고 들어와서는 꺼억꺼억 트림을 해대 사무실 분위기를 엉망으로 만드는 사람 얘기까지 나왔다. 이런 경우는 매너가 안 좋다고 보기보다 직장생활에서의 에티켓 문제일 것이다.

에티켓과 매너를 굳이 구별하자면, 에티켓이 어떤 정해진 규칙을 잘 지켜야 한다는 형식 중시의 예의라면 매너는 대인관계에서 보여 주는 그 사람의 평소 습관이나 몸짓 등으로 드러나는 인간성에 그 무게가 실린다고 하겠다.

에티켓은 잘 지켜도 매너가 좋지 않을 수도 있다는 얘기가 된다. 이것은 기본적인 예의를 벗어나는 일을 하지 않는데도 뭔가 인간적 신뢰가 잘 가지 않는 사람을 두고 하는 얘기일 수도 있다.

대체로 그 사람의 인격, 곧 사람 됨됨이가 매너로 나타난다고 볼 수 있다. 인격은 그 사람의 눈빛과 얼굴 표정을 통해서 드러나게 마련이다. 상대를 쳐다보는 눈빛과 그 얼굴 표정 속에 그 사람 마음의 진실성이 담기기 때문이다.

사람들은 매너가 좋은 사람 앞에서는 쉽게 마음을 연다. 그의 사람됨을 보고 그를 전적으로 신뢰하게 되기 때문이다.

더불어 사는 이 사회에서 대인관계의 원만함, 즉 좋은 매너를 보이는 사람이 성공한다는 것은 당연한 일이다. 에티켓을 잘 지키는 것도 중요하지만 함께 있는 사람들에게 인정을 받기 위해서는 좋은 매너로 인간적인 신뢰를 얻어내는 것이 가장 중요하다고 하겠다.

좋은 매너는 만들어지는 것이 아니고 고인 것이 흘러넘치듯 자신도 모르게 드러나는 법이다. 상대에게 믿음을 주는 것도 평소 그 사람이 살아가는 모습의 진실성을 통해서이다.

좋은 매너는 마음의 여유에서 만들어진다. 마음의 여유가 있는 사람만이 상대의 처지를 헤아릴 수 있기 때문이다. 그렇게 매너는 상대의 처지를 생각하고 배려하는 마음에서 생긴다고 할 수 있다.

상대에 대해 배려하는 마음은 상대의 마음을 여는 열쇠가 된다. 자기중심적이고 이기적인 사람을 만나면 사람들은 열었던 마음도 굳게 닫게 된다. 그 사람과의 만남이 덧셈이 아니고 뭔가 잃게 되는 뺄셈이라는 것을 그 매너를 보고 직감하기 때문이다.

남의 인격을 존중하는 것이 곧 좋은 매너가 될 것이다. 술을 먹고 집에 들어온 남편이 그 아내를 발로 걷어찬다면 그것은 그 아내가 발로 차이는 인격을 가졌기 때문일 것이고 그 아내한테 이제 술 좀 그만 처먹으라는 소리를 듣는 남편은 술을 처먹는 그런 인격밖에 안 된다고 생각하면 좋을 것이다.

인격은 누가 만들어 주는 것이 아니고 자기 스스로가 채워 만드는 것이다.

존경받는 인격, 좋은 매너 만들기의 비결이 하나 있다. 책이 곧 인격이라는 것을 믿을 때 그것이 가능하게 될 것이다. 책을 손에 들고 있는 아내를 발길로 차는 남편이 어디 있겠는가. 책을 손에 든 사람의 얼굴이 야비하게 보일 리가 없다. 자기가 읽은 책을 직장 동료한테 넘겨주면서 좋은 책이니 한번 읽어 보라고 권하는 그 사람의 인격을 어찌 존중하지 않을 수 있겠는가.

직장에서 일을 다 끝낸 뒤에도 인터넷에 깊이 빠져 킬킬거리고 있는 사람보다 잠시 컴퓨터를 끄고 책을 펴 들고 있는 이가 있다면 그 얼마나 멋져 보일 것인가.

독서가 습관이듯 몸에 밴 좋은 매너는 다른 사람들의 마음을 편안하게 한다. 좋은 책을 읽을 때마다 그 내용에 감동하는 것처럼 매너가 좋은 사람을 만나면 그 표정 하나 몸짓 하나에도 감동하게 될 것이다.

자기 차 망가진 것보다 상대 차의 상태를 먼저 살펴보더란 그 남자의 멋진 매너, 각박한 세상살이지만 가끔은 그렇게 괜찮아 보이는 모습으로 살아가고 싶다.

심심해서 걷어찬 돌인데

　결혼식의 주례로 서서 내가 자주 하는 말이 부부가 서로 사랑하면서 살 수 있는 비결로 '상대를 달라지게 하려는 노력을 해서는 안 된다.' 는 것이다. 상대를 사로잡기 위해 사귀는 과정에는 모든 것을 상대에게 맞추기 위해 갖은 노력을 하다가도 일단 결혼을 하면 잡아 놓은 고기에는 관심이 없듯 처음의 마음이 바뀌게 마련이다.

　상대에게 자기를 맞추기보다 상대가 자기에게 모든 것을 맞추어 달라는 주문을 하기 시작하면서 결혼 생활은 삐거덕거리게 된다. 상대를 달라지게 하려는 부질없는 노력 때문이다. 그때부터 서로의 생각이나 느낌이 충돌하기 시작한다.

　젓가락질을 왜 그렇게 하느냐. 당신, 왜 그렇게 목소리가 커. 무식하게스리. 나는 당신의 그런 말투, 정말 밥맛이야. 그 부모에 그 자식이지 별수 있냐. 흥, 고물장수 애비는 그렇게밖에 안 가르쳤냐. 이 쌍! 왜, 폭력을 쓰시겠다 이거야? 난쟁이 똥자루만한 게.

　이런 식의, 상대의 열등감인 자신 없는 외모나 그 부모 형제를 거론하며 험구하는 일로 상대에게 치명적인 상처를 입히다 보면 결국 부부 사이에 건널 수 없는 깊은 강이 흐르게 마련이다. 상대를 제압하기 위해 생각도 없이 마구 쏟아 낸 말들이 생각보다 심각한 결과를 가져올 것은 뻔하다.

설사 자기 속에는 그런 생각이 있더라도 결코 밖으로 내몰아서는 안 될 말이 있는 법이다.

참을 인(忍)의 글자 모양을 보면 칼 밑에 마음이 있다. 참아야 할 때 참지 못하고 내보낸 말이 상대의 마음에 결정적 상처를 줄 것은 당연하다. 특히 부부 사이에 결코 해서는 안 될 말이 있는 법이다.

이웃에 실제로 있던 이야기이다. 부부가 마주앉아 이런저런 이야기를 나누던 중 남편이 나는 다음 세상에 태어나서도 당신하고 함께 살고 싶다고, 아내 사랑의 마음을 그런 식으로 표현했다. 그러자 부인이, 단호히 난 아니라고, 지금 함께 사는 것만 해도 지겨운데 뭘 다시 또 만나느냐고 고개를 내저었다.

부부 사이에 이 정도 농쯤 어떠랴 싶었겠지만 막상 그 말을 들은 남편의 반응이 생각보다 심각했다. 집에서는 물론이고 직장에 나가서도 실심한 얼굴로 매사 의욕을 잃고 지내더니 결국은 그 스트레스로 인한 불치병까지 얻어 세상을 떠나고 말았던 것이다.

어쩌면 남편이 평소 그 부인한테 상처를 주는 말을 수없이 많이 했는지도 모른다. 하긴 이런 경우 남자가 여자들보다 더 상처를 받는다는 얘기도 있다.

오랫동안 만나지 못하던 사람을 우연히 만났을 때 툭 딘지는 한마디가 상대에게 큰 상처를 주는 경우도 흔하다. 어떤 사람이 오랜만에 만난 사람의 손을 잡았다가 놓으며, 매우 놀란 얼굴로, "왜 이렇게 팍삭 늙었느냐."고 했다. 오랜만에 보았으니 얼굴이 많이 망가져 보일 수도 있다. 문제는 '팍삭 늙었다'는 그 표현이다. 그 말을 들은 사람이 그날 이후

갑자기 팍삭 늙어 버리더란 얘기도 있다.

그냥 심심해서 걷어찬 돌이지만 그 돌에 맞는 개구리로서는 치명적일 수밖에.

말이 화가 된다고 자기가 실수한 말이 자기 자신에게 피해가 돌아오는 것만 겁냈지 자기 말로 해서 남들이 입을 상처에 대해서는 별로 신경을 쓰지 않는 경우가 많다.

가까운 사이일수록 말을 조심해야 한다. 어떤 말을 하기에 앞서 상대의 형편과 생각을 먼저 읽고 이해하려는 배려의 마음, 즉 말하기의 매너가 필요하다는 것이다.

사람 사이의 가장 이상적인 말하기는 자기가 하고 싶은 말을 상대가 먼저 말하게 하는 방법이다. 그 정도면 이미 상대의 마음을 움직일 수 있는 꼭 필요한 말만 했다는 뜻이다.

더 특히 부부 사이의 이상적인 대화는 상대의 눈을 찾아 눈으로 말하는 일이다. 눈은 결코 거짓말을 하지 못하기 때문이다.

양복 입은 뱀

'사이코패스'란 말이 연쇄살인범의 동의어처럼 쓰이고 있다. 유영철과 강호순 같은 반사회적 인격 장애자들이 저지른 끔찍한 범죄의 남은 영향일 것이다.

그러나 그들 흉악범들은 범죄가 드러나기 전까지는 다른 사람들과 구별되는 그 어떤 징후도 보이지 않았다. 다른 사람처럼 양복도 입었고 좋은 차도 몰고 매력 있는 미소로 주위의 환심도 사는 그냥 평범한 우리의 이웃이었을 뿐이다. 어쩌면 그들에겐 자신의 공격적 성향이 노출되는 것을 막기 위한 본능적 위장술이 발달했을 수도 있다. 다른 사람이 겪는 고통에 대해 무감각함을 눈물로 위장한다거나 사탕 같은 사랑을 입에 물고 살았는지도.

이처럼 우리가 두려워하는 것은 자신의 참모습을 감춘 채 다가오는 폭력이다. 눈에 보이는 광기는 사람들로 하여금 그 위해에 대처할 수 있는 기회를 주지만 질 나쁜 악일수록 그 가해의 수법이 주도면밀해 피해자는 치명적인 상처를 입고도 대부분 그 가해의 정체에 대해 모르게 마련이다.

더 치사한 폭력은 힘없고 무지한 사람들을 이용해 자신의 이익을 챙기는 뻔뻔한 얼굴들로부터 나온다. 오래전부터 우리는 나라를 위해서, 잠자고 있는 정의를 일깨우기 위해, 우리의 가난한 이웃을 위해 싸우고 있다는 정치판의 목소리 높은 정치꾼들을 수상쩍은 눈으로 바라보기 시작했다.

유감스럽게도 우리는 심리학자 로버트 헤어의 '남다른 지능과 위장술로 사람들을 조종해 자신이 속한 조직과 사회를 위기로 몰아넣는 화이트컬러 사이코패스'를 '양복 입은 뱀'이라고 비유한 말에서 입씨름의 명수 정치꾼들의 얼굴을 떠올리게 된다.

정치판 정치꾼에 대한 불신이다. 분명 우리네 보통 사람들보다 똑똑하고 덕망 있는 사람들이 일단 정치판에만 들어가면 개판으로 달라지는 그 두 얼굴에 대한 배신감이다.

나라 걱정은 물론 우리 모두의 고통에 대해 누구보다 잘 알기 때문에 싸움의 선봉에 섰다는, 그들의 높은 목소리는 우리의 희망이었고 미래였다. 그리하여 그들에 대한 믿음과 기대로 촛불까지 켜들고 거리로 나섰던 것 아닌가. 그러나 무엇이 달라졌는가. 우리의 그 맹신적 추종이 좌우 이념의 담 쌓기에, 사회 분열 조장에 기여했을 뿐 달라진 것은 아무것도 없다. 아니 달라진 것이 있다. 우리를 조종한 정치꾼 그들의 이름이 빛났고 머리 굴린 만큼 표를 더 얻었으며 당리당략을 위해 몸 바쳐 싸워 얻은 전리품인 저 권좌의 거드름.

오래전 나는 불신과 증오, 소외와 좌절, 억압과 굴복 등 광기의 모태를 리트머스 시험지 삼아 사이코 연작 소설 몇 편을 쓴 적이 있다. 이 시대의 광기를 성공하지 못한 악의 한 유형으로 보아 다분히 필요악을 미화하는, 불편한 심기의 반영이었다. 위선과 부패보다는 소외된 인간의 광기가 한결 창조적이고 인간적일 수 있다는 생각 그 이면에는 위선의 탈을 쓴 정치꾼이야말로 이 시대의 성공한 악이라는, 당대 정치판에 대한 환멸이 짙게 깔려 있었다.

　노름꾼, 협잡꾼이나 다를 바 없는 혹세무민의 정치꾼이 아닌, 세상을 다스리고 백성을 구제하기 위해 서로 마주앉아 진지한 얼굴로 고민하는 정치가를 기다린다. 혼란한 질서를 바로 세우기 위해 대립을 조정하고, 맞설 것은 당당히 맞서되 자기 생각과 다른 사람의 말도 소중히 다루는, 그렇게 덕 있는 정치가를 생각한다. 예전이나 지금이나 정치판 행패 그 버전만은 하나도 바뀐 게 없다는, 정치판 비하의 그 인식을 바꿔 놓을 참신한 정치가를 만나고 싶다.

　희망은 있다. 욕을 하면서도 결국은 한 표를 던져 만들어 낸 그 정치꾼들을 이제 버릴 때가 됐다는 것. '양복 입은 뱀'을 기르는 것도, 우러러 따를 큰 정치가를 모시는 것도 모두 우리의 선택, 그 판단에 달렸다는 것을 깊이 깨달을 수만 있다면.

우리 아이들, 정보의 노예로 키울 것인가

'알아야 도둑질도 한다.'는 속담이 있듯 '아는 것이 힘, 배워야 산다.' 라는 교육현장에서 흔히 볼 수 있었던 표어는 우리네 교육열을 세계 최고로 만드는데 결정적 역할을 했다.

그러나 '모르는 것이 상팔자다.' 혹은 '아는 사람은 모르는 사람의 종이다.' 등 때로 그 앎이 불러올 수도 있는 여러 가지 불편함을 넌지시 경계하는 속담도 꽤 있다.

아는 것이 병이 되지 않기 위해 알 것을 제대로 가려 알자는 이런 뜻의 말이야말로 정보화 사회를 사는 우리 모두가 새겨들을 만하다.

정보가 한 개인이나 사회변동의 원동력이 되는 사회를 정보화 사회라 한다. 국어사전은 정보란 낱말을 '관찰이나 측정을 통하여 수집된 데이터를 실제 문제에 도움이 되도록 해석하고 정리한 지식이나 그 자료.'로 정의하고 있다.

정보는 내가 앞서가기 위해 상대방에 대해 아는 일이며 무엇을 미리 헤아려 짐작하거나 그중 어떤 것을 가려 뽑기 위한 판단의 결정적 토대라고 할 수 있다.

그러나 우리는 무엇을 예측하고 선택해야 하는 순간 그 성찰과 판단을 흐리게 하는 정보로 해서 혼란을 일으키는 경우가 많다. 내게 꼭 필요한 정보를 결정적으로 훼방 놓는 그런 정보를 우리는 잡음정보라 일컫는다.

많은 정보 중에서 무엇이 유용하고 그 쓰임을 어떻게 해야 할 것인가를 재빨리 알아내는 정보 마인드를 유연하게 작동시키는 것이 유익정보라면 잡음정보는 오히려 그 촉수를 마비시키는 역할을 한다. 물론 유익정보도 그것이 너무 넘칠 때 우리를 혼란에 빠뜨린다. 감당하기 힘든 그 정보에 완전히 함몰되어 생각의 갈피를 잃어버리기 때문이다.

정보의 홍수, 정보의 공해가 정보화 사회의 가장 큰 문제로 떠오르고 있다. 인터넷을 통한 그 무한량의 정보 온라인화 앞에서 사람들은 오래전부터 완전히 기가 죽었다. 무섭게 진화하면서 오직 빠른 기능만을 필요로 하는 첨단기기 앞에서 사람들의 사고력은 점점 위축되거나 황폐화하고 있다.

특히 정보는 빠른 속도를 요구한다. 누구보다 먼저 많은 정보를 얻어야 한다는 강박에 쫓겨 허겁지겁 마구잡이로 주워들으면서 그것이 모두자기 것인 양 착각하게 된다. 특히 속도는 생각에 반비례하기 때문에 남들을 따라 정신없이 뛰어다니다 보면 남들 흉내만 내고 있을 뿐 자기 생각, 자기 인생을 깡그리 잃어버리게 된다.

서구 선진국에서 어린이들의 인터넷 사용이나 그 속도를 엄격하게 제한하고 있는 이유도 바로 그것이다. 남들이 아는 것, 가진 것을 그와 똑같이 갖고 싶어 하는 아이들에게 남들의 그것보다 더 가치 있는 것이 무엇이고 아직 남들이 보지 못한 것을 볼 줄 아는 눈을 뜨게 하기 위해서 아이들 마음의 안정, 그 여유가 얼마나 필요한 것인가를 고민하고 있는 어른들이 거기 있기 때문에 그 규제가 가능할 것이다.

제대로 된 정보화 사회는 어떻게 하면 우리 아이들을 잡음정보로부터 지켜 낼 수 있는가를 고민하는 어른들을 필요로 한다. 나이 많은 사람도 무엇이 유익한 것이고 무엇이 잡음인가를 분별하기가 쉽지 않은데 하물며 아직 판단력이 제대로 잡히지 않은 아이들이야말로 정보의 홍수, 그 잡음정보 앞에 속수무책일 수밖에 없다. 아이 기죽이지 않겠다고 값비싼 휴대폰을 손에 들려주고, 몇 시간이고 인터넷 앞에 죽치고 있는 얼빠진 아이를 천재 났다고 자랑하는 어른들이 아닌, 진정으로 우리 아이들의 미래를 걱정하는 그런 어른들이 나설 때다.

정말 필요한 지식 정보를 얻기 위해 공부하는 어린 학생들에게 상혼이 낄낄거리고 있는 게임 위주의 인터넷 사용은 마약 중독보다 더 나쁘다. 우리의 희망이고 미래인 아이들의 창의력과 올바른 생각을 키워 주기 위해서 그 백해무익한 잡음정보로부터 아이들을 지켜 내야 한다.

종이책을 읽고 있는 아이들의 모습은 언제 봐도 아름답다. 그 나이에 벌써 자기만의 생각 찾기, 그런 마음의 여유로 자연과 세상을 바라보는 그 모습이 어찌 대견하지 않겠는가.

인간은 인간이다

석가탄신일, 절에 갔던 여성 한 분이 불당 돌계단에서 몸을 말리고 있는 뱀을 발견하고 자지러지게 놀랐다. 때마침 스님 한 분이 지나가는지라 계단의 그 뱀으로 해서 자신이 얼마나 놀랐는가를 높은 목소리로 얘기했다. 스님이 그 여성을 향해 말했다.

"뱀도 사람이 징그럽답니다."

스님은 그 말 한마디를 남기고 뱀이 있는 계단을 피해 다른 쪽으로 발길을 옮겼다. 절에 웬 뱀이냐, 다소 불만 섞인 호들갑을 떨던 그 여성이 머쓱해졌을 것은 당연하다.

개를 빗댄 속담이 많다. '개가 개를 낳는다.', '개같이 벌어서 정승처럼 살랬다.', '개꿈도 꿈인가.', '개를 친하면 똥칠만 한다.' 등. 한결같이 개를 하찮은 짐승으로 본 말들이다. 게다가 '개새끼', '개 같은 새끼', '개만도 못한 놈' 등의 욕에 이르러서는 그 정도가 더 심하다.

개들이 이 사실을 안다면 정말 개가 웃을 일이다. 우리가, 뭐, 어째서? 개 아닌 인간의 처지에서 따져 봐도 그렇다. 개 같은 새끼라니, 개가 어때서?

'쥐새끼 같은…', '여우 같은…', '저 늑대', '인간 거머리', '곰 같은 놈', '돼지는 돼지', '고양이가 원님 반찬을 안다더냐' 등등의 말도 모두가 인간의 처지에서 생물을 바라보는 데서 생긴 고정관념의 산물이다.

쥐의 눈, 여우의 도망가는 모습, 독수리의 날카로운 부리, 주종관계를 거부하는 고양이의 냉정함, 늑대의 그 조심성, 부패에서 생기는 구더기의 그 꼬물거림 등 미물의 생태적 특징 또한 인간들의 어떤 결점을 얘기할 때 많이 빗대진다.

그렇다면 만물의 영장이라 우쭐대는 우리 인간들이 미물들의 눈에는 어떻게 비쳐질 것인가. 우리가 그들을 하찮게 보듯 그들 역시 우리 인간들을 바라보며 쯧쯧 혀를 차고 있을는지 모른다. 그리하여 자기 종족의 어떤 부족함을 인간의 그것에 빗대어 느끼고 있을 수도.

'그 교활하기가 꼭 인간이다.', '인간처럼 잔인하다.', '인간은 관 뚜껑을 닫고 나서야 안다잖아.', '인간의 저 청승이라니.', '달래 인간인가.'

물론 이 세상에 존재하는 미물들은 자신들의 생명을 우습게 생각하는 인간들이 두려워 가능하면 그 만남을 피하려 한다. 인간이 얼마나 잔인한 짐승인가를 알고 있기 때문이다. 더구나 그 생김새부터가 괴상망측한 데다가 두 발로 어기죽거리며 걷는 그 꼬락서니가 얼마나 징글징글할 것인가.

남의 집 삼대독자 그 귀한 어린 생명을 납치해 손발을 묶어 산 채로 강물에 집어던져 죽이는 유괴 짐승 얘기를 하면서 미물들은 인간의 정의를 이렇게 내리리라. 인간은 동족을 죽이는 짐승. 혹은 어린아이를 성폭행하는 뻔뻔스러운 짐승이라고. 돈 때문에 그 이복 여동생은 물론 이웃에서 알고 지내던, 교통사고로 남편과 아버지를 잃어버린 불쌍한 모녀를 납치해 죽인 그 네 마리 짐승들을 얘기하며 미물들이 치를 떨 것이다.

미물들의 또 다른 인간 정의. 인간은 가짜 마음, 가짜 얼굴, 가짜 물건을 사고파는 짐승. 또는, 오직 쾌락을 위해서만 교미를 하도록 퇴화하고 있는 짐승.

다람쥐는 자신이 먹을 밤을 물어다 땅에 묻는다. 그리고 자신이 어느 곳에 밤을 묻었는지를 대부분 기억하지 못한다. 다람쥐가 땅에 묻고 파먹지 못한 그 밤이 몇 년 후에 싹을 틔운다. 이처럼 온갖 미물들은 자신이 먹은 만큼 그 자연을 위해 베풀어야 한다는 자연섭리를 실천하고 있다.

꼭 필요한 만큼만 취하는 짐승들과 달리 인간은 모든 걸 넘치게 가지려 한다. 남의 몫을 빼앗아야만 내 것이 많아질 수밖에. 그래서 싸움이 벌어지게 마련이다.

싸움은 상대에 대한 증오가 클수록 승산이 있다. 상대를 이해하지 못하는 그 불신이 증오심을 부채질한다. 광기를 띤 그 분노와 증오가 세상을 뒤덮고 있다.

제정신을 가지고 살기가 어려운 세상이다. 모두가 어떤 일에 미쳐 있다. 미치지 않으면 저만큼 뒤떨어져 있다는 생각에서 그냥 무작정 달리고 달린다. 뛰다가 넘어지면 그 모든 것을 남의 탓으로 돌려 자기 또한 다른 사람들의 뜀질에 다리를 걸어 넘어뜨린다.

아예 그 뜀질에 동참하지 못한 일부 젊은이들은 방에 처박혀 혼이 들어 있지 않은 사이버 세계에 빠져 자기를 완전히 잃어버리거나 느닷없이 창문에서 뛰어내린다.

정말 이 시대의 무서운 광기는 정치가가 보기 드문 이 나라에서 성공한 악으로 통하는 정치꾼들의 부패다. 쳐다보는 자리에 있는 사람들의 부패한 광기는 부권 상실로, 도덕 불감증으로 속이고 빼앗고 죽이는 일을 합리화한다. 부패를 간식으로 먹은 법이 식중독에 걸린 사이에 인간 목숨이 가랑잎처럼 도처에 나뒹굴고 있다.

모든 생명은 폭력을 두려워하며 죽음을 두려워하니 이 이치를 자기 몸에 견주어 남을 죽이거나 죽게 하지 말란 법구경 구절이 왜 이 시간에 생각나는 것일까. 산 것을 몸소 죽이거나 그것을 결코 묵인하지 말란 불경의 말씀을 단 한 번도 마음 깊이 읊조려 본 적이 없다는 반성일 것이다.

며칠 전 나는 밭에서 일을 하다가 내 기척을 피해 도망가는 뱀 한 마리를 때려잡았다. 그리고 죽은 뱀이 흙냄새를 맡고 다시 살아나면 어쩌나 싶어 그것을 나뭇가지 위에 걸어놓았다.
내가 이처럼 뱀을 죽이는 것은 '너무 길다'란 장콕도의 두 낱말 시처럼 너무 징그럽고 무섭다는 뱀에 대한 고정관념에서 한 치도 벗어나지 못한 채 세상을 살고 있다는 증거일 터. 어쩌면 이브를 유혹한 사특한 뱀 여러 마리를 내 안에 감추고 있음을 그 뱀들만은 알고 있을 것 같은 두려움 때문일 수도.
내 몽둥이에 무참하게 맞아 죽은 그 뱀들이 혹시 이런 말을 남기지는 않았을까.
'인간은 인간이다.'

농악대의 그 신명으로

　며칠 전 시골 고향 마을에서 초등학교 동창들을 만났다. 자식들이 도회지로 다 떠나고 늙은이 내외들만 댕그랗게 남아 살고 있는 그 고되고 외로운 생활 속에서도 조상 대대로 내려오는 그 땅을 지키고 사는 그네들의 자부심이 대단했다.

　그러나 이런저런 고향 얘기 중에 우리가 다니던 초등학교 얘기가 나오자 갑자기 목소리가 불퉁스러워졌다. 지금 현재 전교생이 11명으로 분교가 되거나 학교가 문을 닫아야 할 지경에 이르렀다는 얘기다. 50년대 우리가 학교에 다닐 때만 해도 학생 수가 350명이 넘던, 70년 역사를 가진 모교가 이 지경에 이르기까지의 농촌의 심각한 이농 현상을 직접 겪으며 살아온 동창들의 심기가 오죽했겠는가.

　농촌에 젊은이가 없으니 자식 생산이 있을 수 없는 것은 당연한 일. 어쩌다 자식이 있는 집도 한 집에 겨우 하나, 그것도 아이들이 커 가면서 이런저런 연고를 찾아 도회지 학교로 유학을 내보내니 시골 학교가 문을 닫을 수밖에.

　"그래, 조상한테 물려받은 그 땅, 이제 자네들 죽으면 누가 맡아서 농사를 지을 거야?"

그 사정을 뻔히 알면서도 슬쩍 심사를 건드려 본다.

"누가 맡아서 하긴, 우리 대에서 끝이지."

"그래도 돌아와 농사를 지을 자식이 있을 수도 있잖은가."

이 말에 한 친구의 목소리가 높아진다.

"어떤 놈이 이 잘나빠진 농사짓자고 돌아온대?"

"이제 자네 자식들도 땅이 귀하다는 걸 알 나이가 됐잖은가 말이야."

"개코 같은 소리. 땅이 땅으로 보이는 게 아니여. 땅이 돈으로만 보이는 놈들이 돌아와 봤자 그거 다 헛것이야 헛것."

"아니지. 이제 자네들이 어렵게 지키고 산 이 농촌에도 쨍 하고 볕들 날이 곧 올 걸세."

"누구 약 올리자는 거야. 이 사람아, 이제 농촌은 절벽이야 절벽."

농촌에 살면서 이제 농촌에 더 이상 희망이 없다고 말하는 바로 그 사람들에게서 희망을 찾아야 한다. 그들이 무엇을 원하고 있는가를 아는 일이다.

농사짓고 사는 사람들이 찾고 있는 희망은 단순 선명하다. 힘들인 만큼 거둘 수 있고 거둔 만큼 대접받는 것이다. 영농 정책이 수시로 바뀌더라도 봄에 농사를 시작할 때의 그 설렘이 가을걷이까지 변하지 않았으면 하는 기대. 축산농가에 구제역 파동이 오더라도 그 사후 처리에 신뢰할 수 있는 정책에 대한 바람이다.

춘천의 김유정문학촌 건너편 금병산 자락에 산국농장이란 이름의 과수원이 있다. 선친의 대를 이어 40년 가까이 과수 농사를 짓고 있는 농장 주인 김희목이 요즘 신바람이 났다. 늘 밤늦은 시간까지 뼈빠지게 일을 하면서도 이 일이 자기 대에서 끊긴다는 생각으로 허망해하던 그에게 그의 셋째 아들이 아버지의 대를 이어 농사꾼이 되겠다고 나섰기 때문이다.

비록 땅을 팔아 농사를 지어야 하는 어려운 형편이긴 하지만 요즘 산국농장은 아버지와 아들이 서로 마주 보며 과수나무 가지치기에 한창 바쁘다.

얼마 전 시골 친구 하나가 세상을 떴다. 그는 눈을 감기 전 필리핀 오지에서 시집온 며느리에게서 본 손자의 손을 잡은 채 밖을 내다보며 웃고 있었다. 아들이 한우 축사를 새로 짓느라 땀을 뻘뻘 흘리고 있는 모습이 눈에 들어왔던 것이다.

정초에 풍악을 울리며 마을로 들어서는 농악대의 그 신명으로 그네들이 살 수 있었으면 좋겠다. 農者 天下之大本. 농악대 선두에 펄럭이는 농기야말로 어떤 기세를 드러내 보이는 우리나라 최초의 시위 플래카드라고 해도 좋을 것이다.

농사짓는 사람을 우습게 여기지 마라. 아무나 농사를 할 수 있는 게 아니다. 땀 흘리는 사람만이 이 땅의 주인이다.

누구를 향한 시위일 것인가.

우선 농사짓는 일을 전업으로 삼고 사는 농민들 스스로의 자존심일 것이다. 하늘의 이치를 알고 흙이 지닌 생명력을 아는 작물 생산자로서의 긍지를 드러내는 일이라고 할 수 있다. 농촌에 사는 사람들의 사기를 올려 줄 수 있는 그런 정책에 대한 기대가 크지 않을 수 없다.

물걸리 동창초등학교, 내 모교에 학생 수가 늘어 문을 닫지 않게 되었다는 소식을 기다린다.

학부모 등에 업혀 개울 건넌 이야기

현행 교육 문제를 이야기 나누는 자리였다.

평생을 교직에 몸담았던 전직 교장 한 사람이 교육 일을 맡아보는 중앙행정기관을 줄곧 문교부라고 일컬었다. 함께 있던 전직 동료가 핀잔 주는 말을 했다. "문교부가 뭐야, 교육부지." 그러자 역시 교장 출신인 다른 사람 하나가 껴들었다. "허허, 교육부가 교육인적자원부로 바뀐 게 언젠데…." 또 다른 사람 하나가 나섰다. "웃기고들 있구먼. 허긴 자네들 낡은 머리론 교육과학기술부란 이름 외기도 쉽지는 않을 걸세."

건국 이래 우리의 교육정책이 조령모개했던 것처럼 그 명칭 또한 꽤 자주 바뀌었다. 1948년 건국과 함께 문화와 교육을 아우른다는 뜻으로 발족한 '문교부'가 1990년 교육 전담의 '교육부'로 개칭되었다가 다시 2001년 '교육인적자원부'로, 2008년 정권이 바뀌면서 교육인적자원부가 과학기술부와 통합되어 그 명칭이 '교육과학기술부'가 된 것이다.

다행인 것은 명칭이 어떠하든 그 기관이 모두 이 나라의 교육 문제를 주 업무로 다뤄 왔다는 사실만은 분명하다. 현재의 교육과학기술부 홈

페이지 메뉴 항목부터가 그렇다. 학생·학부모·교원·연구자 중 맨 끝의 연구자 항목만이 과학기술 정책 등 먼저의 과학기술부가 하던 역할을 맡고 있을 뿐 다른 항목은 모두 교육 현장 일들을 다루고 있다.

문제는 홈페이지 팝업창 제목의 섬뜩함이다. '학원부조리 신고센터' 사교육비 경감 대책의 후속조치로 학원 등에서의 불법행위를 신고하면 돈을 주겠다는 내용이다. 말이 '학원 등'이지 자세히 보면 우리 교육 현장 전반의 부조리를 겨냥하고 있다.

빈대 미워 집에 불 놓는다고, 곪은 부위를 도려낸다며 선솜씨로 어설피 쓰는 칼은 자칫 더 크고 중요한 것을 망칠 수도 있다. 학원 교육도 교육인데 유독 그 비리 척결만을 강조하는 이런 엄포성 전략이 우리의 교육 뿌리와 그 바탕 모두를 불신하는 풍조로 번질 수도 있다는 것이다.

우선 교육 현장의 불법행위 신고는 가르침을 받는 학생과 가르치는 선생님과의 관계를 이간질하는 결정적 빌미가 될 터. 더구나 자기 자식이 다니는 학교와 선생님의 비리를 찾는 학부모들의 그 불신의 눈길은 생각만 해도 끔찍하다.

삼위일체의 결속을 미덕으로 지켜 온 우리 공교육 현장의 학생·선생님·학부모들의 관계가 오늘처럼 이간된 상태는 일찍이 찾아볼 수 없었다는 데 문제의 심각성이 있다. 그중에서도 오직 가르치는 신명 하나로 사는 선생님들의 얼굴은 학부모들의 자식 보호 이기주의 앞에서 더욱 참담하게 일그러질 수밖에 없다.

구더기 무서워 장 못 담근다고, 오래전부터 스승의 날에 대부분의 학교가 문을 닫았다. 학부모가 내민 촌지 봉투를 동영상으로 잡고 있는 제자들의 그 한심한 작태 속에서 어찌 가르침의 말이 나올 수 있겠는가.

높은 교육열에 비례해 교육 현장을 바라보는 국민들의 냉소가 매몰찬 것도 임시방편으로 서둘러 만들어 내는 교육정책에 대한 불신 때문이다. 학생·선생님·학부모와의 끈끈한 믿음과 사랑의 줄을 다시 이어 주는 그런 정책이 필요하다. 불신의 눈길을 거두고 사랑하고 따르고 밀어주는 교육 현장의 따뜻한 이야기가 그립다.

　1960년대 초, 경상도 어느 시골 학교 선생님이 가정방문을 갔다. 갈 때 징검다리로 건넌 개울물이 소나기로 불어 돌아올 때는 아이의 아버지 등에 업혀 개울을 건넜다. 한사코 사양하는 선생님을 향해 아버지뻘 되는 아이 아버지가 간절한 눈길로 애원했다.
　"선생님, 지도 효자 노릇 좀 하게 하소."
　아이의 할아버지가 집에서 개울 쪽을 지켜보고 있었던 것이다.
　선생님 배웅을 마친 뒤 서로 손을 잡고 다시 개울을 건너가는 그 집 아버지와 아들의 뒷모습은 생각만 해도 아름답다.

　"그때만 해도 가르치는 게 참 즐거웠지."
　아직도 문교부란 명칭이 입에 익은 예의 그 전직 교장의, 가정교육이 살아 있던 그때 그 시절 교육 이야기의 맺음말이다.

작은 것이 더 아름다운데

눈앞에 있지만 그것을 보지 못하는 사람에게는 그것이 존재하지 않는 것과 마찬가지다. 또한 보더라도 어느 지점에서 어떤 눈으로 바라보느냐에 따라 그것의 가치는 달라질 수밖에 없을 것이다.

소양1교 부근의 소양강 처녀상은 이제 춘천의 한 상징 구조물로 자리 잡았다. 그러나 '소양강 처녀상'을 바라보는 사람들의 생각은 조금씩 다르다.

〈소양강 처녀〉는 오래전부터 전 국민의 애창곡으로 이제 춘천의 한 브랜드가 되었다. 이를 기념하기 위한 노래비와 동상이 소양강변에 세워진 일을 놓고 시비를 걸 사람은 아무도 없을 것이다.

문제는 그것을 세울 때 좀 더 심사숙고하는 과정이 있었더라면 하는 아쉬움을 얘기하는 사람들이 적지 않다는 것이다. 누구나 다 암송할 수 있는 노랫말이라 자그마한 자연석에 작은 글씨로 새겨 넣었더라면 더 운치가 있지 않았겠느냐 하는 지적이다.

노래비는 그렇다 하더라도 정말 시비를 걸고 싶은 것은 '소양강 처녀상'의 크기인 것이다. 외지에서 온 어떤 사람이 차를 타고 그 앞을 지나

다가, 춘천에 웬 잔 다르크상이냐고 해서 동행하던 사람들 모두가 웃은 적이 있다.

백년전쟁 때 조국을 위기에서 구한 프랑스의 국가 영웅 잔 다르크가 화형당해 죽은 루앙에 가 봐도 '소양강 처녀상' 같은 그런 크기의 동상은 어디에도 찾아볼 수 없었다.

이 고장의 기관장으로 부임해 온 어느 분이 필자를 만난 자리에서 단도직입으로 '소양강 처녀상'은 춘천의 이미지와 영 어울리지 않는다고 했다. 그것이 이 고장 문화예술의 이미지를 얼마나 훼손하고 있는지 아느냐고 다그치는 일도 잊지 않았다.

필자 역시 어느 날 '소양강 처녀상'이 세워진 것을 바라보고 경악을 했다. 어떻게 저처럼 거대한 구조물이 소양강 처녀라는 이름을 빌어 세워질 수 있었단 말인가.

노래 〈소양강 처녀〉의 캐릭터는 어떤 여인의 모습일까. 여기 그 노랫말을 적어 함께 생각해 보기로 한다.

해 저문 소양강에 황혼이 지면/외로운 갈대밭에 슬피우는 두견새야
열여덟 딸기 같은 어린 내 순정/너마저 몰라주면 나는 나는 어쩌나
아, 그리워서 애만 태우는 소양강 처녀

동백꽃 피고 지는 계절이 오면/돌아와 주신다고 맹세하고 떠나셨죠
이렇게 기다리다 멍든 가슴에/떠나고 안 오시면 나는 나는 어쩌나
아, 그리워서 애만 태우는 소양강 처녀

황혼이 지면 외로워 두견새처럼 슬피우는, 그리워서 애만 태우며 기다리

다 멍든 가슴의 '열여덟 딸기 같은 어린 순정'의 소녀가 바로 '소양강 처녀'인 것이다.

　잠깐 정을 주고 떠나간 도시 남자를 기다리는, 버림받은 한 소녀의 애처로운 모습이 노래 부르는 이들의 가슴에 연민을 자아낸다. 결코 돌아와 줄 리 없는 그 남자를 기다리고 있는 청순 가련형 소녀의 심정이 되어 부르는 노래인 것이다.

　버림받은 소녀는 자신이 받은 사랑의 상처와 그 그리움을 남의 눈앞에 드러내기는커녕 외진 곳에 혼자 숨어 눈물 흘리고 있을 뿐이다.

　가까이 다가가 연민의 손길로 위로해 주고 싶은 그런 작은 모습의 소녀가 '소양강 처녀상'이어야 한다. 자그마한 모습이기에 그 옆에 서서 사진이라고 한 장 찍고 싶은 그런 친근감 있는 구조물이었으면 얼마나 좋았을 것인가.

　부츠(버선인가?)를 신고 치맛자락을 휘날리며 저렇게 엄청난 위엄으로 나보란 듯이 서 있는 저 소녀가 어찌 춘천의 소양강 처녀일 수 있겠는가.

　춘천에는 입에서 입으로 소문이 나 춘천을 찾는 관광객들이 꼭 찾아보고 가는 작은 조각상이 하나 있다. 의암호의 바위 자락에 없는 듯 있는 작은 인어상이 바로 그것이다.

　의암호의 인어상처럼 '소양강 처녀상'도 소양강 어느 외진 곳에 숨은 듯 애처로이 서 있는 그런 모습일 때 춘천을 사랑하는 사람들의 발길이 오래오래 끊이지 않으리라.

7부

안 · 밖

그 눈물 한 방울이
반짝 빛난다.

물방울은 예술이다, 눈물로 빛나는 순간

—2017문예비엔날레 〈저작걸이展〉, 「우상의 눈물」 작가의 말

'오래전에 발표된 이 작품이 지금도 긴히 읽히고 있다는 것은 소설에서 우의로 다룬 당대의 비합리적 사회구조가 여전히 바뀌지 않고 있음을 뜻한다.'는 어느 사회학자가 「우상의 눈물」을 읽은 독자들 앞에서 한 말이다.

1970년대 말, 아니 오늘도 세상은 여전히 그렇다. 가치의 혼란, 의미의 분열, 질서의 파괴, 이런 나쁜 현상의 되풀이 앞에서 늘 마음이 편치 않았다. 바른 정치가를 만나기 어려운 시대일수록 정치꾼들이 판을 친다. 여북하면 정치꾼을 잘못 쓰이는 힘의 졸개, 성공한 악이라고까지 폄하했을까.

예나 제나 위선과 교활한 지혜는 질 나쁜 폭력이다. 더구나 합법을 구실로 내세운 그 폭력 앞에 진실이 은폐되고 있었다. 〈우리〉의 일사불란한 행진을 위해 〈나〉 혹은 〈그〉가 아무렇지 않게 잘려 나가는, 획일화 그 동일시의 악랄한 힘에 대한 분노를 빗댐의 이야기 구조로 빚어내고 싶은 충동에 시달렸다. 「돼지새끼들의 울음」^(1975년 현대문학)과 「우상의 눈물」⁽¹⁹⁸⁰

년 세계의 문학)이 바로 그 산물이다.

그 시대 대도시 학교 주요 과목 교사들은 부업으로 집에서 돼지새끼들을 길렀다. 그렇게 길들여지던 돼지새끼들이 반란을 시도한다. 선생님을 슬리핑백 속에 집어넣은 것이다. 그리고 돼지새끼들은 울음을 터뜨린다. 울음은 카타르시스의 다른 말이다. 슬퍼서 운다. 기뻐서도 운다. 억울해서, 억울해서 울 때도 있고, 더러는 무서움이 울음이 되기도 한다. 측은해서 우는 그런 울음도 있다.

악마는 울지 않는다. 그 돼지새끼들 중 악마라고 불리는 매우 포악한 아이가 하나가 있었다. 우상인 그 아이로 하여 자율이란 낱말로 순항을 해야 할 〈우리〉의 결속에 문제가 생길 수밖에.
그러나, ㅎㅎ,ㅎㅎㅎ…… 악마는 교활한 천사들의 웃음소리가,
―무섭다. 무서워서 살 수가 없다.
악마가 눈물을 흘린다. 그 눈물 한 방울이 반짝 빛난다.

그리고 〈저작걸이展〉에서 아티스트 오태원의 작품과 만난다. 물방울이 곧 눈물이란 아포리즘으로 승화한 오태원 작가의 작품 앞에 선다. 그이가 만들고 연출한 조형, 설치 영상, 사진 앞에서 마음이 가볍다. 예감이 맞은 것이다. 오롯이 오태원 작가의 작품, 예술로 형상화한 그 우상과의 만남이다.

물방울, 떨어지거나 맺힌, 물의 작은 덩이. 그 투명함은 형태 지속의 한계를 알리는 초침이다. 그리하여 저 영롱하고 또렷한 동그라미는 물의

욕망이다. 빛나고 싶은 물의 꿈이다. 더 나아갈 수 없는 욕망, 내일이 없는 그런 꿈이다.

그리하여 물방울의 작가는 물방울로 말한다. 내 물방울 속에는 수많은 눈물이 담겨 있다고. 저 현현히 흐르는 눈물이 모두 그 어떤 영혼들의 현신이라고. 그래서 외롭고, 그래서 저 물방울 하나하나가 모두 소중하다고.

일정한 형태를 갖지 못한 물은 물방울이 되는 순간 물의 동시성 혹은 획일화를 벗어나 또렷이 한 개체로 존재한다.

퐁퐁, 물방울은 소리를 내며 태어나기도 한다. 동글동글 작게, 크게 둥글둥글, 그 하나하나가 다 같으면서도 각기 다른 모습의 영혼으로 환생한다.

그리하여 오태원 작가의 물방울은 다이나믹 다양성으로 빛난다.

물방울을 오브제로 한 물방울 형상의 물방울은 또 다른 맵시와 또 다른 빛깔의 물방울로, 크기와 부피감을 달리하면서 거기 강렬한 울림으로 존재한다.

물방울이 놓인, 아니 지금 막 떨어지고 있는 거기, 그렇게 물방울이 잠시 머무는 또 다른 세팅, 서늘하게 붉은 저 물방울을 끌어안고 있는 저 거친 갯벌의 불화가, 저 숲의 고요를 날카롭게 흔들어 깨우는, 서로 밀어내면서도 당기는 저 위태로운 안티노미의 현장이 왠지 낯설다. 낯설기에 또다시 보·고·싶·다.

아무래도 그렇다. 저 대책 없는 붉은 빛깔의 욕망, 물방울은 절규하고 있었다. 나, 여기 있다고, 그러나 더 이상 볼 수 없다고.

우상의 눈물

물방울의 반짝 빛나는 눈물을 보았다.

「우상의 눈물」독자가 묻는다.
기표, 죽었지요?
그렇게 무서운 물방울을 봤단 말인가.
아니 안 죽었어요. 물방울 작가의 대답이다.
당신의 그 눈물 속에 살아 있다, 고.

한국전쟁, 그 악령을 만나다

—2015년 9월, 〈터키-한국 문학심포지엄〉 발표문

1. 한국전쟁

나는 1984년 여름 서울에서 루마니아 출신 『25시』의 작가 게오르규를 만났다. 1974년에 이어 한국을 세 번째 방문했다는 그는, 한국전쟁을 나무톱으로 그 몸이 절단된 예언자 이사야 묵시록 내용으로 비유했다. 쇠톱보다 나무톱으로 잘리는 것이 훨씬 더 고통스럽다는 말로 한국 분단의 비극성을 강조하고 있었던 것이다. 그는 이어 휴전선을 다녀온 소감으로, 휴전선에 가 보니 총성은 들리지 않지만 언제 다시 전쟁이 벌어질지 모르는 급박한 상황을 보았다면서 그 전선으로부터 불과 50킬로의 거리에 있는 서울에서는 대형 빌딩이 줄줄이 서고 있다면서 그것이 그로서는 이해하기 어렵다고 했다. 남북이 서로 팽팽하게 대치하고 있는 심각한 상황과는 상관없이 활기에 차 있는 서울 사람들에 대한 느낌이었다.

1950년 6월 25일 북한군의 남침으로 시작된 전쟁은 1953년 7월 27일 휴전협정에 의해 끝나기까지 3년이 걸렸다. 3년간의 전쟁으로 한반도 전체는 극심한 피해를 입었다. 산업시설은 물론이고 제대로 서 있는 집을 찾을 수 없을 만큼 모든 것이 불타고 무너져 내렸다. 인명피해도 그만큼 컸다. 북남 합해 모두 250여만 명이 사망했고 약 20만 명의 전쟁미망인과 10여만 명이 넘는 전쟁고아에, 1천만 명이 넘는 이산가족이 생기는 등 민간인의 피해가 더 컸다.

한국전 참전 우방국의 사상자도 많았다. 3천여 명의 병사를 파견한 터어키만 해도 700명이 넘는 사망자와 2천여 명의 부상자에 실종자와 포로를 합하면 그 숫자는 더 늘어난다.

한국전쟁. 일어나지 말아야 할 전쟁이었다. 그리고 벌써 끝나야 할 전쟁이 휴전협정으로 포화는 멎었지만 한반도에서의 전쟁은 현재 진행형이다.

세계에서 유일한 분단국가인 한국과 북한은 오늘도 경쟁적으로 국방예산을 늘여 군사력을 증강하고 있다. 엊그제도 북한은 탄도미사일을 쏘아 올렸다. 한미합동군사훈련을 중단하라는 엄포다. 무기보다 더 무서운 것은 남과 북이 서로에 대해 불신하고 증오하는 적대관계의 냉전체제를 굳건히 지켜 가고 있다는 것이다. 세계2차대전이 끝나면서 두 개로 나눠진 두 진영은 각자 자기 체제의 존립 명분인 이념 다지기와 체제의 우월성을 전쟁을 통해 얻고자 했듯 오늘도 그런 상태의 냉전은 진행 중이다.

한국전쟁은 같은 민족이 서로 원수가 되어 싸운 전쟁이다. 원래 하나였던 것이 둘로 갈라지기 위한, 갈라져야만 하는 전쟁이라 그 상처와 아픔이 더 클 수밖에 없었다. 전쟁에 의해 완전히 파괴된 산업시설이나 집보다 더 큰 피해는 이제까지 동질로 지켜 온 모든 가치와 질서가 무너지면서 덮쳐 온 혼란이었다. 전쟁을 통한 동질의 이질화 현상은 양측 정부가 그것을 자기들 체제의 성곽 쌓기 명분으로 삼으면서 더욱 깊어질 수밖에 없었다. 이념을 달리한 만큼 모든 생각과 삶의 방식이 달라 사사건건 시비가 생긴다.

한국전쟁의 또 다른 양상은 내전인 동시에 1945년 2차대전이 종식되면서 미국과 소련 등 세계 강대국들이 한반도를 각축장으로 한 외세 개입의 전쟁이었다는 점이다. 1945년 8월 미·소 양군이 북위 38도선을 분단 경계로 선언함으로써 같은 민족 한 나라가 반으로 쪼개졌던 것이다. 그런 면에서 보면 한국전쟁은 고래싸움에 새우 등 터진다는 말처럼 이긴 자는 없이 모두가 피해자다.

한국전쟁이 빨리 끝나지 않고 3년이나 걸린 것이나 그 피해가 더 컸던 것도 외세 개입의 외전 양상을 띠었기 때문일 수도 있다. 그리하여 한국전쟁은 더 높은 고지를 점령한 뒤 더 유리한 명분 위에서 세계에 힘을 과시하기 위한 강대국들의 전쟁 그 축소판이라고 보아도 좋을 것이다.

한국전쟁, 끝나지 않은 전쟁이다. 한반도의 분단 상황은 반세기를 훨씬 넘겨 오늘까지 남북 양쪽 국민이 안고 있는 가장 절실한 현실문제요, 극복해야 할 민족 최우선의 과제라는 사실에 누구나 인식을 같이하기 때문이다. 분단은 현재 우리가 당면하고 있는 정치, 경제, 사회, 문화 등 모든 문제의 구심점인 동시에 그 발전의 장애요인이다. 어쩌면 그것은 문제 해결의 단서이며 미래 가능성 그 자체라고도 할 수 있다.

2. 10살 소년의 눈으로 본 한국전쟁

유년의 각인된 기억은 그 사람의 인생관이나 삶의 방식에 어떤 형태로든 작용한다고 본다. 바꿔 말하면 사람은 때로 자신이 처한 상황에 대처하는 한 방식으로서 유년의 어떤 기억에 의존하고 있다는 것이다.

초등학교 4학년, 열 살 나이에 전쟁이 터졌다.

전쟁이 나기 몇 달 전으로 기억한다. 읍내 경찰서 뒷마당에 잡아다 놓 았다는 빨갱이(한국에서 공산주의자를 속되게 이르는 말)를 보기 위해 아이들과 함 께 경찰서 담벼락에 매달렸다. 어른들이 말하는 빨갱이란 도대체 어떻게 생긴 괴물인가.

그러나 우리는 그날 경찰서 뒷마당에 포승에 묶인 채 앉아 있는 대여섯 명의 남자 어른들을 보았을 뿐이다. 더 맥 빠지는 일은 그 빨갱이 속에 우리 이웃집 아저씨가 끼어 있었다는 사실이다.

아마 그 무렵이었을 것이다. 우리 아버지 또한 경찰서에 잡혀 들어가 꽤 여러 날 돌아오지 않았다. 그때의 암울했던 집안 분위기를 잊을 수가 없다. 아버지가 집에 돌아왔을 때는 입고 나갔던 옷이 피투성이가 된 채 가마니에 둘둘 말려 있었다. 아버지가 무슨 연명 문서에 이름을 남겼기 때문이라는 어른들의 귓속말을 흘려들었을 뿐 나는 이제까지 그 사건의 경위에 대해 아는 바가 없다. 그 일에 대해 더 이상 아는 것이 겁났기 때 문이다.

여름 난리가 터져 피란을 나가는 중 북쪽 병사들이 타고 온 트럭이 우 리를 앞질렀다. 여름 햇살은 따가웠고 흙먼지가 풀풀 날리는 신작로 위 에서 나는 휘발유 냄새와 함께 북쪽에서 내려온 병사들의 낯선 군복에서 후끈 풍기는 땀 냄새를 맡았다.

북에서 내려온 병사들이 피난민 대열을 가로막고 좋은 세상이 왔으니 이제 안심하고 집으로 돌아가라고 했다. 나는 여름날 신작로 위에서 이 제까지 눈에 익숙했던 풍경들이 느닷없이 달라져 보이는, 그 생경스럽고 섬뜩했던 느낌으로 전쟁 냄새를 맡았던 것이다.

세상이 바뀐 것이다. 아버지는 얼마 전의 그 일로 겁을 먹은 탓인지 시 골 친척집에 숨어 모습을 보이지 않았다. 전쟁이 나자 우리 아버지처럼 사람들 앞에 나서기를 두려워하는 어른들이 있는가 하면 팔에 붉은 완장을 두르고 읍내를 휘젓는 낯선 얼굴의 어른들도 있었다.

내가 인민군 병사를 처음으로 가까이 본 것은 우리 집 마루에 걸터앉아 여봐란 듯이 자기키만큼 긴 총을 내게 보여 주다가 오발 사고를 낸 한 열예닐곱 살쯤 돼 보이는 빡빡머리 소년 병사였다. 그날 이후 나는 인민군 생각만 하면 그날 자신이 낸 총소리에 놀라 나와 함께 마루에 나자빠졌던 그 어린 병사의 얼굴부터 떠올랐다.

전쟁 공포 중 가장 구체적인 것은 멀리에서 소리부터 들려오는 폭격기의 출현이었다. 어느 날은 읍내 상공에 비행기가 나타나자 아이들은 그전처럼 삐라를 뿌리는 줄 알고 강변으로 달려 나갔다. 그러나 그날 비행기에서 던져진 것은 삐라가 아니라 읍내 다리를 끊기 위한 폭탄 세례였다. 그 폭격으로 일제 때 놓은 읍내 다리가 두 동강이 났다.

그날부터 시작된 유엔군 비행기 폭격을 피해 읍내에서 멀리 떨어진 시골 마을로 피난을 갔다. 그 시골마을도 전쟁의 소용돌이 속에 인심이 흉흉했다.

무서웠다. 밤은 밤대로, 낮은 낮대로, 낯선 사람은 낯설어서, 아는 사람은 알기 때문에 무서웠다. 다른 세상을 만나 살기 띤 눈으로 기세등등하던 어른들이 그해 9월쯤에는 그동안 모습을 감추고 있던 마을 청년들한테 잡혀 죽었다.

마을 사람들 칼에 찔린 자식이 빠져나온 창자를 끌어안고 신음하다가 죽자 그 시신을 끌어안고 밤새 절규하던 그 어머니의 울음소리가 지금도 생생하다.

그해 가을 퇴각하는 인민군 패잔병을 잡기 위해 길목을 지키고 숨어 있던 어른들의 살기 띤 눈만 봐도 우리는 오줌이 마려웠다. 마을 사람들한테 붙잡힌 인민군 하나가 품속에서 꼬깃꼬깃한 태극기를 꺼내 만세를 부르면서 살려 달라고 애원하던 모습도 기억난다. 우리 집 부엌에 숨어들었던 인민군 병사가 마을 청년들한테 잡혀 나가면서 나를 바라보던 그 절망적인 눈빛도 잊을 수 없다.

그렇게 붙잡힌 인민군 패잔병들은 진격해 오는 국군에게 인계되기도 했지만 당시의 급박한 상황에 의해 대부분 마을 인근 골짜기로 끌려가 땅속에 산 채로 묻혔다.

어른들이 인민군을 산속에서 그렇게 처치하고 돌아온 밤은 유난히 마을 사람 전체가 공포에 떨었다. 인민군 부대가 곧 마을로 들이닥쳐 그 보복을 할 것이라는 소문 때문에 마을 사람 모두가 산속에 숨은 채 밤을 새웠던 날도 있었다.

사람 목숨이라는 게 정말 별게 아니었다. 총에 맞고 칼에 찔리고, 비행기 폭격에 온 가족이 살점을 흩뿌리며 죽었어도 사람들은 슬퍼하지 않았다. 죽어 가는 사람들이나 그것을 보는 사람들 눈에는 그냥 원초적인 증오심과 동물적 공포감만이 번뜩였을 뿐이다.

북쪽 땅 멀리까지 진격했던 한국군과 유엔군이 중공군의 인해전술에 밀려 다시 후퇴한 전쟁을 1.4후퇴라고 한다. 그 겨울은 유난히 눈이 많이 내렸다. 북쪽으로 밀고 올라갔던 병사들이 남쪽으로 넘어오기 위한 피란민들과 함께 그야말로 민족의 대이동이 그 눈길 위에 길게길게 이어졌다. 흥남철수 등 당시 북쪽에서 남쪽으로 넘어온 사람들에 의해 1천만 명이 넘는 이산가족이 생긴다.

우리 가족도 부엌 바닥에 세간을 대충 묻고 피난민 대열에 끼었다. 고갯길에는 그 전날 적의 선발대 공격을 받아 죽은 수십 구 시체들이 눈 속에 그대로 나뒹굴고 있었다.

눈길 속의 피난길은 하루 이십 리 이상을 걷지 못했다. 아버지는 가족들이 들어가 잠을 잘 수 있는 방을 얻기 위해 식구들을 길에 세워 놓은 채 멀리 떨어져 있는 산 밑 마을을 헤맸다. 운이 좋으면 방 하나에 수십 명이 함께 잘 수 있는 집을 찾을 수 있었지만 대부분 마당에 화톳불을 피워 놓고 둘러앉아 밤을 새웠다.

전쟁의 공포 속에서도 아이들은 배가 고팠다. 배고픔은 전쟁의 또 다른 공포였다. 겨울 피난. 1.4후퇴 당시, 살기 위해서 모든 것을 버린 채 남쪽을 향한 그 도도한 흐름을 이룬 피난민 대열 속에서 아이들은 춥고 배고파 울었다. 눈 속에 버려진 죽은 어린애의 푸르뎅뎅하게 언 손가락을 내려다보며 그 곁에서 얼음덩이 같은 주먹밥을 아귀아귀 씹던 기억도 있다. 피난민 수용소에는 가족 수대로 안남미 배급이 나왔는데 그것을 한 줌이라도 더 타려고 엊그제 죽은 가족을 이불로 덮어 놓은 채 며칠 동안이나 치우지 않았다.

피난 중 식구들이 둘러앉아 밥을 먹는 시간에 숟갈을 늘 먼저 놓는 이는 언제나 어머니와 할머니였다. 그다음이 아버지였다. 어머니가 시내에서 구걸해 온 바가지 밥을 동생들보다 더 먹으려고 허둥대는 나를 내려다보며 아버지가 말했다. 사람은 세 숟갈만 더 먹었으면 할 때 밥숟갈을 놓을 줄 알아야 한다. 그래서 피난 중 나는 내내 배가 고팠다.

전쟁 중에는 으레 전염병이 돌게 마련이다. 피난민 수용소에는 심한 이질이 돌아, 사람들은 배를 움켜쥔 채 아무데나 엉덩이를 까고 설사를 했다. 그해 초여름에는 속칭 염병이라는 장질부사가 심했다.

충청북도 청주 근처 피난지 움막집에도 전염병이 돌았다. 강바닥에서 뜯어온 풀로 죽을 쑤어 먹는 등 겨우 목숨을 이어 가고 있을 때 장질부사가 왔으니 병에 걸린 사람들이 많이 죽을 수밖에 없었다. 우리 가족이 장질부사를 앓을 때 바로 우리 옆의 움막집에서도 사람이 죽었다. 두 아이를 데리고 피난을 나온 만삭의 아낙네가 해산을 한 뒤 배가 고파 실성을 한 끝에 낳은 아기를 끓는 물속에 집어넣은 것이다. 결국 그 아낙네도 죽고 말았는데 경찰 가족으로 아버지마저 만나지 못한 그 집의 어린애들 둘이 움막 앞에 쪼그려 앉아 볕 쪼임을 하던 모습이 지금도 생생하다.

내 나이 또래의 그 아이들은 지금 살아 있을까. 살아 있다면 어떻게 어떤 모습으로 살아가고 있는지 보고 싶다.

수복이 되어 고향에 돌아왔지만 읍내는 온통 폐허가 되었고 우리 집이 있던 자리에는 군부대가 자리잡고 있어 여름전쟁 때 들어가 잠시 살았던 시골 마을로 다시 찾아갔다. 그 시골 마을에서 나는 기가 죽었다. 그것은 겨울전쟁을 피난도 가지 않은 채 그 마을에서 치러낸 아이들의 그 칠칠한 전쟁 목격담 때문이었다.

마을 아이들은 내가 보지 못한 중공군을 보았고 중공군들이 타고 다니던 말과 코가 큰 외국 병정들이 마을을 지나가며 던져 주던 레이션박스 얘기로 나를 기죽였다.

동네 아무개집 며느리가 외국 병정한테 난행을 당한 뒤 목매달아 죽었기 때문에 베어 버렸다는 산기슭 그 소나무 밑둥 근처를 지날 때마다 나는 혀를 길게 빼문 그 여자를 만나곤 했다.

나는 아이들이 본 것을 직접 보지 못한 열등감을 벗어나기 위해서도 나보다 큰 아이들이 벌이는 전쟁놀이에 기를 쓰고 끼어들었다. 꼭 쥐똥 같은 화약을 한 자루씩 쌓아 놓고 불을 지르는가 하면, 실탄을 장전하고 그대로 발사할 수 있는 총까지 만들어 메고 다니며 실전이나 다름없는 전쟁놀이를 했다. 총열이 터져 코가 날아간 친구도 있었고 중공군이 쓰던 방망이 수류탄을 물에 잘못 던져 손목이 날아간 아이도 있었다.

때로 밤을 이용해 중공군이 수천 명 불타죽었다는 골짜기까지 올라가 그들이 쓰던 수통이나 칼 등을 전리품으로 챙겨 오는 담력 놀이도 했다.

1953년 휴전이 되던 그해 가을인가, 우리가 임시 머물러 살고 있는 시골 마을 우리 집에 열 살짜리 사내애가 하나 나타났다. 할머니가 그 애를 끌어안고 울었다. 고모의 아들, 즉 내 고종사촌 동생이었다. 동생은 멀리 남쪽 충남 서산 해미라는 곳에서 의사로 일하던 아버지가 북한군에 끌려가 어느 산속에서 총살당하자 그곳에서 살길이 없어 그렇게 달랑 혼자서 우리 집을 찾아왔던 것이다. 허허벌판, 수천 리 그 먼 길을 혼자 달려온 고종사촌 동생의 입을 통해 들은 철사줄에 손이 묶인 채 끌려갔다는, 그 동생 아버지의 죽음이 그날부터 내 안에 자리잡았다.

3. 전쟁, 그 악령 잠재우기로서의 소설 쓰기

어린 시절에 겪은 전쟁은 다소 낭만적인 모습으로 각인되지 않았을까 싶다. 어느 편에 서야 했던 전쟁의 당사자가 아니기 때문에 좀 더 객관적인 눈을 가질 수 있었다는 뜻이기도 하다. 그것은 피상적 이데올로기에 의한 위해의 희생자들에 대한 깊은 연민을 낳게 마련이다. 가해와 피해의 악순환에 의해 결국 우리 모두가 전쟁의 피해자라는 소박한 역사 인식인 것이다.

지금도 나는 내가 선택한 문학의 길 위에서 내 삶을 돌아보게 하는 악령들의 소리를 듣고 있다. 전쟁 중에 내 눈으로 직접 본 몇 개의 죽음으로부터 나는 자유롭지 못했던 것이다. 직접 보지 못한 더 많은 죽음들이 수시로 나를 찾아왔다.

데뷔작 「동행」부터 나는 내가 만드는 이야기 속에 어렸을 때 직접 보았거나 아니면 그냥 전해들은 죽음을 그려내는 일에 탐닉했다. 그렇게 하지 않고는 이야기가 잘 풀리지 않을 것 같은 강박에 쫓기기도 했다.

어쩌면 나는 내 유년 시절에 각인된 그 죽음의 기억들을 소설 만드는 밑천으로 삼았는지도 모른다. 나는 그렇게 악령에 사로잡혀 있었던 것이다. 악령들은 내 영혼의 밑바닥에서 낄낄거리며 나를 유혹했다. 그리할 때 나는 기꺼이 마음을 열고 6.25의 악령들과 교접했다.

때로는 가슴 답답함, 절망, 혐오, 울분이 따르는 그 악령들과의 교접은 언제나 그 고통에 값하는 신명을 가져다 주었다. 그런 의미에서 작가는 무당일 수밖에 없다. 내가 한때 6.25 적 소재의 동어반복에 신명을 낸 것도 결국은 내 속에 깃든 악령들의 시킴에 의한 것이라고 봐도 좋을 것이다. 어쩌면 그것은 악령들을 조용히 잠재우는 일로서의 소설 쓰기에 모든 것을 걸었다는 뜻이기도 하다.

지금도 나는 내가 선택한 문학의 길 위에서 내 삶을 돌아보게 하는 한국전쟁 속 그 악령들의 소리를 듣고 있다.

문단 데뷔 작품 「동행」의 주인공 최억구는 6.25 때 부역자로서 10년여의 형기를 마친 뒤 고향으로 돌아가는 도중 살인을 한다. 자신의 부친 무덤에 가 죽을 것을 작정한 최억구의 눈길 속 귀향은 현실의 암담한 상황 인식이라고 할 수 있다.

단편 「맥」의 최만배와 그의 아들 진호의 귀향, 중편 「하늘 아래 그 자리」의 마필구 노인과 화자 〈나〉, 중편 「아베의 가족」의 진호의 귀향 등이 모두 귀소의지를 모티브로 하고 있다. 이들의 귀향은 지금까지 잊고 있었던 자기 찾기이며 현실 인식 그 자체라고도 할 수 있다. 어쩌면 그것은 힘의 근원으로서의 아버지 찾기, 뿌리 확인이며 분단으로 인해 파괴된 민족의 동질성 찾기로 확대 해석해도 좋을 것이다. 일그러지고 부도덕하게 오염된 현실을 실지라고 인식함으로써 작품의 주인공들은 어느 날 문득 이제까지 망각하고 살아온 자신의 과거 내지는 어떤 상흔의 진원에 접근하게 된다.

자아와 현실이 비로소 만나는 그 자리에 아버지가 있다. 오늘의 삶을 부도덕하게 오염시킨 주범으로서의 아버지가 극복해야 할 대상으로 등장하는 것이다. 그네들은 고향에 돌아감으로써 비로소 화해하거나 아니면 더 심한 반목의 갈등으로 치닫게 되는 것이다.

내 소설을 고향 상실 시대의 부계문학으로 보는 견해에 동의하게 되는 것도 힘의 근원으로서의 아버지를 떠올리는 그러한 인식의 중요성에 있다고 하겠다. 아버지의 권위 추락 및 그 힘의 생성 가능성 확인 등이 바로 분단 상황에 대한 인식으로 이어지기 때문이다. 그리하여 아버지는 세계 인식의 귀중한 잣대라고 보아도 좋을 것이다.

6.25 적 소재를 다룬 내 소설의 가시적 주제 접근은 피상적 이데올로기에 의한 위해의 희생자들에 대한 깊은 연민에서부터 시작하고 있다. 실상 내 작품의 대부분은 이념적 가치관이나 판단을 가지지 못한 무지렁이들이 벌이는 시대착오적인 가해와 피해의 악순환이 그 자식들에게까지 넘겨져 치욕적인 삶을 치러 내야 하는 유형무형의 고통과 그 아픔이 자아 인식이란 통과제의에 의해 어떻게 승화된 힘으로 나타나는가 하는 것에 대한 관심 갖기와 그것의 형상화에 바쳐졌다.

2015년 9월 〈터키-한국 문학심포지엄〉

나의 역사 인식은 그들 고통받는 삶 자체가 역사라는 생각에서 비롯
된다. 어제의 상혼이 아직 치유되지 못한 사람들의 삶을 추적하는 과정
에서 나는 항상 우리의 숨 쉬는 역사를 진맥할 수 있었다. 나는 전쟁이
나 어떤 수난기에 태어나는 무수한 영웅이나 지사들에 대해 심한 거부
감을 가졌다. 그것은 큰 명분을 위해 작은 것의 희생을 강요하는 힘의
비인간적 권위와 폭력, 그리고 정치꾼들의 파렴치함에 대한 혐오라고 할
수 있다.

나는 왜 소설을 쓰는가

―2016년 10월 〈파키스탄 한국의 달〉 국립외국어대학교 강연

왜 쓰는가

왜 쓰는가. 대답은 늘 분명했습니다. 글 쓰는 일이 즐겁기 때문입니다.

1963년 등단하여 이제까지 50년 이상 소설을 써 오는 동안 터득한 것이 글쓰기가 즐거웠다는 것입니다. 세상살이에서의 유일한 비교우위도, 거창한 명제로서의 존재 이유도 오직 글쓰기의 즐거움에서 찾을 수밖에 없다는 것입니다. 그것은 작가란 체질적으로 글 쓰는 일을 통해서만 자신의 재능 발산의 신명을 찾는 사람이란 뜻입니다.

물론 작가의 길이 고행처럼 힘들게 느껴질 때도 많았습니다. 하나의 작품이 발상되고 그것이 완성되기까지 많은 고통과 절망이 따른다는 것입니다. 그러나 작가는 글을 쓰는 그 고통과 절망까지도 철저하게 즐기는 사람이라고 생각해도 좋습니다.

도박하는 즐거움과 글쓰기의 즐거움이 크게 다르지 않다고 생각합니다. 도박꾼은 그것을 즐길 뿐 그 도박을 합리화하는 그 어떤 의미 부여도 하지 않습니다. 작가 역시 글 쓰는 일에 어떤 거창한 명분을 내세우지 않습니다. 그냥 쓰는 일이 좋아서 쓸 뿐이니까요.

그러나 작심한 도박꾼이 자기 손가락을 자르듯 작가 역시 글 쓰는 즐거움에 회의를 느낄 때가 많습니다. 세상을 바라보는 뒤틀린 심사만큼이나 글 쓰는 행위 또는 그 결과물에 대해 실망스러울 때가 많다는 뜻입니다. 사실 소설 쓰기야말로 삶의 방식 중 가장 야비하고 더러운 광기의 소산이라는 생각이 불쑥 치밀 때가 많았습니다.

그러할 때 나는 아무런 미련이 없이 문학을 버리곤 했습니다. 신명이 나지 않는 글쓰기는 내 자신은 물론 독자들에 대한 죄악이라는 생각 때문이었습니다. 그러나 손가락을 자른 도박꾼이 다시 도박장으로 돌아오듯 나는 어느새 글쓰기를 즐기고 있었습니다.

상상하는 즐거움

무엇이 즐겁다는 것은 그 어떤 것에 깊이 빠졌음이며 동시에 그 어떤 것으로부터의 해방이기도 합니다. 상상하는 즐거움이 그렇게 컸습니다. 문학은 상상이 만들어 내는 거울입니다. 그 거울 속에 또 다른 내가 있고 또 다른 세상이 있습니다.

상상은 기억을 재료로 하여 관념적인 것을 구체화하는(이야기로 만드는) 힘입니다. '그는 나쁜 사람이다' '사랑은 괴로운 것이다' 라는 관념을 눈에 보이듯, 귀에 들리듯 실제의 상황으로 실감나게 보여 주는 힘이 상상이란 것이지요.

상상력이 풍부한 사람들이 작가입니다. 그리하여 작가는 자신의 상상력으로 거짓말 이야기를 꾸며내는 것이지요. 실제의 사실보다 자신이 꾸며낸 이야기에 더 가치를 두는 사람들이 작가입니다.

왜 거짓말을 합니까? 작가는 왜 거짓 이야기를 꾸며내느냐 그겁니다. 내가 하는 말을 상대가 믿지 않으니까 그것을 믿게 하기 위해서 거짓말을 하게 됩니다.

그러면 작가는 독자들에게 무엇을 믿게 하기 위해서 자신의 상상력을 거짓말 이야기를 만드는 일에 쏟아부을까요? 아름다운 이야기를 더 아름답게, 슬픈 이야기를 더욱 슬프게, 이 사람이 이렇게 좋은 사람이라는 것을 믿게 하기 위해서 거짓말 이야기를 만듭니다.

다시 말해 작가는 지금까지 우리가 믿고 있는 어떤 사실이 그게 아닐 수도 있다는 것을 이야기하고 싶어 소설 쓰기를 선택한 사람들인지 모릅니다. 지금까지 우리가 알고 있는 세상의 그 가치, 그 질서, 그 의미보다 다른 가치, 다른 질서와 의미를 재미있는 이야기를 통해 보여 주고 싶어 거짓말을 하고 있다는 뜻입니다. 눈앞에 보이는 진실보다 더 진실을 말하기 위해 선의의 거짓말을 하는 것이 소설이라는 그런 이야기입니다.

무엇을 쓸 것인가

나는 가끔 당신은 무엇을 위해 소설을 쓰느냔 질문을 받습니다. 대답이 쉽지 않습니다. 어떤 무엇을 위해 소설 쓰기를 선택한 것이 아니기 때문입니다. 소설 쓰기, 그 즐거움은 내가 숨 쉬고 말하는 것과 하나도 다르지 않은 하나의 생명현상 그 자체입니다.

글 쓰는 즐거움이 바로 내 삶의 과정이며 목적인 셈입니다. 물론 글쓰는 즐거움은 자기 반성으로서의 책임은 물론 내가 살고 있는 이 사회의 여러 문제와의 균형 속에서 이루어져야 한다는 어떤 소명의식과도 무관하지 않습니다.

이쯤에서 작가들은 자신이 꾸민 거짓말 이야기를 통해 무엇을 말하고 싶은가를 진지하게 생각하게 됩니다. 즉 자신의 상상으로 꾸며낸 이 이야기를 통해 독자들에게 보여 주고 싶은 새로운 가치, 새로운 질서, 새로운 의미가 무엇인가 하는 물음입니다.

소설은 인생에 대해 여러 문제를 논하나 철학의 깊이가 아닌 개연의 시각에서 총체적으로 보여 주는 것이기 때문에 그 영역이 매우 다양하고 복합적입니다.

그러나 인생의 근원적이고 본질적인 문제에 더 관심을 갖느냐, 아니면 가시적인 현실 문제에 관심을 두느냐에 따라 작가의 글쓰기 방향이 두 가지 성향으로 갈릴 수도 있습니다. 죽음이라는 인간 한계의 문제, 인간의 죄의식이나 타락의 문제, 그 구원의 문제, 사랑, 미움, 화해의 문제, 무속적 신비의 세계, 초인격적인 성자에 대한 경외심 등등이 전자의 것이라면 후자는 사회제도의 모순이나 부조리의 고발과 폭로, 폭력에 대한 성토, 여러 사회 계층간의 갈등, 농촌문제, 노동문제, 도시빈민문제, 교육문제, 노인문제, 청소년문제, 산업화 과정의 인간성 상실의 문제, 전쟁의 상처와 그 치유의 문제들일 것입니다.

작가들은 이러한 여러 가지 관심 중에서 자기의 안목과 철학이 잘 들어맞는 문제를 선택하게 됩니다. 자신에게 절실하게 와 닿는 문제, 누구도 모르는 사실을 자기만이 이야기할 수 있다는 이야기꾼으로서의 신명이 짚이는 그런 문제를 찾게 된다는 것이지요.

내 소설의 뿌리, 전쟁의 악령

유년의 각인된 기억은 그 사람의 인생관이나 삶의 방식에 어떤 형태로든 작용한다고 봅니다. 즉 사람은 때로 자신이 처한 상황에 대처하는 한 방식으로서 유년의 어떤 기억에 의존하게 되는 경우가 많습니다.

나는 열 살 나이에 전쟁을 겪었습니다. 그리하여 내 소설 쓰기의 주된

2016년 10월 파키스탄 국립외국어대학교

관심은 한국전쟁을 통한 상처와 그 아픔 치유에 관한 것입니다.

어린 시절에 겪은 전쟁은 다소 낭만적인 모습으로 각인되지 않았을까 싶습니다. 어느 편에 서야 했던 전쟁의 당사자가 아니기 때문에 좀 더 객관적인 눈을 가질 수 있었다는 뜻이기도 합니다. 그것은 피상적 이데올로기에 의해 희생된 사람들에 대한 깊은 연민으로부터 시작됩니다.

파키스탄과 인도 간의 여러 차례의 전쟁이 그러했듯 한국전쟁도 일어나지 말아야 할 전쟁이었습니다. 그리고 벌써 끝나야 할 전쟁이 휴전협정으로 포화는 멎었지만 한반도에서의 전쟁은 현재 진행형입니다.

전쟁은 가해와 피해의 악순환입니다. 형제가 싸운 한국전쟁이 특히 그렇습니다. 오늘의 가해자가 내일은 피해자로 바뀝니다. 결국 우리 모두가 전쟁의 피해자라는 소박한 역사 인식에서 내 소설 쓰기의 즐거움은 시작되었습니다.

나는 지금도 내가 선택한 문학의 길 위에서 어린 시절 겪은 전쟁 속의 악령(Demon)들과 만납니다. 전쟁 때 내 눈으로 직접 본 몇 개의 죽음으로부터 자유롭지 못했다는 뜻입니다. 직접 보지 못한 더 많은 죽음들이 수시로 나를 찾아왔습니다.

데뷔작 「동행」부터 나는 내가 만드는 이야기 속에 어렸을 때 직접 보았거나 아니면 그냥 전해들은 죽음을 그려내는 일에 탐닉했습니다. 그렇게 하지 않고는 이야기가 잘 풀리지 않을 것 같은 강박에 쫓겼기 때문입니다. 어쩌면 나는 내 유년 시절에 각인된 그 죽음의 기억들을 소설 만드는 밑천으로 삼았는지도 모릅니다. 나는 그렇게 전쟁의 악령에 사로잡혀 있던 것입니다.

악령들은 낄낄거리며 나를 유혹했습니다. 네가 본 전쟁의 트라우마

((Psychological Trauma)를 소설 쓰기의 즐거움으로 삼으라고. 그러할 때 나는 기꺼이 마음을 열고 전쟁의 악령들을 내 소설 쓰기의 즐거움에 초청하곤 했습니다. 때로는 가슴 답답함, 절망, 혐오, 울분이 따르는 그 악령들과의 만남은 언제나 그 고통에 값하는 신명을 가져다 주었습니다. 그런 의미에서 작가는 무당일 수밖에 없습니다.

나의 또 다른 소설 쓰기의 관심은 누군가의 희생을 요구하는 힘의 비인간적 권위와 폭력, 그리고 정치꾼들의 파렴치에 대한 혐오라고 할 수 있습니다. 위선과 교활한 지혜는 더욱 질 나쁜 폭력이라는 것을 말하기 위해서도 나는 소설 쓰기를 즐기고 있습니다. 그것은 은폐되는 진실에 대한 분노라고 할 수 있습니다. 그 분노가 제대로 표출되지 않은 상태에서의 억압은 광기를 가져 오게 마련입니다.

다시 내 관심은 광기를 지닌, 별난 인생들로 옮겨집니다. 성공하지 못한 악이 내가 즐겨 다룬 광기라고 할 수 있습니다. 그 광기는 한때 내 작품의 주요 모티브가 되었던 한국전쟁의 악령이 좀 더 구체적인 모습으로 드러난 것이라고 보아도 좋을 것입니다.

나는 오늘도 묻습니다. 왜 쓰는가. 대답은 하나입니다. 쓰는 일이 즐겁다. 무엇을 쓰는 일이 그렇게 즐겁단 말인가. 내가 다시 대답합니다. 내가 쓰는 소설 속에 그 답이 들어 있다, 고.

파키스탄은 내가 항상 동경하던 나라였습니다. 이번 파키스탄 방문이 내 글쓰기에 큰 도움이 될 것 같은 예감입니다.

감사합니다.

자연은 그냥 바라보기만 해도 위안이었다.
그것은 확실히 사람들과의 밀고 당기기의 탐색과는 달리 온통 덧셈이었다.
그는 자연 속에서 두 개의 그가 아닌
온전한 하나의 자신을 느낄 수 있었다.
그가 아닌 그와 그가 되고 싶은
그가 완전한 화해를 하는 곳이 바로 자연이었던 것이다.